W0372157

LA DERNIÈRE PROPHÉTIE

DU MÊME AUTEUR

AUX ÉDITIONS ARCHIPOCHE

La Diabolique, 2017.
Black Friday, 2017.
Celui qui dansait sur les tombes, 2016.
Rendez-vous chez Tiffany, 2011.
L'amour ne meurt jamais, 2007.
Pour toi, Nicolas, 2006.

JAMES PATTERSON

LA DERNIÈRE PROPHÉTIE

traduit de l'américain
par Joseph Antoine

ARCHIPOCHE

Ce livre a été publié sous le titre
Cradle and All
par Little Brown & Company, New York, 2000.

Notre catalogue est consultable à l'adresse suivante :
www.archipoche.com

Éditions Archipoche
34, rue des Bourdonnais
75001 Paris.

ISBN 978-2-35287-836-0

Prologue

CONSULTATION OBSTÉTRICALE

1

Le coucher de soleil embrasait l'horizon par-dessus les toits irréguliers de Boston Sud. Sur toutes les maisons étaient perchés des oiseaux. Ils paraissaient surveiller l'adolescente qui passait en bas, dans la rue, d'un pas lent.

Kathleen Beavier bifurqua dans la pénombre d'une rue en pente. L'endroit lui était à peu près aussi familier que la surface de la Lune. Mais si Kathleen était venue jusque-là, c'était précisément que tout, en elle, avait pris une teinte sombre et froide. Elle portait des rangers noires et une veste de treillis par-dessus une jupe longue à motifs, dans le plus pur style *streetwear*. Le frottement de ses chaussures la blessait aux talons, mais cette douleur était plutôt bienvenue : elle la distrayait du tourment qui l'attendait.

Non mais c'est pas vrai, j'hallucine, se disait-elle en frissonnant.

Elle avait seize ans. Elle s'arrêta pour reprendre son souffle au croisement de Dorchester et de Broadway. Le trafic était clairsemé. Elle n'avait pas du tout l'air d'une fille du coin. Trop lycéenne. Presque trop jolie. Mais bon, c'était son idée à elle. Elle savait qu'ici, dans ce quartier délabré, elle ne risquait pas de croiser quelqu'un de sa connaissance.

Ses mains tremblaient affreusement quand elle releva sur ses cheveux blonds ses lunettes à monture dorée. Ce matin, elle s'était fait un shampooing. Elle s'était rincée avec un démêlant. Maintenant, elle se trouvait complètement idiote d'avoir pris soin de ses cheveux un jour pareil.

Elle serra les paupières et poussa un long gémissement.

Puis, s'obligeant à rouvrir les yeux, elle consulta sa montre-bracelet pour la millionième fois depuis une heure.

Mon Dieu. Six heures passé. Je suis en retard…

Le funérarium Ahern surgit à la périphérie de son champ de vision, puis s'effaça. Elle passa en toute hâte devant l'église Saint-Augustin, menacée d'écroulement. Vinrent ensuite les barreaux scellés dans les murs, une rangée de maisons à deux étages aux fenêtres condamnées, un SDF occupé à pisser contre une façade couverte de graffitis. Un vieux tube de rock lui revint en mémoire : « Aqualung », de Jethro Tull.

Elle courba la tête, comme elle faisait souvent pour se protéger contre le froid de la Nouvelle-Angleterre. Des larmes lui roulaient jusqu'au menton.

Allez, grouille-toi ! C'est horrible, mais tu dois le faire. Sinon, pourquoi t'es-tu traînée jusqu'ici ?

Elle avait vingt minutes de retard quand elle tourna enfin au coin de West Broadway. Elle reconnut tout de suite l'immeuble en brique grise coincé entre un lavomatic et le bureau d'un prêteur sur gage.

C'est là. Ma parole, c'est le bout du monde…

Sur les murs, des inscriptions tracées à la peinture rouge et noire : *« Avortement = meurtre. » « Avortement : péché mortel. »* Puis, une porte vitrée flanquée d'une plaque de cuivre ternie : « consultation obstétricale ».

Le chagrin la submergea. Elle se sentit faiblir. Elle n'avait pas envie de vivre ça. Elle n'était pas sûre de pouvoir le supporter. C'était trop affreux, trop injuste.

Kathleen poussa la porte et se retrouva dans une pièce rassurante, entourée de chaises en plastique aux teintes pastel. Aux murs, des posters montraient des mères au doux visage berçant des bébés potelés. Mais, la bonne surprise, c'était qu'à cette heure tardive, elle était la seule.

Kathleen se saisit d'un formulaire placé bien en vue sur le comptoir. Elle le remplit avec autant de soin que possible.

Blottie dans une chaise d'enfant, elle y détailla en lettres majuscules ses antécédents médicaux. Sa main tremblait de plus en plus. Et son pied battait incoerciblement.

Kathleen explora sa mémoire pour y dénicher quelque chose, n'importe quoi, susceptible de donner une signification à tout cela. Mais elle ne trouvait rien. *C'est pas possible que ça m'arrive à moi ! Qu'est-ce que je fous ici ?*

Bien sûr qu'elle était sortie avec des garçons, mais enfin, elle savait quand même faire la différence entre embrasser et… baiser.

Et puis, elle n'était encore jamais allée « jusqu'au bout » avec personne. Elle n'en avait même jamais eu envie. Niveau sexe, elle était carrément vieux jeu – enfin, disons qu'elle était peut-être un peu prude. Plus simplement, une jeune fille rangée. Bref, elle n'avait rien fait de mal. Jamais elle n'avait laissé un garçon promener ses mains trop bas.

Et elle serait *enceinte ?* Impossible. Physiquement impossible. C'était une gosse honnête, la plus sympa des filles. À l'école, la meilleure des camarades. Mais surtout, Kathleen Beavier était vierge. Elle n'avait jamais eu de rapports sexuels.

Et pourtant, elle était enceinte. Aucun doute là-dessus.

2

La nausée envahit soudain Kathleen, au point qu'elle crut s'évanouir. Elle avait des vertiges. Elle se dit qu'elle ferait mieux de passer dans la salle d'attente.

Reprends-toi, murmura-t-elle. *Tu n'es pas la première à qui ce genre de truc arrive. Ni la dernière, ma vieille.*

Elle jeta un coup d'œil à la pendule au-dessus du bureau d'accueil. Bientôt 18 h 30, et toujours pas de réceptionniste.

Kathleen avait une folle envie de s'enfuir, de quitter la consultation. Elle dut se battre pour refouler cette idée. Mais elle n'allait quand même pas rester assise là pendant des heures ! Elle ne supportait plus d'attendre. Qu'est-ce qu'ils fabriquaient, tous ?

N'y tenant plus, Kathleen se leva. Elle se dirigea vers la porte en bois brut, derrière le bureau d'accueil. Là, elle prit une profonde inspiration, peut-être la plus profonde de sa vie. Elle fit tourner le bouton métallique, entrouvrant la porte, qui donnait sur un couloir.

Une voix lui parvint. Une voix douce, veloutée. *Dieu merci, il y a quelqu'un.*

— Bonjour, lança Kathleen d'un ton hésitant. Il y a quelqu'un ? Je viens consulter. Mon nom est Kathleen Beavier…

Au fond du couloir, une autre porte était entrebâillée. C'est de là que venait la voix. Doucement, Kathleen s'avança à l'intérieur.

— Y'a quelqu'un?

Quelque chose ne tournait pas rond. Elle se sentait mal à l'aise. Elle se répéta qu'elle ferait mieux de décamper; en même temps, il lui avait fallu tellement de courage pour se décider à venir...

L'atmosphère était lourde, presque palpable. L'air était chargé d'une odeur d'alcool. Est-ce que ça ne sentait pas autre chose, aussi? Kathleen mit la main devant sa bouche.

Plusieurs secondes lui furent nécessaires pour prendre pleinement conscience de l'horreur.

Une jeune femme aux cheveux sombres était pendue à un crochet fixé dans le mur. Elle portait une blouse blanche, et sur son un badge était inscrit « DR HIGGINS ». Une corde lui enserrait la gorge, et son cou semblait deux fois plus long que la normale.

Le visage congestionné présentait une teinte rouge foncé. Les yeux, piqués de pétéchies hémorragiques, paraissaient vitrifiés par la peur. Les cheveux bruns dégringolaient sur les épaules du cadavre.

Kathleen tendit un bras tremblant et lui effleura la main. La main était encore chaude. Et humide. *Le docteur Higgins. C'était avec elle que Kathleen avait rendez-vous.*

Cédant à la panique, Kathleen retira sa main. Elle avait envie de prendre ses jambes à son cou, mais une force lui commandait de rester. Une force puissante et atroce.

Sur une table, un stéthoscope était enroulé près d'un bloc de papier. La première feuille portait le nom de Kathleen.

Oh, non! Elle laissa échapper un cri. La peur, la culpabilité, la honte se ruaient en elle comme des furies, lui donnant le vertige.

Sa réaction fut soudaine : elle ne se sentait plus la force de demeurer en ce monde. C'était une pensée si étrange, si envahissante, on aurait presque dit qu'elle ne venait pas d'elle-même.

Près du bloc de papier brillait un bac à instruments. Kathleen se saisit d'une lame aiguisée, une lame froide comme de la glace, comme une menace dans sa main.

Elle entendit une voix – mais il n'y avait personne. Et cette voix était profonde. Impérieuse. *Tu sais ce que tu as à faire, Kathleen. Nous en avons parlé. Vas-y. Maintenant. Tu dois le faire.*

Kathleen baissa les yeux vers son bras gauche. Elle entailla la chair entre la manche rose de son chemisier et le pli du poignet. La peau s'ouvrit.

Tu vois comme c'est facile, Kathleen ? Vraiment, ce n'est rien. Tout cela est dans l'ordre naturel des choses.

Le sang jaillit, tombant à grosses gouttes sur le sol. Kathleen laissa couler ses larmes.

Encore une entaille. Juste pour être bien sûre.

Cette fois, ce fut plus difficile. Le bracelet de sa montre recouvrait une grande partie de la veine, et sa main gauche ressentait déjà une grande faiblesse. Elle entailla cependant la veine.

Puis tomba à genoux, comme en prière.

Kathleen se fit une troisième entaille ; après, tout bascula dans le noir.

Elle s'écroula inconsciente aux pieds du médecin pendu, dont la bouche semblait à présent pétrifiée dans un sourire confiant.

Première partie

LES ENQUÊTEURS

3

Quand j'y repense, il ne me semble pas exagéré de présenter cette histoire comme l'une des plus incroyables auxquelles j'aie jamais dû faire face. Plus étrange encore, peut-être, fut la façon dont je m'y trouvai intimement mêlée.

Je me souviens très bien du jour où elle m'est tombée dessus. Je peux même me rappeler précisément ce que j'étais en train de faire.

Je me trouvais dans mon bureau de Back Bay, à Boston. Une pièce étroite, encombrée de dossiers, mais agréable. J'étais plongée dans l'affaire des buildings Hancock & Prudential.

Quelqu'un ouvrit la porte sans se donner la peine de frapper. C'était un homme âgé, vêtu d'un costume gris rayé et d'une chemise blanche rehaussée d'une cravate de soie bleu sombre. Il avait l'air d'un riche avocat de Beacon Hill ou d'un homme d'affaires.

Il n'était ni l'un ni l'autre. Je reconnus immédiatement le cardinal John Rooney, de l'archidiocèse de Boston, que j'avais l'avantage de compter parmi mes amis.

— Bonjour, Anne, lança-t-il. Heureux de te voir. Même en ces circonstances.

— Ravie de votre visite, éminence, répondis-je en quittant mon fauteuil.

Je l'accueillis avec un sourire.

— Vous êtes bien élégant…

— Je me déplace incognito!

— Je comprends. Costume chic. Un rien BCBG, même. Vous ne craignez pas de faire des ravages? Asseyez-vous, je vous en prie. Il est bientôt 18 heures. Puis-je vous offrir un verre?

— Je prendrais volontiers un scotch, si tu en as. Une boisson de vieux, pour un vieux qui continue de vieillir. Sans rémission.

Je préparai le drink et, pour moi, retirai une bière du mini-frigo. Je lui tendis son verre et levai le mien à sa santé.

J'avais une histoire assez compliquée avec l'archidiocèse de Boston. Dans un passé récent, il m'était arrivé à plusieurs reprises de travailler avec des gens de chez eux, en tant que privé. Il y avait eu cette affaire impliquant une femme professeur à Andover, violée par un prêtre qui enseignait dans le même lycée qu'elle. Et cette autre, aussi: un garçon de quinze ans qui avait tiré sur un autre dans l'église. Deux affaires dont je n'avais pas gardé un excellent souvenir. Le cardinal non plus.

— Crois-tu en Dieu, Anne? me demanda Rooney en prenant place dans l'un des fauteuils fatigués.

Je jugeai la question bizarre, un rien impertinente.

— Oui, j'y crois. Mais à ma façon. Une façon très personnelle.

— Est-ce que tu crois en Dieu le Père, en Jésus, en la sainte Mère de Dieu? insista le cardinal.

Cette question rendait sa démarche encore plus incongrue. Je battis un instant des paupières.

— Oui. Là encore, à ma façon.

— En tant que privé, tu as un permis de port d'arme, n'est-ce pas?

J'ouvris le tiroir de mon bureau et exhibai mon Smith & Wesson, le meilleur de tous. Je ne me sentis pas tenue de lui préciser que je n'avais jamais eu à m'en servir.

— Je t'engage, dit-il.

Il descendit le fond de son verre et conclut :

— Est-ce que tu peux t'envoler pour Los Angeles ce soir, Anne? Il s'y passe des choses auxquelles tu devrais t'intéresser…

4

Je n'oublierai jamais Los Angeles, ce que je trouvai là-bas et ce que j'y ressentis.

J'avais vu les images et entendu les comptes rendus de cette terrible épidémie, d'abord sur CNN, ensuite sur toutes les autres chaînes. J'avais regardé avec un sursaut d'horreur ces gosses que l'on transportait au Cedars Sinai Medical Center, accablés de douleurs et de fièvre, manifestant tous les symptômes d'une maladie qui menaçait de les emporter en quelques jours.

À mon arrivée au Medical Center, la scène était encore plus atroce que ce que j'avais vu dans les reportages. Et c'était bien autre chose de se retrouver au beau milieu des souffrances et de l'horreur. J'avais envie de rebrousser chemin, de fuir tout cela ; c'est peut-être ce que j'aurais dû faire.

Peur et chaos faisaient régner dans tout l'hôpital un vacarme insupportable. C'était la pagaille, la confusion, la débâcle. Des salles d'urgences jaillissaient les cris des infirmières et des médecins. Les plaintes de leurs jeunes patients se répercutaient sur les murs lisses et froids.

Tout cela était tellement triste, tellement inquiétant. Fallait-il y voir un présage?

Un petit garçon aux cheveux bouclés attendait d'être intubé. Il semblait avoir dans les quatre ans. Il portait un pyjama jaune. Je lui fis un clin d'œil ; il m'en fit un autre, avec effort. Sur une autre table, une adolescente se recroquevillait en position fœtale, serrant entre ses bras son ours en peluche marron, tandis que les médecins s'évertuaient à lui venir en aide. Ses sanglots avaient l'air de lui arracher le cœur. Tout autour de la pièce, d'autres enfants, alignés sur des bancs, faisaient de leur mieux pour tenir le coup. Des policiers surveillaient le couloir. Leurs radios grésillaient. Ils tenaient à distance les parents, qui semblaient au désespoir. Par terre, des gosses fiévreux, couchés à même le lino, repoussaient leur couverture ou s'entortillaient dedans.

On voyait des lits disposés partout pour les petits malades. Les familles, affublées de masques et de tabliers de fin papier bleu, affichaient le même air sinistre. Ces images poignantes imprimèrent un souvenir indélébile dans ma mémoire.

J'étais au côté de Lewis Lavine, le médecin qui dirigeait le service de pédiatrie de l'hôpital. C'était un homme de haute taille, dégingandé, et que son épaisse tignasse noire faisait paraître plus imposant encore. Dans son genre, il avait quelque chose d'héroïque. Il se dégageait de lui une présence analogue à celle d'un rocher au milieu d'une mer en furie. Le docteur Lavine avait accepté de me faire faire le tour du service, alors qu'il ne disposait guère de temps.

C'était le même fléau terrible et mystérieux qui venait juste de se déclarer à Boston. Avant de m'embarquer pour Los Angeles, j'avais eu le temps de passer à l'hôpital Sainte-Catherine pour me rendre compte des dégâts. Sainte-Catherine était un immense établissement, qui dépendait de l'Église. L'archidiocèse m'envoyait à

Los Angeles avec mission d'établir les faits. J'étais leur enquêteur.

— Vous savez de quoi il s'agit, n'est-ce pas, docteur? demandai-je à Lavine.

Nous traversions le hall d'un bon pas.

— Bien sûr…

Il paraissait répugner à mettre un nom sur cette horreur. Il ajouta pourtant, d'un ton grave :

— À la base, c'est la poliomyélite. Seulement, cette fois, le virus tue très rapidement. Il est apparu brusquement, sans que l'on puisse déterminer son origine.

Je hochai la tête.

— C'est la même chose à Boston. J'ai parlé plus d'une heure avec le docteur Albert Sassoon, de l'hôpital Sainte-Catherine. Un médecin formidable. Il est inquiet, lui aussi. On en est désormais à la deuxième vague de l'épidémie. C'est effroyable.

La polio avait déjà pris des allures de fléau. Elle s'était attaqué à plus de six cent vingt-cinq mille personnes, des enfants pour la plupart. Elle avait entraîné la mort de quelque 20 % des malades infectés avant de délivrer les autres. Puis la marée létale s'était retirée, laissant derrière elle membres déformés, colonnes vertébrales abîmées, corps condamnés à n'être jamais guéris. Alors qu'on croyait la polio définitivement éradiquée par le docteur Salk et les vaccins « Sabin »… Depuis 1957, le pays n'avait enregistré qu'une poignée de cas tout au plus. Mais cette fois, l'épidémie présentait un taux de mortalité bien plus élevé que naguère.

— Ces enfants, repris-je, étaient-ils tous vaccinés?

Lavine soupira.

— Ils l'étaient en majorité, oui. Et ça n'a pas l'air d'avoir servi à grand-chose. Nous assistons à la résurgence d'une maladie ancienne, dotée d'un nouveau potentiel de frappe. Elle passe à travers les mailles du vaccin. À l'OMS, certains pensent qu'une rupture d'égout pourrait avoir contaminé une source d'eau, répandant le virus. Mais ici, à Los Angeles, on ne sait pas où se situe l'origine du problème ! Et surtout, on ignore par quel moyen l'arrêter.

Comme pour bien souligner ses propos, Lavine promena un regard sur les enfants malades. Beaucoup de ces gosses étaient à l'agonie. C'était si pénible, si incroyable de se dire que la plupart ne rentreraient jamais à la maison…

— Non, les médecins ne savent pas… Ni à Boston, ni ailleurs. Ils se perdent en hypothèses sur l'origine de tout cela. Qu'est-ce qui se passe, bon Dieu ?

5

Rome, une semaine plus tôt.

De sa vie, jamais le père Nicholas Rosetti ne s'était trouvé dans un tel état de concentration mentale. Et jamais il n'avait été aussi dépourvu d'idées. Il n'ignorait rien de ces « mystères », de ces tragédies de Los Angeles, de Boston et d'ailleurs. Malheureusement, il en savait plus encore. Beaucoup plus. Au point que son cerveau menaçait d'exploser. Il savait la cause de ces maladies et de ces fléaux. Il savait l'inimaginable.

La carrure de Nicholas Rosetti trahissait des années de dur labeur ouvrier. Il était bien vêtu, mais avec simplicité. Il affichait un sourire désarmant, paraissait sûr de lui, jusque dans les moments de panique générale. Son maintien lui donnait un air quelque peu inquiétant, caractéristique plutôt fâcheuse chez un prêtre.

Né de parents modestes, Nicholas devait se révéler très brillant et animé d'une forte ambition. Il comprenait quelle puissance protégeait l'Église et, plus important encore, quel potentiel était le sien. Sans qu'il pût dire pourquoi, il savait qu'il deviendrait un jour cardinal.

Après son ordination, il lui était arrivé une chose étrange. Nicholas Rosetti s'était mis à croire. Il avait accueilli le divin présent de la foi. Dès lors, il avait promis au Seigneur de consacrer son existence terrestre à servir l'Église et son peuple. C'est ainsi qu'il avait fini par attirer l'attention de l'évêché, puis du pape Pie XIII en personne. On disait du père Rosetti qu'il était aussi vif et intelligent que n'importe quel *monsignore* romain, à la différence qu'il était loyal, que c'était un homme authentiquement bon, et qu'il était un vrai croyant.

Tout en marchant, il se surprit à lever les yeux au ciel, vers les coupoles de marbre au miroitement familier, les croix massives et les aiguilles rayonnantes de la basilique Saint-Pierre, autour de cette place si chère à son cœur, que les colonnes du Bernin élevaient en majesté. Il paraissait en quête de réponses, mais aucune ne venait. Il avait marché jusque-là d'un pas vif; il accéléra encore le rythme.

Il traversa la foule. Les propos de Sa Sainteté le pape Pie XIII lui résonnaient encore aux oreilles. Ils semblaient survoler le vacarme romain, les rues envahies de touristes et de vendeurs à la sauvette, rythmées par les bruits des klaxons.

Pie XIII s'était adressé à lui comme à un confident des plus sûrs :

— Je voudrais, puisque vous êtes notre enquêteur officiel sur tous les faits miraculeux signalés à travers le monde, que vous alliez enquêter pour moi sur une affaire en particulier. Il s'agit de deux miracles. Il vous faudra n'en parler à personne. Vous devrez agir seul.

Nicholas Rosetti passa à grandes enjambées rapides devant les quatre majestueux candélabres soutenant l'obélisque égyptien autrefois dressé dans le cirque de Néron. Mais son esprit restait concentré sur les propos de l'homme dont l'autorité spirituelle et la puissance s'étendaient sur toute la planète :

— En 1917, la Sainte Vierge est descendue du Ciel pour venir délivrer un message à Fatima, au Portugal. Comme vous le savez, ce secret n'a jamais été révélé. Aujourd'hui, les circonstances m'imposent de vous faire connaître le contenu de ce message extraordinaire. Mais il vous sera défendu de le confier à personne... Ceci est d'une importance vitale. L'affaire concerne l'épidémie de polio en Amérique, les famines qui frappent l'Asie et l'Afrique, et bien d'autres fléaux encore... Tout est lié. Vous ne tarderez pas à vous en convaincre.

Rosetti atteignait à présent la Porta Sant'Anna. Il se préparait à quitter le périmètre de quarante hectares qui délimite l'État du Vatican. *Vais-je cesser, en franchissant cette frontière, d'être sous la protection de l'Église ? Suis-je vraiment seul, maintenant ? Seul pour de bon ?*

Le prêtre bifurqua vers les ruines de l'antique Via di Porta Angelica. À ce moment, il éprouva un étrange malaise. Il perdait pied, comme lors d'une chute. Il fut pris de vertige. Il eut une sensation confuse... la sensation qu'on l'observait.

Une violente douleur lui déchira le cœur. Des poignards lui transperçaient la poitrine. Sa vue faiblit brusquement. La lumière ne lui parvenait plus qu'à travers une fente étroite.

— Mon Dieu..., dit-il dans un souffle. Que m'arrive-t-il ? Qu'est-ce qui se passe ?

Une voix retentit. Une voix profonde, chargée de puissance. *Il n'y a pas de Dieu, imbécile. Il n'y a jamais eu de Dieu. Jamais ! Jamais un misérable être humain n'aura la moindre chance de connaître Dieu.*

Pour tenter de conserver son équilibre, Nicholas Rosetti s'appuya contre un réverbère. Une horrible nausée le submergeait. Mais ce n'était pas une nourriture empoisonnée qui lui révulsait la gorge.

— Il est malade ! s'exclama quelqu'un en italien.

Nicholas Rosetti haletait. De sa gorge émanait un son rauque. Un éclair d'insupportable souffrance lui traversa le bras gauche et poursuivit sa course jusqu'à la jambe. Il eut l'impression qu'on l'empalait.

De nouveau cette voix profonde résonnait au fond de son crâne. *Tu vas mourir. Ton heure est venue. Dans quelques secondes, tu auras cessé d'exister. Ta vie ne signifie plus rien.*

Était-ce une crise cardiaque ? À trente-six ans, Rosetti jouissait d'une santé de fer. Le matin même, il avait fait le long du Tibre un jogging de presque dix kilomètres.

Cet exercice, ton fameux jogging, c'est une plaisanterie ! Tu t'en rends compte, maintenant, pauvre imbécile ?

Il s'écroula sur le trottoir. Le ciel eut l'air de s'effacer, puis réapparut. Mais les couleurs flottaient devant les yeux du prêtre. Des visages se penchaient vers lui. C'étaient des figures grotesques, changeantes.

Nicholas songea à l'incroyable révélation qui lui avait été faite un instant plus tôt, sous les voûtes du palais apostolique, dans l'appartement même du pape.

— Les circonstances m'imposent de vous faire connaître le contenu de ce message, avait dit Pie XIII. Je n'ai pas d'autre choix. Écoutez-moi bien. Approchez ! Père Rosetti, la Sainte Vierge a promis à Fatima de donner au monde un enfant divin. Et voilà que cet enfant arrive. Un enfant né d'une vierge ! Il faut que vous découvriez la vierge faite mère, père Rosetti. Seule cette découverte permettra d'enrayer le fléau qui se répand sur le monde. Trouvez-la. Il le faut.

— S'il vous plaît, aidez-moi, soupirait Rosetti, couché sur le sol. Je ne peux pas mourir maintenant ! Je connais le secret !

— Nous le connaissons tous, souffla quelqu'un dans la foule qui se pressait autour de lui.

— *Nous connaissons tous le secret!* reprirent les autres en chœur.

Ils souriaient.

— *Nous le connaissons tous!*

Rosetti comprit qu'il avait à faire à des démons. Chacun de ces êtres en incarnait un. Les rues étaient pleines de masques et de diables poussant des cris. C'étaient des loups errants, des bêtes vicieuses, des animaux enragés dressés sur leurs pattes arrière.

Il entendit à nouveau la Voix.

Tu vas emporter ton précieux secret dans la tombe, Nicholas. Et tu iras directement au Royaume des Enfers...

6

Newport, Rhode Island

Kathleen Beavier gratta nerveusement la croûte rubescente qui s'étalait sur son poignet. La jeune femme repensa au jour où elle s'était entaillé les veines, puis écarta bien vite ce souvenir. Du moins, elle essaya. Des mois avaient passé, mais comment oublier?

Elle jeta un coup d'œil sur le *Boston Globe,* posé sur la table du petit déjeuner. Le journal titrait sur une mystérieuse épidémie de polio qui ravageait la ville, le pays et même les cinq continents. Le monde avait l'air de perdre la tête depuis quelque temps. Ou alors, c'était elle, Kathleen, qui projetait ses appréhensions et ses terreurs.

Elle crut soudain percevoir quelque chose d'inquiétant dans l'atmosphère de la maison. L'air était lourd, désagréable. Elle le trouvait malsain.

Il faut que tu arrêtes.

Elle avait sans cesse ce genre d'idées, maintenant. Elle entendait des voix. Des pensées folles lui traversaient la tête. Du moins Kathleen avait-elle conscience qu'il s'agissait de pensées folles. Malgré ce qui lui était arrivé dans ce centre de consultations à Boston Sud, jamais elle n'avait imaginé qu'elle pût être folle. Qui n'aurait pas un peu perdu les pédales en de telles circonstances? Elle retourna le journal. Elle n'avait nulle envie de lire de mauvaises nouvelles pour le moment.

Une silhouette se découpa dans son champ visuel. Celle de Mrs Walsh, la gouvernante.

— Je n'en veux pas, de ton petit déjeuner! lui lança Kathleen.

Mrs Walsh la gronda doucement:

— Pourquoi me parles-tu sur ce ton, Kathy?

Elle apportait un plateau chargé de choses fort appétissantes: fruits frais, céréales, pain grillé. La table était dressée sous la véranda, laquelle donnait sur les rochers du bord de mer, à l'arrière de la maison des Beavier.

Kathleen finit par lâcher un sourire. En dépit de son intention première de se montrer inflexible, et même de se laisser mourir de faim, elle renonça à tout refuser en bloc et plongea sa petite cuiller dans le bol de müesli.

— Beuârk!

— Tu es charmante, répondit Mrs Walsh. Vraiment.

L'adolescente chipota son müesli et ses quartiers d'orange. Elle joua avec le pain aux céréales. Pour finir, elle but à petites gorgées le thé à la camomille. Il était parfait, exactement comme elle l'aimait. Puis, elle jeta sa serviette sur la table et décida de s'extraire de son fauteuil pour aller marcher un peu.

— Fais attention, Kathleen, prévint Mrs Walsh.

Cette remarque fit naître un sourire sur le visage de la jeune fille. Attention? Est-ce qu'il n'était pas un peu tard pour faire attention?

7

La main gauche posée sur son ventre, Kathleen négocia la volée de marches blanches qui descendait en pente raide vers la mer. Désormais, le seul plaisir dont elle pouvait jouir sans ressentir de culpabilité, c'était la plage. Et l'escalier donnait directement dessus.

Là, elle pouvait pleurer. Elle pouvait crier tout son saoul : sa voix se perdait dans le vacarme des vagues. Elle pouvait même se conduire comme une folle si cela lui chantait. Et justement, elle en avait très envie. Elle était enceinte de huit mois, et cela n'avait absolument aucun sens. Le docteur Higgins, qui était censée pratiquer l'avortement, s'était suicidée. À moins qu'elle n'eût été assassinée – la police n'était pas encore fixée sur ce point. Kathleen elle-même avait risqué la mort, ce fameux soir où elle s'était tranché les veines. Heureusement, une autre patiente s'était présentée et l'avait découverte étendue à terre, baignant dans son sang.

Kathleen poussa un profond soupir. Elle marchait le long de la plage. Ses pieds enflés étaient trop serrés dans ses baskets. Elle aurait bien dénoué les lacets, mais elle ne voyait pas ses pieds. Pas plus qu'elle ne pouvait les atteindre.

Comment cela avait-il pu lui arriver? *Comment? Pourquoi?*

Elle suivit le rivage à marée basse. Elle posa la main sur son gros ventre. Le geste typique de la femme enceinte. Elle y dessina du bout du doigt un petit cercle apaisant.

Elle aurait bien voulu le haïr, ce ventre. Elle enrageait de se retrouver ainsi piégée par son propre corps! Seulement, ce bébé était le sien. Et elle n'avait pas envie de diriger sa fureur contre lui. Il n'avait rien fait de mal.

Kathleen offrit son visage aux caresses du vent matinal. Elle observa un petit groupe de pluviers au plumage noir et gris, haut perchés sur leurs pattes fines comme des allumettes. Ils se bousculaient dans l'écume du ressac.

Les oiseaux lui retournèrent son regard.

Était-ce son imagination qui lui jouait des tours? Ou fallait-il y voir un autre de ces faits bizarres qu'elle remarquait souvent, depuis que son ancienne vie avait laissé place à une situation toute différente?

La jeune fille soupira. De nouveau, elle caressa doucement son ventre. Une pensée la visita, au sujet de l'épidémie. Elle se dépêcha de la chasser.

Laisse tomber. Profite du petit matin avant que tes vieux se lèvent. Ça la rendait malade, les regards nerveux et gênés qu'ils lui adressaient, tous.

Kathleen s'éloigna de la mer. Elle se dirigea vers les dunes. Elle se frayait un chemin dans les hautes herbes jaunies, lorsque quelque chose bondit et vint se dresser sur sa route.

C'était un écureuil roux. Il l'observait de ses yeux froids et brillants. Le petit être semblait la surveiller.

— Qu'est-ce que tu veux?

Elle releva la tête. À quelque distance se dressait l'élégante maison victorienne des Beavier, avec ses fenêtres blanches. Kathleen remarqua un autre écureuil roux. Lui aussi la surveillait de l'arbre où il était perché.

Il y en avait un troisième, un gros, qui se tenait près des escaliers. Celui-là avait l'air d'une peluche minuscule. Est-ce qu'il la surveillait, lui aussi ?

Une voix lui parvint, ou plutôt un cri, au-dessus de sa tête. Elle leva les yeux et vit des ailes blanches qui battaient. Des mouettes. Peut-être six ou sept, qui formaient un cercle. Certaines descendaient en piqué. D'autres planaient. D'autres encore erraient au hasard sur la plage parsemée de flaques grises.

Tous ces oiseaux étaient-ils chargés de garder un œil sur elle ? Était-elle *surveillée ?*

Un bourdonnement s'éleva dans l'herbe mouvante des dunes. Un ronronnement d'insecte. Un nuage de mouches noires surgit au sommet de la dune.

Surveillée ?

Kathleen se mit à tousser ; elle agita les mains devant ses yeux. Sur la plage, deux chiens à la robe fauve, familiers des lieux, commencèrent à aboyer. D'autres chiens, appartenant à des voisins, hurlèrent à leur tour.

Kathleen sentit s'accélérer les battements de son cœur.

Les écureuils. Les mouettes qui criaient. Le bourdonnement des insectes. L'épais nuage de mouches noires. Les hurlements des chiens. Tous ces phénomènes paraissaient vouloir former autour d'elle un cercle étroit. Ils la haïssaient, non ?

Suis-je en train de devenir folle ?

— Assez ! Assez ! Assez !

Elle se mit à hurler, elle aussi.

— Assez !

Tenant à deux mains son ventre gonflé, Kathleen regagna la maison en toute hâte. De lourds sanglots oppressaient sa poitrine.

Claquant derrière elle la porte d'entrée, elle courut se réfugier au salon. Elle respirait avec peine. Elle alla se poster devant la baie vitrée. Le soleil matinal poursuivait son ascension au-dessus de l'océan.

Tout cela n'était pas le fruit de son imagination. Elle le savait. *Ils la surveillaient.* Tous.

8

Sur le panneau sur l'autoroute, je déchiffrai « NEWPORT, 30 miles ». Après avoir fait le voyage de Los Angeles à Boston, je m'étais remise en route pour une troisième destination en l'espace de deux jours.

Mes essuie-glace découpaient sur le pare-brise une demi-lune qui laissait voir le bitume glissant. Je me sentais perdue, angoissée, épuisée. Je revoyais sans cesse les images de ces pauvres gosses du Cedars Sinai.

L'après-midi touchait à sa fin et une pluie menaçante tambourinait sur le toit de ma vieille BMW, mais je n'allais pas me laisser impressionner par les éléments. J'allumai le chauffage. Je me concentrai sur les bandes blanches et floues qui délimitaient l'autoroute en espaces égaux.

Je roulais à plus de 110 km/h, comme pour fuir l'image de ces brancards emportant des enfants vers la mort. Ma mission m'attirait maintenant à Newport. Cette mission étrange que l'archidiocèse m'avait confiée, et que j'avais acceptée.

Quel rapport pouvait-il bien exister entre l'épidémie de polio qui frappait Los Angeles et une adolescente de Newport ? Et pourquoi l'Église m'avait-elle choisie, moi, pour mener cette enquête ? Pourquoi m'avait-on accordé, sans la moindre discussion, un défraiement de 300 dollars par jour?

Je n'arrivais pas à comprendre, et le fait de ne pas comprendre me tapait sur les nerfs. Je repensai à une discussion vieille de quelques heures seulement avec le cardinal Rooney. Au téléphone, sa voix était plus persuasive que jamais.

— Le Vatican aussi a décidé de lancer une investigation. Ils envoient leur propre enquêteur. Mais peu importe, Anne. Tu iras quand même à Newport. J'y tiens.

J'aimais bien le cardinal. Sept ans plus tôt, je l'avais informé de ma décision de démissionner de mon ordre. J'avais tenu à lui expliquer pourquoi je ne voulais plus être religieuse. Il s'était montré ouvert, chaleureux. Je n'avais jamais oublié son attitude. Je gardais le sentiment d'avoir une dette envers lui.

J'étais partie pour Harvard. Peu après, je passais avec succès mon doctorat de psychologie, soutenant une thèse intitulée *Marcher sur les braises: le comportement des jeunes Américains de douze à vingt ans.* La thèse allait devenir un livre dont on reconnaissait qu'il avait eu un impact sur la psychothérapie des adolescents. Pour payer mes études, j'avais travaillé dans la police. Et, contre toute attente, cela m'avait plu. Trois ans et demi au Boston Police Department! Une expérience en tous points formidable... Sauf la règle du piston à tous les étages, que je ne supportais plus. Alors, j'avais démissionné, puis décroché une licence de détective privé. De toute façon, l'expérience m'avait d'ores et déjà confirmée dans ma décision: je pensais avoir fait le bon choix en quittant les dominicaines. J'étais même sûre qu'une fois l'habit religieux rangé dans la naphtaline, j'en aurais fini à jamais avec l'archidiocèse de Boston. Erreur!

Le cardinal m'avait mise dans ses fiches et il ne m'avait jamais lâchée. Chaque fois que mon nom était mentionné dans la presse, il m'adressait un mot. Il m'avait engagée dans plusieurs affaires délicates. Et le cardinal Rooney ne se contentait pas d'être sympathique ; il faisait preuve d'intelligence, aussi. J'aurais dû me douter qu'il me gardait sur ses tablettes pour une occasion spéciale. Telle cette affaire qu'il me confiait maintenant.

Le voyage de Boston à Newport m'avait pris deux heures. Deux heures à ruminer les propos de Rooney.

— Une fille de seize ans. Elle vit à Newport. Elle est vierge, Anne. Vierge et enceinte. Je voudrais que tu ailles jeter un coup d'œil sur tout ça. D'accord ?

Sauf le respect que j'avais pour le cardinal, je n'avais pu m'empêcher de sourire.

— C'est sûrement un canular, Éminence. Nous sommes au XXe siècle ! Des vierges de seize ans, ça m'étonnerait qu'il en existe encore.

Il rit à son tour et reconnut qu'il avait d'abord eu la même réaction que moi.

— Et alors ? demandai-je.

— Anne, fais-moi ce plaisir. Rien que cette fois. Tu connais la jeune génération bien mieux que moi. Si cette fille, Kathleen Beavier, dit la vérité, tu t'en rendras compte tout de suite. Si elle raconte des histoires, tu t'en rendras compte aussi. Alors, fais tout ce que tu peux. Mène ton enquête !

— Une investigation fait forcément des vagues. Nous risquons de déclencher des réactions. N'est-ce pas un problème ?

— Absolument pas. Tu as carte blanche. Méfie-toi, cependant, que ces réactions ne te retombent pas sur la tête.

Pour la deuxième fois, Rooney faisait allusion à un danger possible, mais je ne ressentis d'abord qu'un frisson d'excitation.

Je quittai l'autoroute à la sortie de Newport. Il me tardait de rencontrer Kathleen Beavier. Il faudrait m'efforcer de ne pas me présenter devant elle avec des idées préconçues. Cependant, ce n'allait pas être facile.

Car en vérité, je ne croyais pas qu'un enfant pût naître d'une vierge – comme Jésus était né de Marie.

9

C'est la gouvernante des Beavier qui m'ouvrit. Mrs Walsh me présenta rapidement à Mrs Beavier, puis me conduisit à ma chambre, située dans le « *cottage* ». Apparemment, j'étais invitée à dormir sur place.

Elle me laissa seule dans une suite avec baie vitrée et vue imprenable sur l'océan. Il y régnait une température fort agréable. Déballant mes affaires, je continuais à cogiter sur l'affaire Kathleen. Cogiter a toujours été l'un de mes passe-temps favoris... Le cours de mes pensées s'interrompit quand on frappa à la porte.

— Oui?

Je perçus un murmure.

— C'est Mrs Walsh. Je viens vous faire couler un bain, miss Fitzgerald.

J'ouvris, m'efforçant de ne pas laisser paraître ma surprise.

La frêle Mrs Walsh avait une chevelure bouclée d'un blanc neigeux. Elle hocha la tête, puis trottina vers la salle de bain. Je l'observai depuis le salon. Elle répandit des huiles parfumées dans la baignoire, sous le jet qui jaillissait des robinets de cuivre bien astiqués.

— Votre bain est prêt, dit-elle en sortant.

Je la remerciai. Elle passa devant moi et s'éclipsa. Mrs Walsh était très collet monté… Elle semblait aussi quelque peu bizarre.

Mon bain est prêt. Magnifique. Je crois qu'il n'y aura pas de problème de ce côté-là.

La salle d'eau était des plus élégantes : porte-serviettes victorien, table de toilette en marqueterie où reposaient de moelleux draps de bain, baignoire montée sur des pieds à l'ancienne. Je notai aussi la présence d'un superbe miroir mural.

J'ôtai mon chemisier et mon pantalon kaki, pour les abandonner sur le sol. J'enveloppai du regard mon image dans la glace.

À quatorze ans, lorsque j'avais commencé mon noviciat, mon corps n'était pas encore formé. C'était à Sainte-Marie, le couvent des dominicaines de Boston. Les miroirs incrustés dans les murs étaient recouverts de peinture. Nous n'avions droit, pour notre toilette, qu'à un petit carré de dix centimètres de côté. Plusieurs années durant, je portai l'habit complet, y compris le scapulaire et les grosses chaussures noires. Même quand j'étais seule, je gardais mes affreux sous-vêtements de coton sous une épaisse robe de chambre. Je me couvrais les cheveux, de jour comme de nuit. On appelait ça la mortification des sens.

Par la suite, je devais comprendre que si j'étais entrée à Sainte-Marie, c'était parce que je ne voulais plus vivre dans notre maison de Dorchester. J'étais la dernière des onze enfants Fitzgerald. Ma mère était une femme de ménage alcoolique. Mon père était agent d'assurances, et il buvait lui aussi.

Je connaissais l'existence de Sainte-Marie grâce à une amie du collège. Un jour, je décidai de m'enfuir et d'entrer au couvent. À Sainte-Marie, je ne tardai pas à devenir la « petite dure de Dorchester ». Cette identité me convenait parfaitement. Les sœurs se montraient bonnes avec moi. En fait, elles m'aimaient plus que mes parents ne m'avaient jamais aimée. En outre, elles tentaient de me tirer d'affaire. Qui sait si elles n'y étaient pas parvenues ?

J'aurais été traumatisée, à cette époque, si j'avais pu me représenter ce que serait mon avenir. Si j'avais pu voir mon corps de femme adulte. Je plongeai les yeux dans le miroir mural couvert de buée. J'accueillais toujours, en me voyant nue, un sentiment mêlé de crainte, de surprise et d'amusement. Je songeais au vilain petit canard d'autrefois. Le petit canard avait perdu toutes ses plumes et s'était glissé dans un corps de femme digne de rivaliser avec les top-models. Je sentis monter en moi une bouffée de narcissisme post-adolescent. Je souris à mon reflet, puis me glissai dans le bain chaud et parfumé.

— On en prendrait facilement l'habitude, murmurai-je.

Ce fut un instant d'hédonisme pur. Mais après quelques minutes, un frisson me parcourut. Je venais de me rappeler exactement où j'étais, et qui j'étais. Je n'étais pas une femme de la haute société venue se faire dorloter dans un complexe de thalasso. J'étais à Sun Cottage, chez les Beavier, à Newport, Rhode Island.

Et j'étais là pour enquêter sur une vierge qui attendait un enfant. Phénomène qui, dans le meilleur des cas, représentait à mes yeux une impossibilité physique.

10

Je hasardai un coup d'œil dans la pièce. C'était une vaste bibliothèque éclairée par une douce lumière naturelle. J'y pénétrai avec la sensation de m'introduire dans le rêve de quelqu'un d'autre. D'abord, je crus qu'il n'y avait personne, puis une voix me parvint :

— Bonsoir, miss Fitzgerald.

Carolyn Beavier se tenait devant une haute fenêtre à meneaux de plomb. On voyait, au travers des carreaux, la pelouse qui descendait jusqu'à l'océan. Je n'avais fait que croiser la mère de Kathleen à mon arrivée, le temps d'une brève présentation. Elle s'était alors montrée courtoise, mais avec quelque chose de formel et de retenu dans le maintien et dans le ton. Carolyn avait largement dépassé la quarantaine. Son gracieux visage ovale aux pommettes saillantes s'entourait de cheveux blonds, séparés par une raie, serrés par un simple bandeau de velours. Elle correspondait parfaitement à l'univers confortable de Newport, Greenwich et Palm Beach.

Elle me présenta à son mari, Charles, un homme aux tempes argentées, dont le visage semblait taillé à coups de serpe. C'était le type même du bourreau du travail. Il portait un costume anthracite et une cravate en soie à rayures. Sa chemise blanche amidonnée s'ornait de boutons de manchette en or.

Il me salua avec politesse, puis se pencha au-dessus d'un élégant secrétaire afin de refermer un attaché-case noir dont les petites serrures claquèrent avec un bruit métallique. Carolyn alla s'asseoir sur un divan habillé de chintz au motif floral ton sur ton. Je fus invitée à prendre place dans un fauteuil Régence. Charles Beavier commença par ces mots :

— Je suis impressionné par vos références, miss Fitzgerald. Doctorat de psychologie. Spécialité : les adolescents. Vous avez travaillé avec des enfants en crise à l'hôpital McLean de Belmont. Et vous avez commis un livre intitulé *Tout ce que vous avez toujours voulu savoir sur les adolescentes sans jamais oser le demander*...

Je perçus dans cette allusion une petite pique un peu malveillante, mais je ne relevai pas. Je me contentai de lui adresser un regard ferme et cordial. Apparemment, le cardinal Rooney avait omis d'inclure dans mon curriculum mon passage dans la police ; je décidai de garder le silence sur ce point pour le moment.

— Pardonnez cette remarque, reprit Charles Beavier. Elle n'était pas du tout nécessaire. Je suis convaincu que votre *Marcher sur les braises* est un ouvrage de valeur.

— Nous sommes en plein stress, dit Carolyn d'un ton d'excuse.

— Je comprends...

— Cela m'étonnerait, dit Charles Beavier durement. Ne le prenez pas mal, mais vous ne pouvez pas comprendre la tension dans laquelle nous vivons. Quand nous avons appris que Kathleen était enceinte, j'ai cru que j'allais l'étrangler...

C'est sa voix qui s'étrangla dans sa gorge. Carolyn se chargea de terminer ce qu'il avait commencé à dire :

— Ce n'était pas seulement le fait qu'elle soit enceinte. C'était surtout que Kathleen ne nous avait rien dit. Je crois que j'aurais mieux supporté si elle avait tenté de m'assassiner.

— Arrête, intervint Charles Beavier. Ce n'est pas ta faute, Cee !

Sa femme poursuivit néanmoins :

— Si seulement on avait été plus proches, Kathleen et moi. Si seulement j'avais pu lui consacrer plus de temps. Si seulement, si seulement…

Elle détourna le regard. J'avais déjà compris que Carolyn Beavier n'appartenait pas du tout à la catégorie « mère au foyer chaleureuse, sociable et pleine d'entrain ». On imaginait sans peine le tourbillon glacé dans lequel elle était prise entre Newport, Boston et New York ; sa vie était celle d'une femme riche mariée à un cadre surmené.

— Kathleen et moi, nous nous aimons beaucoup, reprit-elle doucement. Mais nous ne sommes pas assez proches. Surtout maintenant. Nous ne sommes jamais vraiment devenues amies.

— Tu ne devrais pas dire cela, reprit Charles Beavier. Ce n'est pas toi qui l'a mise enceinte. Ce n'est pas toi qui lui a ouvert les veines dans une clinique pour avortement de Boston Sud.

Le ton était dur, déplaisant même. Mais soudain, contre toute attente, Beavier craqua. Des larmes roulèrent sur ses joues.

Quel tableau ! Spontanément, je tendis la main vers lui – impulsivement, il la prit dans la sienne. Puis il me lâcha pour se tamponner les yeux avec un mouchoir blanc plié en quatre.

— Excusez-moi, dit-il. Nous sommes réellement en plein stress.

— Vous ne voulez pas essayer de prendre les choses plus calmement? dis-je. Je vous prie. Je ne suis pas venue vous juger. Je suis là pour aider Kathleen, si possible. Et pour représenter l'archidiocèse.

Je portai à mes lèvres la tasse à thé la plus charmante qui soit. Des bouquets de violettes flottaient sur la porcelaine blanche frangée d'or.

Carolyn Beavier sourit tristement.

— Je suis sûre que vous allez vous entendre avec elle. Elle est prévenante et affectueuse. C'est une jeune femme très bien.

J'approuvai d'un hochement.

— J'en suis certaine.

Charles vint s'asseoir sur le divan à côté de son épouse. Il lui prit la main.

— Je vais tâcher de tout vous dire, depuis le début, dit-il gravement. Pour autant que nous connaissions la façon exacte dont tout a commencé.

Et Charles s'efforça d'expliquer. Il parlait quelques minutes, puis se taisait brusquement. Et il repartait au fur et à mesure que les détails s'ordonnaient dans son esprit. Les premiers jours avaient été incroyablement difficiles pour la famille. Il s'en souvenait comme des pires moments. Eux, les Beavier, avaient toujours fait confiance à leur fille. Cette grossesse leur était tombée dessus comme la foudre, après l'épreuve déjà dramatique de la tentative de suicide. Et alors qu'ils étaient aux petits soins pour elle, alors qu'ils faisaient tout pour lui rendre la santé, elle leur avait révélé qu'elle était toujours vierge.

Charles avait eu une réaction impulsive :

— Une vierge enceinte, hein? Tu comptes me faire avaler ça?

À présent, il ne comprenait toujours pas ce qui leur arrivait. Car les explications de Kathleen n'avaient jamais varié.

— Ou bien elle ment, reprit Charles, et elle risque de rester à jamais marquée par le scandale. Ou bien elle dit la vérité – alors, elle devient un phénomène pour la médecine…

— Ou la mère de notre Sauveur, murmura Carolyn.

Ce propos resta un instant suspendu, tandis que je tournais et retournais le concept dans ma tête.

Une voix résonna dans le couloir menant à la bibliothèque, rompant tout à coup le silence.

— Je pourrais peut-être essayer de répondre moi-même aux questions de miss Fitzgerald?

11

L'adolescente venait d'apparaître près d'une grande armoire vitrée aux étagères chargées de volumes, romans reliés privés de leur jaquette, histoires d'un autre âge.

Elle était blonde et d'un charme peu ordinaire. Ses cheveux tressés lui retombaient jusqu'aux reins. Elle portait une robe longue en tissu écossais et des baskets montantes. Elle avait sur le bras un tatouage au henné. Kathleen présentait une complexion plutôt mince, ce qui rendait encore plus choquante la taille de son ventre enceint de huit mois.

J'avais pensé trouver sur son visage des signes de dépression, d'anxiété, de peur. Il n'y avait rien de tout cela. En tout cas, pas au premier coup d'œil. Kathleen avait bonne mine. Elle avait choisi ses vêtements non seulement dans le but de faire oublier ses formes, mais aussi avec goût. Je n'eus pas du tout le sentiment d'avoir à faire à une adolescente perturbée sortant d'une tentative de suicide.

— On m'a prévenue de votre visite, dit-elle avec un sourire.

Un sourire merveilleux, ne puis-je m'empêcher de songer. Merveilleux et courageux.

— Je suis Kathleen. Mais vous m'aviez reconnue, je suppose…

— Bonjour, Kathleen.

Je serrais tellement fort les bras de mon fauteuil que mes ongles y laissèrent certainement des marques. Je n'arrivais pas à détacher les yeux du visage de cette fille.

Des traits adorables, vraiment, et qui me rappelaient ceux de la Sainte Vierge. Impossible de s'y tromper.

12

Maam Cross, Irlande

Une semaine seulement s'était écoulée depuis que Nicholas Rosetti avait été victime de cette brutale et mystérieuse attaque, à Rome, alors qu'il sortait juste du Vatican. Il paraissait beaucoup plus âgé maintenant ; et il se sentait plus âgé.

Il avait l'impression, aussi... que quelqu'un l'observait. Il avait même l'impression de savoir parfaitement qui le surveillait et pourquoi. Sa seule protection était sa volonté de servir l'Église, quel qu'en fût le prix.

Cet incident l'avait éprouvé. Il en gardait au fond de lui une frustration. Des médecins l'avaient examiné. Ils s'étaient penchés sur le mal mystérieux dont souffrait Rosetti. Aucun n'avait pu fournir une explication. Les tests ne disaient rien. *Rien !* Qu'est-ce que cela pouvait signifier ? Que l'attaque dont il avait été victime était le produit de son imagination ? *Non !* Il avait bel et bien été malade pendant cinq jours d'affilée. Puis, la douleur s'était évanouie. Les poussées de fièvre aussi. Et les pertes de connaissance. Le mal avait disparu comme il était venu.

Est-ce que je vais bien, maintenant ? Suis-je guéri ? Suis-je sain d'esprit ?

Le père Rosetti conduisait sa petite Ford de location dans les collines irlandaises. Il négociait les virages en épingle à cheveux d'un air grave et déterminé. C'est à peine s'il était réceptif à la beauté de ce paysage où se succédaient prairies et champs de labours. Il ne pouvait remarquer non plus combien les pâtures semblent étranges à cette époque de l'année, quand la saison est finie et que les moutons les ont désertés pour prendre le chemin de l'abattoir.

Son périple touchait à sa fin : il avait parcouru 225 kilomètres depuis O'Connel Street à Dublin. Pourtant, il savait que le vrai voyage ne faisait que commencer.

Plus il s'approchait de Maam Cross, plus l'angoisse grandissait en lui. Il craignait une nouvelle attaque, et cette appréhension le mortifiait. Il aurait voulu pouvoir contrôler sa peur, mais il savait que c'était impossible.

Pourquoi cette impression d'être surveillé ? Il n'y avait personne sur cette route.

Et il y a avait maintenant plusieurs jours qu'il n'avait pas entendu la Voix – cette voix profonde qui le terrorisait.

Le village de Maam Cross lui rappela les temps médiévaux, malgré la présence d'une station-service. Le père Rosetti s'y arrêta pour demander son chemin à un mécano édenté, engoncé dans sa combinaison tachée de graisse. L'homme lui conseilla de continuer vers l'ouest. Et le père suivit ce conseil.

Des barrières aux montants de pierre marquaient le début d'une longue allée sinueuse. Les ormes alignés remuaient leurs branches, jetant sur le pare-brise des ombres intermittentes. De part et d'autre de l'allée s'étendait un parc désert, d'allure inquiétante.

Nicholas poussa un soupir de soulagement en découvrant, au bout de la route, une belle et rassurante maison de pierre. L'École de Filles de la Sainte-Trinité.

Oui, c'est ici.

Ici qu'était la fille. Colleen la Vierge. Si tant est qu'une pareille chose fût possible.

Rosetti laissa sa Ford à l'entrée et grimpa les larges degrés de pierre. Des voix studieuses s'échappaient par la grille d'une fenêtre ouverte – douces et monotones conjugaisons latines, «*amo, amas, amat*»...

Il se surprit à réciter en lui-même les faits épars de l'enquête. S'ensuivit une litanie d'éléments surnaturels, associés à la prophétie scandaleuse prononcée des dizaines d'années auparavant à Fatima au Portugal.

Une vierge. Ici, en République d'Irlande. Sur les lieux mêmes où le pape Jean-Paul effectua en 1979 une mystérieuse visite.

Une vierge qui depuis huit mois portait un bébé.

Une lycéenne de quatorze ans appelée Colleen Deirdre Galaher.

Un fait que Rome et l'Église s'efforçaient à tout prix de garder secret.

Et *tout cela*, ce n'était encore que le début. Rien que le début.

Le père Rosetti frappa distraitement à la porte d'entrée avec le lourd heurtoir. Son cœur battait de plus en plus vite. La crainte l'étouffait. Est-ce qu'on le surveillait? Est-ce qu'on le suivait toujours?

Du moins, la Voix le laissait en paix.

Une grande fille au buste plat apparut dans le couloir. C'était une élève de la Sainte-Trinité: chemisier blanc bouffant, longue jupe grise plissée et souliers noirs traditionnels. Elle avait l'air d'attendre la visite du prêtre. Elle fit une révérence, avant de conduire Rosetti à l'étage, où l'attendait dans son bureau la révérende mère.

Rosetti continuait d'avoir peur d'une nouvelle attaque; il monta l'escalier en se tenant à l'épaisse main courante, comme un vieil homme. Désormais, il était sans cesse sur ses gardes. Il craignait d'être terrassé par une douleur paralysante – il cesserait d'être, tout simplement.

La révérende mère l'accueillit dans son petit bureau humide et froid.

— Il est bien rare que nous ayons un visiteur… et encore plus rare qu'il vienne d'aussi loin que Rome.

Sœur Katherine Dominica souriait avec l'air de vous accorder sa bénédiction, ce qui inspira aussitôt de la méfiance à Rosetti. Le cas de son élève, Colleen Galaher, devait certainement la perturber. En outre, elle s'inquiétait de savoir quelles étaient les véritables intentions de l'émissaire romain. Mais sœur Katherine n'était pas du genre à pécher par excès de curiosité ni à poser des questions. C'était une nonne irlandaise, une provinciale qui savait rester à sa place.

— Ce trimestre, dit-elle, Colleen a dû suivre les cours à la maison. Les autres élèves n'ont pas très bien accepté son état – et leurs parents encore moins. La situation est pour le moins inhabituelle.

— Inhabituelle? dit Rosetti. Oui, on peut la qualifier ainsi.

Il eut un sourire forcé, avant de poursuivre d'un ton sincère :

— Je suis originaire d'une petite ville, ma sœur. Je sais combien les gens peuvent se montrer cruels. Je crois comprendre comment les choses se sont passées ici.

— Je vais vous conduire auprès de Colleen.

Elle hocha brusquement la tête et ajouta :

— Aujourd'hui, exceptionnellement, elle est ici. Ainsi que vous l'avez demandé.

— Je l'ai demandé, oui. Et le Vatican aussi.

Cette exigence, il tenait à la rappeler à la nonne au visage solennel.

13

Le cœur passablement éprouvé de Nicholas Rosetti fit une embardée dès l'instant où il vit l'adolescente. Lui d'ordinaire si vigoureux, si plein de santé, si sûr de ses forces, fut pris d'un mal de tête terrible.

C'était elle. Elle que Pie XIII lui avait ordonné de rencontrer.

Mon Dieu !

La fille avait la peau blanche comme du lait, le nez saupoudré de taches de rousseur, les cheveux hirsutes – elle devait ébouriffer à plaisir ses boucles rousses. Elle était vêtue d'un imperméable beige en mauvais état, propre, mais beaucoup trop léger pour la saison. Une robe de flanelle rouge dépassait dessous. Elle portait aussi des chaussettes de laine dont les élastiques avaient sauté depuis longtemps, et qui retombaient sur des souliers noirs d'écolière, aux talons râpés.

Le cœur de Rosetti continuait de cogner lourdement dans sa poitrine. Pourquoi ce sentiment ?

Il nota la présence, sur une petit bureau, de quelques manuels scolaires, mais également celle d'un livre de poche – *Omnivores*, de Lydia Millet. Rosetti songea que c'était peut-être une indication, une piste. Que pouvait bien signifier cet *Omnivores ?*

Est-ce bien elle ? Dieu Tout-Puissant, elle est si jeune, si fragile !

Et ce ventre énorme, n'était-ce pas affreux ? Cela devait être terrible à porter. Pauvre gosse…

— Assieds-toi, Colleen, je t'en prie. Tu n'es pas obligée de rester debout à cause de moi. Je ne suis qu'un simple prêtre.

Une sœur apporta du thé et des *scones*. Nicholas Rosetti était prêt à procéder à l'interrogatoire dans la forme prévue par la Congrégation des rites sacrés. C'était le premier test. Le premier d'une longue liste.

Une enfant, âgée de quatorze ans, qui avec grande innocence impute le mystérieux état dans lequel elle se trouve à la volonté de Dieu le Père, devait noter Nicholas Rosetti tard dans la nuit. *Pourtant, ce n'est qu'une enfant. Mes prières vont à Colleen Galagher. À mes yeux, elle paraît lumineuse, comme si elle irradiait d'une clarté intérieure. Elle semble dépourvue de malignité. C'est une honnête petite Irlandaise. Enceinte de neuf mois.*

Et voici d'abord ce qui m'a frappé : Colleen a exactement l'âge de Marie de Nazareth à la naissance de Jésus.

Ils parlaient, et Rosetti étudiait la fille. Il paraissait incapable de la quitter des yeux. Soudain, il sentit monter en lui une vague irrésistible d'impressions hideuses et primaires ; sous leur pression, son esprit se vida.

C'était la Voix. La Voix était là. Rosetti éprouvait sa présence. Pourtant, elle ne prononçait pas un mot. Elle ne faisait que rire. D'un rire atroce, épouvantable, que le prêtre n'avait aucun moyen d'interrompre.

Il était tendu. Il se préparait à une nouvelle attaque. La sensation se fit tout autre. Il se cramponna au rebord du pupitre ; il vit sous ses ongles la peau devenir blanche.

— Tout va bien, mon père ? demanda Colleen d'une voix douce, teintée de compassion sincère.

— Parfaitement bien, mentit le père Rosetti.

Elle est si jeune, si menue, si fine.

La Voix. Elle lui parlait.

Il éprouva brusquement une excitation sexuelle irrépressible. Il fut pris d'une forte tumescence. La honte et la culpabilité le tenaillaient. Une violente tentation s'empara de lui : il voulait avoir une relation sexuelle avec cette fille enceinte. Il la désira plus violemment qu'aucune autre femme rencontrée au cours de sa vie.

Prends-la, comme ça, par terre ! Elle peut être à toi, Nicholas. Et tu ne seras pas le premier…

Le père Rosetti quitta la bibliothèque avec une telle hâte qu'il faillit tomber dans l'escalier. Il s'enfuit, pris de frissons incontrôlables.

Tu as vu la jeune vierge, raillait la Voix. *Et tu aimes ça.*

14

Newport, Rhode Island

De l'escalier en bois menant à la plage, j'observais Kathleen Beavier.

Elle lançait des galets dans le ressac. À la façon qu'elle avait de jeter ces pierres, on l'aurait prise pour une sportive accomplie. Elle semblait si sûre d'elle-même ! On avait peine à admettre cette vérité étrange, triste et brutale : Kathleen, voilà quelques mois, avait tenté de mettre fin à ses jours.

Serrée dans mon vieux chandail en cachemire, je descendis les marches.

Apparemment, Kathleen m'acceptait. Elle m'adressa un signe. J'eus droit à un compliment sur la manière dont j'avais noué mes cheveux. L'adolescente jeta un regard admiratif sur mon pull outremer.

Kathleen ressemblait à nombre de filles de son âge, à la différence qu'elle était exceptionnellement jolie. Et qu'elle était enceinte… Elle portait un chandail marron à capuche. Elle avait passé un pantalon large et chaussé des baskets montantes. Elle était coiffée d'un bonnet de laine. Elle avait choisi des vêtements de marques, comme beaucoup d'adolescentes. Et elle se maquillait, mais sans exagération.

Elle me fit une présentation enthousiaste de Sun Cottage, le domaine des Beavier. La propriété avait été jadis une simple ferme. On pouvait encore distinguer sur le sol des traces de bâtiments anciens. Au cottage proprement dit étaient venues s'ajouter quatre ailes imposantes, dans le style victorien. La maison comprenait pas moins de vingt-quatre chambres et huit salles de bains.

— Tout à fait impressionnant, dis-je.

— Pas vraiment l'humble étable de Bethléem... commenta Kathleen avec un sourire.

Et elle ajouta presque aussitôt :

— Je pensais qu'il fallait que l'une d'entre nous brise la glace.

Je ris.

— Alors, considérons qu'elle est brisée. On se dit tu ? Tu sais que je suis détective privé, n'est-ce pas ?

— Tu as apporté un flingue ?

— On dirait que tout le monde se pose la même question en ce moment. Eh bien, oui, j'ai un flingue.

Nous marchions au bord de l'écume, contournant les vagues quand elles menaçaient de mouiller nos pieds.

— Il y a ce que je sais sur toi, commençai-je, et ce que je ne sais pas... On pourrait peut-être en parler.

Elle prit une profonde respiration.

— OK. S'il le faut.

— Il le faut, insistai-je, d'un ton aussi décontracté que possible. Voici ce dont je suis sûre : tu es enceinte, et tu affirmes que tu es vierge.

— Tu sais aussi que j'ai essayé de me tuer.

Je fis oui de la tête.

— Je sais que l'archidiocèse de Boston s'intéresse à ton cas. Je sais qu'ils font tout ce qu'ils peuvent pour que l'affaire ne s'ébruite pas. Ce sera d'ailleurs très difficile. Pourquoi les avoir mis dans le coup d'emblée?

Kathleen écarquilla ses beaux yeux bleus.

— Écoute... D'abord, il y a une petite chose sur laquelle je ne suis pas d'accord. Ce n'est pas que l'Église «s'intéresse» à mon cas. Ils paniquent complètement! Un cardinal est venu ici en personne. Il n'arrivait même pas à me regarder en face... C'est bizarre – bizarre pour moi, en tout cas. J'avais commencé par essayer d'en finir avec «ça», puis j'ai voulu en finir aussi avec moi-même. Là, ma mère s'est décidée à m'écouter. Naturellement, tout d'abord, elle ne m'a pas crue. Après, elle a compris que c'était grave. Je ne me serais jamais attendue à l'entendre s'écrier: «Mère de Dieu!» C'est pourtant ce qu'elle a fait.

Kathleen, en plus d'être jolie, me surprenait par sa vivacité; je me sentais déjà prise de sympathie pour elle. Elle savait s'y prendre pour séduire.

— Qu'a-t-elle fait? Elle a appelé l'évêché?

— Ouais... Si ç'avait été papa, il m'aurait expédiée en Suisse comme candidate à l'adoption.

Kathleen se rembrunit. Elle ôta son bonnet et le roula entre ses mains. Tout en l'écoutant, je ne pouvais m'empêcher de me creuser la tête, cherchant à tirer la situation au clair. Était-elle une ado ambivalente? L'un des symptômes d'une tendance à la psychose maniaco-dépressive est la mégalomanie. Le fait de se prendre pour la mère de Dieu pouvait relever de cette pathologie...

Elle gratta sur son poignet la cicatrice encore visible, puis elle plissa les yeux.

— Après, on m'a mené la vie dure, ici. Ils ont fait venir de Boston une gynéco hors de prix. Les théologiens m'ont examinée, eux aussi. Et des gens de

Harvard, de partout. Encore après, il y a eu tous ces prêtres qui ont débarqué à la maison. Et maintenant, toi ! Cela dit, tu as l'air mieux que les autres. Ils ont dû t'engager par erreur. Mais tu caches peut-être ton jeu…

— Kathleen, s'il te plaît. Tu veux bien commencer par le début ? Cette histoire, je ne l'ai entendue raconter que par bribes. Il se serait passé quelque chose, un certain soir de janvier dernier. Voilà huit mois. C'est à peu près tout ce que je sais. Tu n'es pas allée avec un garçon au bal du lycée ? Qu'est-il arrivé, au juste ?

Les yeux bleus se refermèrent soudainement. Une porte s'était close sur la confiance à peine établie.

— Désolée, dit-elle en secouant la tête, mais ça, je ne peux pas t'en parler. Ne t'aventure pas sur ce terrain. Je veux bien discuter de tout, sauf de ça. Pas question.

Les larmes glissaient sur ses joues ; elle cacha son visage dans ses mains. Je me demandai si elle n'essayait pas de m'avoir. Comment en être sûre ?

— J'ai tellement peur, finit-elle par murmurer. Je me sens si seule. Les gens me voient soit comme une menteuse, soit comme une sainte. Et je ne suis ni l'une, ni l'autre. Je suis moi, c'est tout. Je suis toujours la même !

Voilà comment je me retrouvai tout à coup en train de serrer dans mes bras une ado qui tremblait de tous ses membres. Je pouvais ressentir ses émotions, ses craintes, et jusqu'à sa terrible solitude. Mais qu'avait-il bien pu réellement lui arriver ?

15

Cette discussion sur la plage me laissa dans un état de grande agitation. J'aimais beaucoup Kathleen. C'était un premier point. Mais mon objectivité s'émoussait déjà. J'allais devoir surveiller mes sentiments.

Je passai le reste du début de soirée à interroger les cinq personnes employées dans la maison : les domestiques et les jardiniers chargés de l'entretien du parc. Je m'efforçai de le faire comme je l'aurais fait en n'importe quelle autre circonstance, c'est-à-dire en mettant mes *a priori* de côté. Je fus bien forcée d'en arriver à la conclusion que tous les employés de Sun Cottage adoraient Kathleen. Aucun d'eux ne la prenait pour une menteuse. Ils *croyaient* en elle.

Je regardai le journal de vingt heures dans ma suite. Encore et encore ces images spectaculaires sur l'épidémie de polio, la famine qui sévissait en Inde, la peste en Asie… Où allait le monde ? Je me tenais recroquevillée dans mon fauteuil, abasourdie par le flot de nouvelles.

Après le journal, je fis le point au téléphone avec le cardinal Rooney. Je lui dis que j'avançais, mais qu'il n'y avait pas encore de tremblement de terre en vue. C'est à ce moment-là qu'il se décida à lâcher sa petite bombe.

Il avait décidé d'envoyer depuis Boston un prêtre en observation chez les Beavier.

— Le père Justin O'Carroll, dit-il. Tu le connais.

En effet, oui, je connaissais Justin O'Carroll ! Et comment !

Le dîner en famille fut servi à neuf heures. Mon esprit battit la campagne pendant tout le repas. D'abord, à cause de Kathleen : elle m'avait impressionnée dès le premier regard. J'avais un mal fou à voir clair en elle. D'autant qu'elle défiait toute tentative de classification. Et voilà qu'en plus, Justin O'Carroll débarquait. Que Dieu me vienne en aide ! Où allais-je trouver la force d'affronter tout ça en même temps ?

Après le dîner, je sortis faire un tour. Seule. Mon cerveau fonctionnait à plein régime. Une fois regagnée ma chambre, j'aurais sans doute du mal à trouver le sommeil.

Est-ce une supercherie ? Est-ce la vérité ? C'est une supercherie. Forcément. Mais comment le prouver ?

Quelles en seront les conséquences pour Kathleen ?

Elle m'avait recommandé d'être prudente si j'allais me promener dans le parc ou sur la plage. Un bien curieux conseil. Les abords de Sun Cottage étaient paisibles et fort bien éclairés. En cas de danger, j'étais certaine de pouvoir faire face.

16

L'air nocturne était frais, mais il ne m'apporta pas la quiétude. J'avais espéré trouver un certain apaisement dans le ronronnement des vagues. Or, ce fut tout le contraire : il m'inspira une mélancolie qui me poussait à rester en éveil.

J'essayai de penser à autre chose qu'à Kathleen. Aussitôt, telles des aiguilles attirées par l'aimant, toutes mes pensées se précipitèrent dans la même direction : Justin O'Carroll.

Rooney l'avait choisi. Pourquoi justement lui ? Pourquoi Justin ?

Cela faisait de longs mois que je n'avais pas eu une pensée pour Justin ; maintenant, le passé me revenait avec une précision aiguë.

L'histoire remontait à l'époque où j'étais encore dominicaine. J'avais prononcé mes vœux depuis deux ans. Je ne regrettais rien. J'étais convaincue d'être sur la bonne voie – sur *ma* voie. C'est alors que le père Justin O'Carroll, un Irlandais originaire de Cork, était entré dans ma vie. Et j'étais tombée folle amoureuse de lui.

La première fois que je le vis, il traitait des dossiers pour les Œuvres de charité de Boston Sud. Il portait une chemise de flanelle à carreaux, un jean et des chaussures de chantier. Sur le moment, je n'avais même pas remarqué que j'avais à faire à un prêtre. J'occupais de mon côté un emploi de travailleur social au cabinet du cardinal Rooney, c'est-à-dire au niveau le plus élevé de la hiérarchie. Tout cela se déroulait sur Commonwealth Avenue, dans l'immeuble de l'archidiocèse.

Justin était un garçon très séduisant. Ce n'était pas Daniel Day-Lewis, mais il n'en était pas loin ; il s'en approchait assez pour soutenir la comparaison. Toutes les employées laïques de l'archidiocèse partageaient d'ailleurs cet avis. Il avait les yeux d'un bleu royal, le bleu le plus intense que l'on puisse rêver. Ses cheveux épais étaient noirs, bouclés ; et les jours où il les attachait en catogan, il devenait tout simplement irrésistible.

Il m'arrivait souvent d'être approchée, suivie ou invitée par des hommes séduisants, prêtres du séminaire ou passants croisés dans la rue. Ces derniers ne pouvaient deviner que j'étais une religieuse, puisque je portais des vêtements civils. En général, je résistais à la tentation, sachant trop bien où elle conduisait : onze bouches à nourrir et une existence d'alcoolique. Mais avec Justin, ce fut tout autre chose. D'emblée, il me fit craquer, sans doute à cause de cette force qui émanait de lui. Cela m'intriguait. Il avait une telle confiance en lui ! Il semblait indifférent aux rudesses de la vie. Je le voyais comme un rebelle. Il avait une cause à défendre ; il vouait son existence aux pauvres et en particulier aux enfants.

En plus, Justin était le garçon le plus avisé de la terre. On pouvait l'entendre dire des choses intelligentes sur une grande variété de sujets, qui allaient de la sociologie de l'Irlande à la musique classique, en passant par les arts en général, la politique américaine, la culture pop et même le base-ball. Il aimait Mozart et il était en même temps fan de U2. On pouvait le surprendre en train de fredonner des airs d'opéra aussi bien que du rock. Il avait reçu une éducation traditionnelle. Son caractère était paisible, ouvert, et il témoignait de beaucoup de sensibilité.

Le problème, c'est qu'il était prêtre et que j'étais une religieuse. Nous ne pouvions tout simplement pas nous unir.

Sur la plage, à quelque distance de la maison des Beavier, je m'assis un moment sur un tronc d'arbre échoué. Des visions emplissaient ma tête, ressuscitant ces souvenirs que j'avais cru oubliés.

Je songeai à quel point je réagissais bêtement, autrefois, quand il m'arrivait de me retrouver seule avec Justin. À certains moments, j'étais prise de vertiges. Je me sentais dévorée de culpabilité. Pour être honnête, je n'avais encore jamais vécu auparavant une expérience de ce type. Bien entendu, pendant toute une année, Justin et moi n'avons pas abordé le sujet. Et puis, un beau jour, j'allai passer deux semaines à Washington à l'occasion d'une conférence internationale.

Au milieu de la deuxième semaine, je reçus un appel en pleine nuit.

— Un problème ? demandai-je.

— Le problème, c'est que je pense sans arrêt à la même chose.

La voix était lointaine ; elle me parvenait comme des profondeurs d'un rêve.

— Tu es à Washington, je suis ici à Boston, et tu me manques affreusement. Voilà ce qui occupe mes pensées.

Mon cœur avait bondi. Une force intérieure m'intimait l'ordre de raccrocher. En même temps, j'aurais voulu répondre quelque chose. Je n'en eus pas le temps ; déjà, Justin reprenait :

— Tu n'imagines pas comme c'est dur, pour moi, de te téléphoner pour te dire ça. J'ai décroché le combiné au moins douze fois. Je n'arrivais pas à me décider. Je me sens complètement idiot, Anne. Mais j'ai l'impression que je n'avais pas le choix. Il fallait que je t'appelle.

Que lui dire ? C'est pour décrire de telles sensations, je suppose, que le mot *bouleversant* fut inventé. Justin m'avait affreusement manqué, lui aussi. Pouvais-je le lui avouer ? Devais-je lui dire que le seul fait de penser à lui anéantissait toutes mes facultés de concentration ? Depuis de longues semaines désormais. Depuis des mois, même.

Non. J'étais incapable de le lui confesser. Et je ne le fis pas.

Assez inconsidérément, je répondis d'un trait :

— Je serai rentrée à Boston lundi.

J'ajoutai d'un ton sec que je devais aller me coucher. Sur quoi je mis fin à la communication. J'avais réagi avec dureté. Dans la confusion la plus totale. Avec un manque absolu de spontanéité.

Je passai le reste de mon séjour à Washington à penser à *nous*. Mais j'étais apparemment décidée à prendre les choses de la façon la plus négative qui soit. Dès mon retour, je demandai ma mutation immédiate hors de Boston. Je l'obtins sans difficulté. Je partis suivre des cours à Andover. J'avais prononcé des vœux, j'avais pris un engagement solennel ; il n'était pas question de revenir là-dessus.

Justin parut comprendre ma décision. Il s'abstint de m'écrire ou de m'appeler à Andover. Ma foi se raffermit – l'espace d'un instant, j'avais cru la voir vaciller. Je renouai sans tarder avec le sens profond de mon engagement.

Mais un après-midi, je trouvai Justin qui m'attendait à la sortie des cours. Il était plus rayonnant que jamais.

— Il fallait que je te revoie, dit-il d'un ton résolu. Je regrette, Anne. C'est pratiquement comme si je n'avais plus aucun choix. Comme si j'avais perdu mon libre arbitre.

— Nul ne peut perdre son libre arbitre, répondis-je.

Nous fîmes une longue promenade à travers les rues d'Andover. Je m'efforçai de parler à Justin avec calme, de lui présenter des arguments rationnels, logiques. Une vraie leçon de morale ! Comme tout cela me semble ironique aujourd'hui. L'homme à qui je demandais de se montrer raisonnable était irrésistible à mes yeux. Quand j'étais auprès de lui, je sentais s'éveiller et vibrer toutes les fibres de mon être. Il me prit soudain par la taille. Je plongeai les yeux dans le lac bleu de son regard. J'avais une envie folle de l'aimer. Mais c'était impossible. J'essayai de m'écarter de lui.

— Justin, murmurai-je. S'il te plaît. Il ne faut pas…

— Je t'aime, Anne.

Aucun homme ne m'avait jamais dit cela.

— Je ne veux plus te revoir !

J'avais brusquement fait un pas en arrière. Je tournai les talons, regagnai ma voiture et rentrai chez moi. Je tremblai et sanglotai pendant tout le trajet.

Des mois plus tard, j'appris que Justin avait été muté à Rome, au Saint-Siège. Peu après, je partais pour Harvard. J'avais quitté le voile. Renoncé à mes vœux.

Ainsi va la vie.

À présent, sur cette plage de Newport, déserte, froide et venteuse, je savais que j'avais le désir de revoir Justin. Ce désir prenait même soudain un caractère d'urgence envahissant.

J'approchais de mes trente ans. Et moi aussi, j'étais vierge.

17

Un visiteur attendait dans la bibliothèque, installé dans un fauteuil. Je savais qui était cet homme. Je savais aussi pourquoi il était là. Le docteur Neil Shapiro dirigeait le service d'obstétrique du Mount Sinai Hospital. Il arrivait de New York pour examiner Kathleen. Shapiro était juif, pensai-je. L'examen aurait-il la même valeur aux yeux de l'Église ?

Le docteur Shapiro était d'apparence ordinaire : taille moyenne, cheveux gris et fins. Bizarrement, il n'avait pas l'air d'avoir fait bon voyage. Il prononça quelques brèves récriminations contre le mauvais fonctionnement des lignes intérieures ; il parla aussi d'une curieuse sensation de vertige qui l'avait saisi dès qu'il avait pénétré dans le périmètre de la ville.

J'allai m'asseoir auprès de Carolyn Beavier sur le divan recouvert de chintz et j'acceptai une tasse de café. Si la visite de Shapiro avait un aspect ironique que je n'avais pas manqué de noter, je lui accordais néanmoins toute mon attention.

— J'ai parfaitement compris que Kathleen a déjà été examinée, dit-il, mais il se trouve que l'on m'a demandé de la voir à mon tour. Bien entendu, un examen à l'hôpital aurait considérablement élargi le champ de mes investigations…

Shapiro s'exprimait sur un ton professionnel.

— Je me servirai d'un appareil manuel. Et puisque l'Église n'autorise pas l'amniocentèse…

— Le bébé de Kathleen est peut-être un saint enfant, l'interrompis-je, me faisant l'avocat du diable. Nous ne devrions pas lui faire courir le moindre risque, ne croyez-vous pas?

— Naturellement, dit Shapiro en affichant un sourire hésitant. Dites-moi, comment la patiente prend-elle la chose?

— Je suis sûr que tout ira bien, dit Carolyn Beavier en pinçant les lèvres.

Je ne cessais de me poser des questions sur la relation de Carolyn et de sa fille. S'aimaient-elles? Une constatation s'imposait: elles n'étaient pas très proches. D'après mes observations, elles passaient ensemble aussi peu de temps que possible.

— Elle n'était pas spécialement heureuse d'apprendre que vous alliez venir, dis-je au docteur Shapiro. Et je dois avouer que je la comprends… Je vais voir si elle est prête.

La chambre de Kathleen était au troisième étage. Je trouvai la jeune fille assise sur son lit. Un grand choix de revues pour ados s'étalaient autour d'elle, sur la couverture écossaise. La radio diffusait à fond les derniers tubes pour jeunes. À son expression, on devinait que Kathleen était à cran. Je comprenais cela. J'eus de la compassion pour elle.

— Pourquoi devrais-je le laisser m'examiner? dit-elle sur un ton parfaitement raisonnable. Le docteur Shapiro n'est même pas mon médecin traitant. Encore un étranger qui vient fourrer ses pattes dans mon intimité ! On se croirait dans *X-Files*, pas possible. C'est carrément une atteinte à ma vie privée.

— Ta réaction est tout à fait justifiée.

— Bien, dit-elle. Alors, c'est clair. C'est fini. Terminé. Pas question qu'un étranger me fasse subir encore une fois un examen.

Je l'invitai à considérer les choses plus calmement.

— Il est vrai que le docteur Shapiro ne te connaît pas, Kathy, mais je ne pense pas qu'il ait la moindre intention de te faire du mal. L'avantage, c'est qu'il n'appartient pas à la religion catholique romaine. Donc, le public se fiera à son jugement. C'est une donnée qui peut énormément te faciliter la vie. À tes parents, aussi. Et à ton enfant encore plus.

Kathleen hochait la tête. Elle réfléchissait.

— Très bien, finit-elle par dire.

Cependant, l'exaspération lui raidissait toujours les lèvres. Je crus qu'elle allait se mettre à pleurer. Elle parvint à ravaler ses larmes. Elle était capable de se montrer forte.

Elle portait depuis le matin un vieux cardigan gris trop grand pour elle. Je l'aidai à l'ôter. Je m'attendais à ce que sa mère voulût être auprès d'elle en un pareil moment ; mais tout à l'heure, avant l'arrivée du docteur, lorsque je lui en avais parlé, Carolyn s'était dérobée.

Kathleen avait les seins gonflés et son ventre était énorme. Elle promena un regard autour d'elle. Elle semblait sur le point de craquer nerveusement. J'avais hâte de savoir ce que le docteur Shapiro dirait sur son état.

18

— On peut entrer? dit Shapiro.

Il cherchait à prendre le ton de la plaisanterie, histoire de détendre l'atmosphère.

— Tant que vous ne me touchez pas, oui… Kathleen, elle, ne plaisantait pas du tout.

Elle s'était allongée sur son lit. Le docteur Shapiro s'excusa de cette intrusion, puis il alla s'asseoir dans un fauteuil près de la fenêtre. Il laissa son regard s'envoler un instant vers les posters collés au mur: Justin Timberlake, du groupe 'N Sync, David Boreanaz qui jouait dans la série télé *Buffy contre les vampires*, Matt Damon et Ben Affleck. Ce dernier arborait une étoile dorée collée sur le front.

D'un ton très calme, presque décontracté, le docteur Shapiro posa à Kathleen un certain nombre de questions concernant son poids, son sommeil, sa digestion. Il voulut savoir si elle avait de la fièvre, si elle avait grossi, et où avait-elle pris du poids.

Il lui prit sa tension et sa température. Ensuite, il mesura la distance qui séparait le pubis de la pointe la plus élevée de l'abdomen. Il avait aussi dans sa serviette un instrument d'aspect bizarre, une boîte carrée, en plastique, de quinze centimètres d'arête, munie sur le côté d'un petit haut-parleur.

— Ceci s'appelle un doppler, lui expliqua-t-il. Un stéthoscope doppler. C'est un peu comme une machine à ultrasons. Ça permet d'écouter le cœur du bébé.

Ayant enduit de gel le ventre de Kathleen, il y posa son doppler et pressa ; puis il le déplaça jusqu'à trouver l'endroit où le son était le meilleur.

Kathleen était enchantée et je le fus autant qu'elle.

Le bruit qui sortait de la petite boîte était fascinant, mystérieux, parfaitement naturel. C'était le battement rapide d'un cœur minuscule.

— Cela vous ennuierait-il de vous défaire entièrement, Kathleen ?

Il était clair que ce n'était pas vraiment une question. Kathleen fit descendre son sous-vêtement.

— Voulez-vous vous glisser jusqu'au bord du lit ? Voilà, merci. À présent, levez les jambes et écartez-les.

Elle avait fermé les yeux.

— Kathleen, reprit le médecin, vous n'avez jamais eu de rapport sexuel avec un garçon, c'est cela ?

— C'est ça, dit-elle en gardant les yeux clos. Jamais. Pas dans cette vie, en tout cas.

— Mais vous avez eu des rendez-vous ?

— Évidemment. Tout le monde en a, des rendez-vous.

— Vous a-t-on embrassée, ou autre ?

— Ou autre ? répéta Kathleen.

Le docteur Shapiro marqua un temps. Je compris qu'il s'efforçait de reformuler sa question avec plus de tact.

— Vous savez, n'est-ce pas, qu'un garçon n'a pas besoin d'introduire complètement son pénis en vous pour vous féconder ?

Elle rouvrit soudainement les yeux.

— Personne ne m'a jamais touchée là, dit-elle, la gorge nouée par l'émotion. Je n'ai jamais… été touchée par… un pénis.

— Très bien, Kathleen, je vous remercie.

— Pas moi.

Shapiro, d'un signe, m'indiqua qu'il escomptait mon aide. C'était légèrement présomptueux de sa part, mais j'obtempérai. Il alla chercher un tabouret sous la table de toilette et le tira au bout du lit.

— Voulez-vous me tenir ceci? dit-il en me tendant une petite lampe de poche.

D'instinct, je plaçai la lampe dans l'angle qui lui permettait d'avoir sous bonne lumière les organes génitaux de Kathleen. Il rassura l'adolescente d'une tape sur l'extérieur de la cuisse, puis il enfila un gant chirurgical.

— Bien sûr, dit-il, si l'hymen est intact, je ne puis me servir d'un spéculum.

De ses doigts gantés, il explora les grandes lèvres, puis les petites.

— Là, me dit-il. Voyez. L'anneau de l'hymen.

La membrane était tendue, d'un rose tendre, avec en son centre un dessin vertical. L'ouverture en était minuscule, trop étroite pour laisser passer un corps plus gros qu'une allumette.

Le docteur Shapiro en demeura ébahi.

— Je n'avais encore jamais rien vu de tel, marmonna-t-il.

Il prit le temps de se ressaisir, avant d'ajouter:

— C'est terminé, Kathleen. Vous pouvez baisser les jambes maintenant. Et vous rhabiller.

L'expert ôta son gant de caoutchouc avec un claquement sec.

— Kathleen est enceinte, dit-il, c'est évident. Et son hymen est intact. C'est tout aussi clair.

19

Seule dans sa petite chambre, Colleen Deirdre Galaher se blottissait sous la couverture de laine. La nuit était tombée et, dehors, il faisait froid. Hors du village de Maam Cross, une douzaine de personnes tout au plus étaient au courant de ce qui lui arrivait. Et sur ces douze personnes, très peu s'intéressaient à son problème.

Certes, la très conservatrice Église d'Irlande avait cessé de considérer la vierge Colleen comme une menteuse, mais il ne pouvait pas non plus s'agir d'une affaire de première importance. Le Vatican aurait tellement souhaité que la même discrétion et le même anonymat fussent respectés en ce qui concernait Kathleen Beavier ! Il était beaucoup plus difficile de cacher les choses en Amérique.

Colleen ne dormait pas. Comme chaque nuit, elle priait Dieu et la Sainte Vierge pour que son bébé vienne au monde en bonne santé.

— Faites qu'il aille bien, soupira-t-elle. C'est tout ce que je demande. S'il vous plaît, faites que mon bébé commence sa vie dans les meilleures conditions.

Colleen continua de répéter et de répéter encore sa prière. Au dehors, le vent balayait la lande, se glissait entre les arbres et venait frapper la maison.

— Seigneur, je ne sais pas ce que ce prêtre de Rome est venu faire. Et je ne m'en soucie pas beaucoup. Je prie seulement pour que mon bébé soit béni, pour qu'il vienne au monde et vive sous la protection de votre sainte grâce.

Si sa prière était si simple, c'est qu'elle venait directement du cœur. Elle pria encore et encore – jusqu'à ce qu'elle finisse par tomber de sommeil.

Dehors, « on » la surveillait. Quelqu'un épiait la jeune fille qui dormait dans cette maison et le bébé qui poussait dans ses entrailles.

20

Le cardinal John Rooney savait parfaitement qu'il avait la charge d'un cas hors normes, d'une affaire dangereuse, même. Néanmoins, il ne pouvait plus reculer. Il était trop tard. Il avait eu de longues conversations avec le docteur Shapiro. Avec Anne Fitzgerald, aussi. Ensuite, il s'était entretenu avec Charles et Carolyn Beavier.

Il avait fini par se rendre à l'hôpital Sainte-Catherine, où il avait visité les salles de soins, envahies d'enfants malades ou agonisants. Et c'est le fait de côtoyer ces pauvres gosses contaminés qui lui avait ouvert les yeux. Soudain, dans son esprit, une connexion s'était établie entre l'épidémie de polio et Kathleen Beavier.

Il était préoccupé. Il frotta ses mains l'une contre l'autre. Il s'était servi un whisky, mais sans résultat. L'alcool n'avait pu le réchauffer. Est-ce qu'il faisait vraiment si froid, à Boston ? Le cardinal poursuivait ses spéculations.

Des enfants qui meurent, un bébé né d'une vierge. Mon Dieu, est-ce possible ?

Partout sur la ville, des volutes de fumée gris-bleu s'élevaient vers le ciel, comme pour se mêler à la guerre subtile dont il était le théâtre. Une rumeur courait depuis le début de la journée : on racontait qu'un bébé allait naître d'une vierge. Le cardinal se demanda qui pouvait être à l'origine de ce bruit. D'où la fuite était-elle partie ?

Tard dans la soirée, dans son bureau de Commonwealth Avenue, il rédigea une déclaration laconique.

En réponse à l'intérêt suscité par la grossesse de Kathleen Beavier, une conférence de presse se tiendra lundi. Elle sera donnée à Sun Cottage, dans la maison des Beavier, à Newport. Kathleen Beavier sera présente. Elle répondra aux questions.

Des invitations seront adressées aux journalistes.

Dieu vous bénisse. Vous êtes tous présents dans mes prières.

Il s'appuya contre le dossier de son fauteuil, relut le communiqué et s'interrogea à nouveau : était-il opportun de le rendre public ?

Oui, il le faut.

Il sursauta. Cette voix qu'il venait d'entendre, était-ce sa voix à lui ? Était-ce la voix de son Dieu ? Ou une toute autre voix ?

21

Desmond Porter était journaliste au *New York Daily*. Il avait trente ans et habitait un quatrième étage sans ascenseur dans le West Side. À 21 h 30, il était chez lui. Pendant que Renata, sa copine, remuait avec une longue fourchette des côtes d'agneau dans la poêle, il alluma son PC et entreprit de consulter son courrier électronique. Quelque chose lui disait que l'affaire allait éclater. C'était pour ce soir. Il le sentait.

Dès qu'il vit le signal lui annonçant un message en provenance de Rome, il oublia tout le reste : le parfum de la viande qui rissolait, les anecdotes amusantes de Renata, qui lui racontait sa journée à la galerie, et leur chatte qui faisait le dos rond en lui passant sous le nez l'épaisse fourrure de sa queue.

— Pousse-toi, dit-il en écartant l'animal du clavier, je travaille !

Il lut le document attaché en pièce jointe, y ajouta une note et le transmis par e-mail à Tom McGoey, qui supervisait les informations internationales au *New York Daily*.

Il se saisit du téléphone sans fil et appela Boston. Il eut ensuite une communication avec Rome, qui lui donna apparemment confirmation de ce qu'il cherchait.

Il ne lui restait plus qu'à appeler le cabinet du cardinal Rooney, où il avait pour contact le père Justin O'Carroll. O'Carroll était un garçon intelligent. Et il avait les pieds sur terre, ce qui était rare chez un prêtre.

— Père O'Carroll, pourriez-vous m'indiquer un autre moyen de recouper cette histoire? Quelque chose, quelqu'un à qui vous pourriez m'adresser. J'ai deux confirmations. Il m'en faudrait une troisième. C'est notre intérêt à tous, n'est-ce pas, de vérifier les faits au maximum?

Porter recouvrit le combiné de sa main. Il sentait qu'il touchait au but.

— Renata, baisse un peu la musique, tu veux?

Il considéra sa copine d'un air suppliant, jusqu'à ce que la boîte à rythmes qui cognait dans les enceintes se change en léger murmure.

— Très bien, mon père. Oui, oui. Je comprends parfaitement votre problème. Simplement, veuillez m'écouter. Je vais en discuter avec notre responsable. Sur-le-champ. Il va être obligé de commencer par mettre tout ça au point avec le rédacteur en chef. Allez-vous rester près de votre téléphone, mon père? Oui, honnêtement, je comprends très bien. Je sais que c'est une affaire très sensible. Vous restez près de votre téléphone, alors? Ne vous en faites pas: au *Daily*, nous allons traiter cette histoire avec la plus grande objectivité.

Les bureaux du *New York Daily* se trouvaient dans la 42e Rue. Desmond Porter s'y rendit en un temps record.

Il gagna la salle de rédaction et s'installa derrière son bureau. Il cliqua sur le carnet d'adresses de son ordinateur. Les numéros défilèrent sur l'écran. Il composa celui d'un certain James Lapinsky, un correspondant à Boston. Lapinsky était couché, et il dormait, à en croire sa voix pâteuse. Porter l'informa qu'il n'avait plus qu'à se lever, à s'habiller et à foncer dare-dare Commonwealth Avenue, aux bureaux de l'archidiocèse.

— Oui, Jim, oui. Tout de suite. Je regrette que tu aies mal à la tête. Je regrette qu'on soit dimanche soir. J'ai besoin d'une confirmation orale et c'est urgent. Le père Justin va t'expliquer toute l'affaire selon leur point de vue à eux. C'est un Irlandais pur souche, tu vois. Il peut se montrer très baratineur. Il n'est pas chaud pour tout dire, mais d'un autre côté, il sait que l'affaire sortira d'une façon ou d'une autre. Il est le porte-parole de Rooney. Donc, ce qu'il dit est officiel. Désolé d'avoir foutu ta soirée en l'air…

Il raccrocha aussitôt après avoir murmuré une excuse.

Maintenant qu'il avait mis Lapinsky au boulot, il pouvait traverser le hall et gagner le cube de verre qui tenait lieu de bureau à McGoey. Il frappa, entra et referma la porte derrière lui.

Thomas McGoey, surnommé « le Colonel », était du genre plutôt hargneux. Porter lui expliqua toute l'histoire, sans reprendre haleine.

Quand il eut appris ce qu'il avait besoin de savoir, McGoey décrocha sa ligne directe avec le rédacteur en chef, Joseph Denyeau. McGoey raconta l'affaire à sa façon, c'est-à-dire à une vitesse folle, mais rien n'y manquait.

Au bout d'une minute, il raccrocha et se tourna à nouveau vers le jeune Desmond Porter, tenaillé à la fois par l'inquiétude et l'ambition professionnelle.

— Franchement, Denyeau ne sait pas ce qu'il faut faire. Tel que ça sort de chez le cardinal, ça a l'air bien. Et puisqu'ils ne démentent pas, c'est bon pour nous. Mais il voudrait d'abord lire ton article, Desmond.

À 23 h 45, l'ordinateur afficha la une du lendemain. Le sujet y figurait, avec annonce de développements en pages 19 et 32.

À 23 h 59, dans l'imprimerie du journal, située à Jersey City, la rotative se mit en route. L'édition de la nuit commença à rouler.

À 00 h 16, le monstre de la presse rugissait. Plusieurs centaines de milliers d'exemplaires atteindraient les foyers de la mégalopole avant l'heure du petit déjeuner.

Desmond Porter quitta l'immeuble du *New York Daily* peu après 00 h 30. Il avait sous le bras une édition toute fraîche du journal, encore tiède au sortir des presses. Le sujet de son article, lui, restait brûlant.

Renata l'attendait au Café des Artistes, un endroit animé où ils avaient leurs habitudes, à deux pâtés de maisons de chez eux. Desmond déplia son journal et le parcourut sous la faible lumière des néons jaunes.

Il fit glisser le papier sur la table.

— Eh bien ! lâcha doucement Renata en découvrant le titre qui dominait l'article de son chéri :

« À NEWPORT, L'ÉGLISE CATHOLIQUE
EXAMINE DE PRÈS LE CAS D'UNE VIERGE ENCEINTE »

— Un divin enfant, murmura Desmond Porter. Un putain de divin enfant américain.

Sa voix se perdit dans le brouhaha des consommateurs.

— Et c'est un scoop. *Mon* scoop.

22

Rome, le Vatican

Pie XIII était couché dans son lit, une jambe repliée. Sa peau le brûlait comme un linceul ardent. Il souffrait et il avait peur. Peur de cette épidémie de polio en Amérique. Peur de la famine qui sévissait en Asie et au Mexique. À cause de cette vierge enceinte, aussi. Et peur du mal qui le frappait.

Il arrivait encore à respirer et à déglutir. Mais il ne pouvait plus bouger, ni parler. Il se sentait virtuellement abandonné, impuissant dans son lit. Il n'arrivait même pas à appuyer sur le bouton d'appel.

Et il y avait plus grave encore : pour la première fois de sa vie, le pape était incapable de prier.

Il savait qu'on le retrouverait le lendemain matin, étendu dans cette position. Le camerlingue confirmerait le décès en présence du maître des célébrations liturgiques et autres officiels du Vatican. *Et ensuite ? Vais-je entrer dans la sainte lumière de Dieu ? Ou rester ici, prisonnier de mon esprit et de mon corps ?*

Il sentit qu'il n'était pas seul. Était-ce le diable qui venait le visiter ? Le diable n'était-il pas déjà là, auprès de lui, depuis une éternité, à se moquer de sa faiblesse, prêt à déverser un flot d'images grotesques dans les replis de son cerveau?

Pie XIII n'éprouvait pas de crainte pour lui-même. Seulement pour le vide que son départ allait créer. S'il s'inquiétait, c'était pour le peuple. Et pour les vierges, ces deux jeunes filles qui ne se doutaient pas que leurs destinées s'entrecroisaient.

Au mur, en face de son lit, il y avait un crucifix de bois. Le pape s'interrogea en toute humilité: comment avait-il pu échouer, lui, Pie XIII, à servir le Seigneur? Pourquoi s'était-il laissé vaincre si facilement? Serait-il jamais pardonné? Était-il condamné à finir en enfer?

Il orienta ses pensées vers son enquêteur, le père Nicholas Rosetti. Lui avait-il confié le secret de Fatima? Il n'était plus très sûr de lui en avoir parlé.

Dans le chaos de son esprit resurgirent les traces d'une lointaine journée. Les détails en étaient restés intacts, plus de quatre-vingts ans après.

Le pape se rappela ce 13 octobre 1917. C'était arrivé ce jour-là et la nouvelle avait paru dans le *Times* de Londres.

Cent dix mille témoins, venus des quatre coins de l'Europe, et même des États-Unis, étaient rassemblés au sommet de cette colline, au Portugal. Sous la pluie torrentielle, ils attendaient la venue des trois enfants. Lui aussi était là – lui, le futur Pie XIII.

La pluie avait commencé avant l'aube; un véritable déluge se déversait sur les prairies environnantes. Une pluie froide, paralysante, dont la foule se protégeait sous des milliers de parapluies noirs, formant au-dessus d'elle comme un linceul. L'air transportait des odeurs d'agneau, de poulet et d'oignon.

On s'attendait à un miracle; en ce temps-là, les gens croyaient aux miracles. À 13h05, les trois enfants apparurent enfin, tremblants, escortés par une procession de nonnes et de prêtres d'allure sévère. Derrière eux venaient d'autres prêtres encore, avec leurs soutanes trempées, brandissant des torches rougeoyantes et des croix dorées.

Les enfants – Francisco, Jacinta et leur cousine Lucia – se mirent soudainement à pointer le doigt vers les cieux obscurs et tourmentés.

C'était la sixième fois. Ce serait la dernière.

— Fermez vos parapluies, s'exclama Lucia, qui avait dix ans. Et la Sainte Vierge fera cesser la pluie !

Le commandement de la petite paysanne se répandit dans la foule des pèlerins, dont le nombre allait augmentant sans cesse.

À 13 h 18, ce 13 octobre 1917, on vit s'ouvrir brusquement les sombres nuages orageux qui depuis l'aube offusquaient le ciel. Tous les regards se fixèrent sur le firmament. Une clarté dorée se déploya à la frange des nuages, tandis que resplendissait un soleil aveuglant.

— Regardez ! Le soleil s'est levé !

— La Sainte Vierge est là !

Des milliers de personnes tombèrent à genoux dans la boue épaisse. Ainsi que le *New York Times* ne tarderait pas à le relater, et nombre d'autres journaux avec lui, ce soleil d'après-midi se mit à descendre vers la terre en vibrant et en tournant à une vitesse folle.

Des rayons de lumière transperçaient la foule pétrifiée qui regardait maintenant la clarté retourner en spirale vers le ciel.

— S'il vous plaît, priez la Sainte Vierge, supplia la petite Lucia. Elle dit que la guerre mondiale finira bientôt ! Elle dit que le démon, cette fois, sera arrêté par un signe !

Les hommes et les femmes qui entouraient les enfants se frappèrent la poitrine.

— Je la vois ! Elle est si belle… La Mère de Dieu est redescendue sur terre ici, à Fatima !

Paralysé dans son lit, Sa Sainteté le pape Pie XIII méditait ses souvenirs. Il s'était trouvé là-bas petit garçon, perché sur les épaules de son père, trop jeune encore pour comprendre vraiment ce qui arrivait.

Et pourtant, tout cela fut bien réel.

La Vierge s'était adressée à lui. La Sainte Vierge était apparue. *Et elle avait prévu tout ce qui est en train de se produire aujourd'hui – absolument tout !*

L'attaque frappa cette nuit-là l'homme le plus vénéré du monde chrétien. Son tissu cérébral se déchira. Toutes pensées se séparèrent de son corps – à l'exception d'une seule : il ne saurait jamais laquelle, des deux jeunes filles, portait le divin enfant.

23

Je suis prêtre. L'Église m'envoie pour la représenter dans une affaire importante.

Le père Justin O'Carroll venait de pénétrer dans l'allée, sous un soleil éclatant. À mi-distance, il aperçut la silhouette de Sun Cottage, la belle maison des Beavier. Il s'efforça de reprendre sa respiration, tandis qu'il franchissait les derniers mètres qui le séparaient de la grande demeure. Bientôt, elle se dressa devant lui ; elle semblait lui jeter un défi.

Je suis prêtre.

Il avait les traits crispés. Il allait revoir Anne Fitzgerald. Elle était là, quelque part dans cette maison. Et il n'était pas tout à fait sûr de pouvoir affronter cette rencontre. *Anne*… Dieu sait le temps qu'il avait mis à l'oublier. Leur échec lui avait brisé le cœur. Il ne souhaitait pas le revivre.

Malgré tout, il croyait au destin. Et le destin avait guidé ses pas jusqu'à Newport, jusqu'à la propriété des Beavier, jusqu'à Anne. John Rooney l'avait prévenu. Anne traversait en ce moment une phase particulière ; elle pourrait se montrer dure, voire cynique. Il avait ajouté que c'était d'ailleurs les qualités requises pour cette mission à Newport.

Justin se rappela la dernière fois qu'il avait vu Anne Fitzgerald. Il s'était juré alors de ne plus jamais rien tenter vis-à-vis d'elle. Il se souvenait de cet incident douloureux, trop douloureux, à Andover, quand il était allé l'attendre à la sortie des cours. Elle lui avait crié qu'elle ne voulait plus le revoir.

Cette fille est une épreuve sur ma route.

Peut-être s'était-il montré égoïste, naguère. En tout cas, cette fois, il ne lui infligerait pas l'étalage de ses états d'âme.

— Mon Dieu, murmura-t-il soudain. La voilà.

Une silhouette venait d'apparaître du côté des dunes. Le profil d'une jeune femme qui se dirigeait vers la maison. Justin ne se sentait pas tout à fait prêt. Néanmoins, elle était là. Il accueillit le sentiment qui lui venait toujours en présence d'Anne... *Je l'aime.* Cependant, il s'était juré d'être raisonnable et il ne montrerait rien de son trouble.

Anne marchait à grandes enjambées. Elle semblait pleine d'assurance. Justin reconnut trop bien cette façon qu'elle avait de se déplacer. Et ce geste d'offrir aux caresses du vent ses épais cheveux noirs...

Il eut la sensation d'un déchirement intérieur.

Inévitablement, ils finirent par se retrouver nez à nez à l'entrée de la maison. Le cadre était impressionnant, l'effet brutal ; en un sens, ils convenaient parfaitement à la situation.

Anne le regarda fixement et demeura muette. Qui sait si elle n'était pas furieuse d'avoir été prise au dépourvu ? N'aurait-il pas dû appeler ? S'annoncer, prévenir ?

— Bonjour, Anne.

Il avait l'impression d'avoir perdu la langue.

— Je travaille pour l'archidiocèse, moi aussi. Et sur cette histoire.

Au bout d'un moment, elle répondit d'une voix douce :

— Salut, Justin.

C'est tout ? C'est tout ce qu'elle a à me dire ?

Il se perdit dans ses yeux bruns, peut-être plus longtemps qu'il n'aurait voulu. Il la trouvait plus attirante que jamais. Plus avisée. Plus belle. Il en eut mal. Physiquement.

— Pardon de débarquer comme ça, reprit-il. Il n'est pas facile de dire non au cardinal…

— Je sais, Justin. C'est pour ça que je suis là, moi aussi.

Il restait cloué sur place. Le sang lui cognait aux tempes. Il ne quittait plus Anne des yeux, comme s'il espérait la voir exprimer quelque chose. Même un petit quelque chose. Allait-elle se décider à lui dire ce qu'il attendait – qu'elle était heureuse de le voir ? Ou allait-elle tourner les talons ? Elle n'allait quand même pas se mettre à crier…

Finalement, elle sourit. Et ce fut pour lui comme une bénédiction.

Elle lui tendit la main : le geste conventionnel, plus la chaleur de l'amitié.

— Ça me fait plaisir de te voir, Justin. On a du pain sur la planche, tu sais. Kathleen Beavier est une jeune femme étonnante. Mais je ne pense pas qu'elle devienne un jour la mère de Dieu.

24

Desmond Porter n'aurait jamais imaginé que l'affaire décollerait aussi bien. Il écrasa sa deuxième cigarette et remit le cendrier sur la table de nuit. Du vaste double lit où il était allongé, dans une chambre du Newport Sheraton, il disposait d'une magnifique vue sur les arches paisibles du pont Jamestown.

— Dieu et le *New York Daily* travaillent ensemble, murmura-t-il.

Il y avait un trafic d'enfer sur ce pont – et c'était vraiment le mot juste.

Tous ces gens qui fonçaient vers Newport ! Qui étaient-ils ? Des croyants ? Des curieux ? Des parasites des médias en quête de sensationnel ? Était-il possible qu'ils soient tous sur le coup ?

L'histoire de la vierge enceinte s'emballait à grande vitesse. La Fox, les Hearst, la Warner : tous avaient essayé de lui acheter les droits audiovisuels dans les heures qui avaient suivi la publication de l'article. Ses agents s'en étaient léché les babines. Ils lui avaient assuré que l'affaire Kathleen Beavier allait lui rapporter un gros paquet. Et ce n'était encore que le début. On n'en était encore qu'à l'entrée en matière, à la première page d'un livre à écrire, chargé de folles promesses.

Il y aurait d'abord les commentaires précédant la naissance, avec tous les ingrédients nécessaires en termes de mystère, de controverse, de religion, de sexe – plus leurs conséquences. Ensuite, viendrait la naissance proprement dite : le spectacle. Était-ce une supercherie ? Était-ce la vérité ? Dans les deux cas, ce serait une bonne affaire.

Pour ce qui le concernait, lui, Desmond Porter, cela n'avait aucune importance que Kathleen fût une vierge authentique ou une menteuse hors pair. L'important, c'était son scoop.

Desmond Porter s'habilla rapidement : un pull de velours, une veste beige. Ces fringues lui avaient coûté un peu d'argent, mais il avait toujours eu un faible pour les beaux vêtements. En outre, cette fois, la dépense était justifiée. Aujourd'hui, les caméras seraient pointées sur lui.

Sa voiture l'attendait devant le Sheraton. Il se mit au volant. Il sortait du parking quand il se surprit à faire quelque chose qui ne lui était pas arrivé depuis quinze ou vingt ans. Il priait.

Desmond Porter, diplômé du Cours Regis d'Enseignement Supérieur de Manhattan, se mettait soudain à prier le Seigneur. Non pas qu'il se soit tout à coup mis à croire en la Sainte Vierge, non. Simplement, il avait une telle chance en ce moment qu'il ne pouvait pas ne pas se sentir au moins un peu croyant.

25

La foule avait commencé à se rassembler de bonne heure aux alentours de Sun Cottage. La police de Newport était venue en nombre. Je passai une demi-heure aux barrières à bavarder avec les flics. Ils portaient pour la plupart un œil hautement sceptique, voire ironique, sur cette affaire de virginité. Et je dois dire que je partageais leur avis.

Un des plus bavards lâcha ce commentaire amusant :

— Encore des histoires de richards qui ont trouvé le moyen de tourner un scandale à leur avantage.

Il était pleinement sérieux, et peut-être avait-il raison.

À mesure que se rapprochait l'heure de la conférence de presse, les journalistes accrédités étaient autorisés à pénétrer dans la propriété. Quelques amis de la famille reçurent aussi la permission de franchir le cordon. Je parlai avec plusieurs connaissances ou parents des Beavier : personne n'était à même d'éclairer un tant soit peu le mystère. Ils se partageaient en deux groupes distincts : ceux qui croyaient en Kathleen et ceux qui affichaient un doute agressif.

Trois adolescentes trépignaient derrière les barrières ; la police leur interdisait d'entrer. Elles avaient décidé de riposter en faisant du grabuge. Elles étaient vêtues dans le plus pur style *streetwear*. Très certainement des copines de Kathleen. Je m'empressai d'aller leur parler.

— Je peux vous aider, les filles?

Je m'adressais à elles par-dessus les barrières de la police.

— Vous êtes qui? répliqua l'une d'elles, d'un air de défi.

Elle portait une salopette en jean, des chaussures de chantier et une parka style camouflage.

Toutes les trois arboraient au poignet un bracelet de tissu marqué WWJD, initiales supposées signifier au choix « *What Would Jesus Do* » (« Ainsi ferait Jésus »), ou « *We Want Jack Daniel's* » (« On veut du Jack Daniel's »). En fait, ça voulait sûrement dire les deux à la fois.

— Disons que je fais partie des gens qui sont de ce côté de la barrière. Et vous, vous êtes des copines de Kathleen?

— On était. Avant.

Cette fille s'était autoproclamée porte-parole du groupe. Une autre, grande et blonde, précisa :

— Avant que ses parents ne la coupent du reste du monde. Ses parents et cette sorcière, Mrs Walsh.

— On est ses copines du mouvement Ya-Ya, dit la troisième, une grassouillette au type italien.

Je supposai que l'appellation se rapportait aux *Divins Secrets de la Fraternité Ya-Ya*, un livre que j'avais aimé, moi aussi.

— Très bien. Allez, entrez. Venez participer au pince-fesse de l'année!

J'entrouvris la barrière pour les laisser passer. Mes nouveaux amis policiers se dirent qu'ils n'auraient pas de problème avec les Beavier, puisque l'initiative venait de moi.

— Où est-ce qu'ils l'ont enfermée? demanda celle qui jouait le rôle de leader.

— Dans la cave. En fait, dans une cave sous la cave. Une cellule vraiment affreuse, glacée... Je m'appelle Anne. Je fais partie du système, mais j'ai aussi le sens de l'humour. C'est pour ça que je vous ai fait entrer.

— Sara, dit la grande blonde.

— Francesca, dit l'Italienne.

— Chuck, ajouta la troisième.

— Allons voir votre copine!

26

Kathleen n'arrivait pas à croire que j'aie osé enfreindre la règle et laisser ses amies pénétrer dans la propriété. Lorsqu'elle les découvrit, au seuil de sa chambre, elle rayonna de bonheur.

— Voilà tes sœurs Ya-Ya, chérie ! lança Chuck avec un accent traînant.

L'instant d'après, c'était les grandes effusions.

Je les laissai seules un moment. Elles avaient des milliers de choses à se raconter… Quand je jugeai que cela suffisait, je revins les chercher. Les filles ne firent pas d'histoires. Il y eut de nouvelles embrassades, fort longues, et ce fut tout. Les copines Ya-Ya s'éloignèrent. Kathleen me prit dans ses bras, répétant :

— Merci, merci, merci, Anne. Je te revaudrai ça.

— Je les raccompagne, dis-je.

Dans le hall, nous croisâmes Mrs Walsh, qui nous foudroya du regard.

J'entraînai Sara, Francesca et Chuck vers l'escalier de service : je préférais qu'elles ne rencontrent pas les parents Beavier.

— Comment se fait-il que vous soyez interdites de séjour ici, toutes les trois ?

— Les Beavier sont grave crispés, répondit Francesca. Des vrais enfoirés. Y'a pas pire! Carolyn traite sa fille comme elle traite les poupées de porcelaine qu'elle a dans sa salle à manger de bourge.

— C'est tout?

— Non… On a aidé Kathy quand elle a voulu se faire avorter. On lui a cherché une clinique. C'est nous qui avons tout arrangé.

— Elle y est allée seule. Comment se fait-il que vous ne l'ayez pas accompagnée?

Chuck s'énerva. Elle avait les yeux très noirs, pareils à des perles minuscules.

— À cause d'un malentendu. On avait compris que le rendez-vous était fixé au lendemain. Autrement, on serait allées avec elle, bien sûr! Vous déconnez ou quoi?

Nous arrivions à l'office. Je m'arrêtai pour considérer les trois filles. J'étais sûre qu'elles se sentaient à l'aise avec moi, et c'était un point de marqué.

— Vous êtes qui, au juste? demanda subitement Sara.

J'hésitai avant de répondre.

— Je suis quelqu'un qui essaie de comprendre tout ça.

— Ah, ouais? Bienvenue au club, alors. Parce que tout ça, c'est au-delà de toute compréhension. Ça n'aurait pas dû pouvoir arriver… Donc, ce n'est pas arrivé.

C'était Sara qui venait de s'exprimer. Je hochai la tête.

— Autrement dit, vous ne croyez pas que Kathleen soit vierge?

Elles se mirent à chuchoter entre elles.

— Si, en fait. Kathleen ne ment jamais. Jamais de chez jamais. Elle a un espèce de code d'honneur perso. Pas de mensonge.

— Et ce mystérieux garçon? demandai-je.

Je retins mon souffle.

— Jamie Jordan ? bredouilla Francesca. C'est pas lui le père. Il dit que c'est lui, mais c'est pas vrai. C'est un crétin complet. Impossible que ce soit le père du nouveau Jésus.

Les trois filles étaient entièrement d'accord sur ce point.

27

Mrs Walsh était révulsée. Ces filles avaient osé pénétrer dans la maison.

Les sales petites pestes ! Des démons qui salissaient tout ce qu'elles touchaient !

Elles sont enfin reparties. Pas trop tôt !

Mrs Walsh rangeait du linge dans l'armoire de la chambre d'amis, quand elle crut entendre à nouveau des bruits de voix chez Kathleen. *À qui parle-t-elle, maintenant ?*

Cédant à la curiosité, elle reposa sa pile de linge sur le lit aux montants de bois précieux. Elle se glissa dans la faible clarté du couloir, puis se rapprocha à pas de loup de la chambre de Kathleen. Elle tendit l'oreille.

Ida Walsh ne distingua pas clairement ce qui se disait. Mais Kathleen était bel et bien en train de parler à quelqu'un. Mrs Walsh n'avait vu personne monter l'escalier, après le départ des trois « démons ».

Kathleen récitait ses prières, sans doute, avant de rencontrer les gens des médias. Il était normal qu'elle appréhende une situation aussi impressionnante. Elle avait beau être enceinte, elle n'était encore qu'un bébé.

Avec précaution, la gouvernante se rapprocha encore de la porte. Elle saisit la poignée. Et, aussi doucement que possible, elle s'introduisit dans la chambre.

— Cœur Sacré de Jésus! souffla-t-elle.

Elle en resta bouche bée, la main devant les lèvres. Elle n'en croyait pas ses yeux.

La gouvernante bascula en arrière. De sa main droite, elle chercha à tâtons sur sa poitrine le crucifix au bout de sa chaîne. Il avait disparu. Il n'était plus autour de son cou! Comment avait-il pu s'évanouir ainsi?

Soudain, ce fut le noir. Elle sentit qu'elle était devenue aveugle.

L'instant d'après, elle n'entendait plus rien. Plus un bruit. Sourde, elle se crut sourde! Aveugle et sourde.

De sa bouche jaillit un mugissement inhumain. Elle avait perdu l'usage de la parole. Était-elle morte? Elle s'écroula sur la moquette. Elle gémissait. Elle voulait s'arracher les paupières.

Brusquement, à la faveur d'un éclair de lucidité sidérant, elle *sut*. Elle était pareille à l'épouse de Lot, qui s'était retournée pour voir Sodome et que Dieu avait changée en statue de sel. Elle avait défié le Seigneur et le Seigneur l'avait punie.

Dans la seconde qui avait précédé le choc, elle avait vu Kathleen parler à quelqu'un, à voix haute. En faisant de grands gestes. Et en proférant les plus honteux blasphèmes.

Ida Walsh avait entendu aussi une autre voix – une voix très profonde. Une voix d'homme. Et cette voix crachait à Kathleen: *«Putain! Fille de Satan!»* Cette voix ordonnait à Kathleen d'avouer la vérité. Elle lui commandait de profiter de la grande conférence de presse pour tout dire. Il n'y avait aucun doute là-dessus… Un détail, encore: Ida Walsh n'avait vu personne d'autre que Kathleen dans la chambre. La jeune fille était seule.

Cependant, le miroir réfléchissait quelque chose. La gouvernante en était sûre. De hautes flammes léchaient le tain du miroir. Des flammes rouge et or. Les flammes de l'Enfer.

— Sainte Mère de Dieu, venez-moi en aide… gémit-elle dans son délire.

Elle gisait à terre. Elle fut prise de convulsions, telle une démente. Elle avait vu l'Enfer de ses yeux. Elle était convaincue, dans chaque parcelle de son être, d'avoir entendu le diable en personne s'entretenir avec Kathleen.

28

Quand Kathleen commença à descendre la longue volée de marches qui s'étirait vers la pelouse, à l'arrière de la maison, des lambeaux de brume formèrent un voile au-dessus de Sun Cottage. Le ciel prit une couleur de cendre et se zébra de larges entailles violacées. On se serait soudain cru un soir d'hiver, à la tombée de la nuit.

Attentive à ce phénomène climatique, je me pris à songer une fois encore aux événements étranges qui partout accablaient les hommes : ces épidémies, ces malheurs, ces famines… Je continuais à chercher le lien susceptible de relier des faits aussi épouvantables et la promesse d'un enfant accouché d'une vierge. Était-ce l'Apocalypse ? Je n'arrivais pas à admettre une pareille idée. Mais je ne parvenais pas non plus à chasser de mon esprit ces images de chaos et de malédiction.

Kathleen se couvrit les yeux au moment où la centaine de flashs crevèrent l'ombre répandue sur la pelouse. La scène était incroyable. Elle semblait une enfant épouvantée devant le parterre qui l'attendait. Et elle était enceinte.

Elle s'approcha encore. Famille et amis dressèrent autour d'elle un double mur protecteur. Les micros l'attendaient, dressés sur une table de banquet de cinq mètres de long.

De l'autre côté de la table se pressaient plusieurs dizaines de journalistes, dont certains étaient des célébrités. Reporters et cameramen jouaient des coudes pour occuper la meilleure position. Derrière eux éclataient d'aveuglantes lumières. Les caméras vidéo se mirent en marche, insolentes, dardant vers Kathleen leur petit œil rouge. Sur les camions stationnés en file indienne dans l'allée, tournaient les paraboles des liaisons satellites.

Je regardai Justin. Il était présent sur ordre du cardinal. L'était-il aussi pour une autre raison? Alors, pourquoi justement en cette étrange circonstance? Pourquoi étions-nous soudainement réunis, lui et moi? Je ne pouvais m'empêcher de songer qu'il existait une explication à tout cela. Une cause mystérieuse et profonde. J'aurais tant voulu que tout fût logique, clair, normal – et les choses ne prenaient pas du tout cette tournure.

Kathleen fixa cette bousculade bruyante et irréelle. Elle fut prise d'un frisson. Je la plaignais.

Les flashs des appareils photo se faisaient toujours plus nombreux, la frappant cruellement. Elle ne tarda pas à être aveuglée. Elle ferma les paupières.

Elle serrait entre ses doigts crispés le haut de son ample tunique, le seul vêtement dans lequel elle se sentît bien depuis quelques jours. Je savais quelles étaient ses pensées. Elle se tourmentait sans doute: comment ces hommes et ces femmes la jugeraient-ils? Les gens des médias allaient-ils la dépeindre comme une menteuse invétérée? Feraient-ils d'elle une folle? Une simulatrice? Qu'allait-elle bien pouvoir dire qui puisse les convaincre?

Grand et majestueux dans la pourpre cardinalice de sa robe, John Rooney s'approcha enfin des micros.

La conférence de presse avait commencé. Dans un instant, le monde allait savoir.

29

— Merci à tous d'avoir répondu à une convocation aussi inopinée, commença le cardinal sur un ton bienveillant qui lui était habituel.

Il promenait son sourire sur la foule, l'air d'embrasser l'assistance du regard et de fixer en même temps chacun en particulier.

Il ne voulait à aucun prix laisser voir son inquiétude ; encore moins les craintes que lui inspiraient les faits apocalyptiques survenus de par le monde au cours des dernières semaines. Il ne fallait pas que les gens perdent espoir.

— Voudriez-vous, s'il vous plaît, vous joindre à moi le temps d'une brève prière silencieuse ?

Il croisa les mains et inclina la tête. Beaucoup l'imitèrent, y compris parmi ceux qui n'étaient jamais entrés dans une église catholique.

Après un temps de silence, l'archevêque de Boston déclara ouverte la conférence de presse. C'est une séduisante jeune femme en tailleur Burberry marron qui ouvrit le bal.

— Terry Mayer, du *Chicago Sun*. Beaucoup ont l'impression que l'Église traverse une période difficile.

Tout se passe comme si elle était en train de perdre de sa puissance…

La journaliste s'exprimait avec un agréable accent du Middle West.

— On entend des rumeurs, poursuivit-elle, faisant état d'un schisme possible entre conservateurs et libéraux. Existe-t-il un lien entre ces difficultés d'ordre politique et notre réunion d'aujourd'hui?

Le cardinal Rooney secoua négativement la tête.

— Les conflits qui opposent les responsables de l'Église ne devraient pas susciter tant d'inquiétude. L'Église est une entité humaine. C'est son défaut. Mais c'est aussi sa force. Et sa beauté. J'ajoute qu'il n'y a aucun lien entre la politique de l'Église et Kathleen Beavier. Absolument aucun.

La voix profonde du cardinal planait sur la foule. Rooney dégageait une impression de sincérité et de prudence. Il donnait le sentiment de dire la vérité.

Il répondit à plusieurs questions sur ce même ce sujet, jusqu'à ce qu'un journaliste qu'il connaissait demanda la parole.

— Desmond Porter, du *New York Daily News*. Monseigneur, Kathleen Beavier pourrait-elle nous indiquer quelques précisions en ce qui concerne ses perspectives, ses projets… De quelle façon envisage-t-elle les choses? Nous aimerions connaître son point de vue.

Le cardinal hocha la tête d'un air pénétré, puis il fit signe à Kathleen de s'avancer.

— Kathleen va venir vous parler. C'est son souhait, à elle aussi, d'être entendue.

30

Kathleen se sentit défaillir. Tout cela n'était pas réel. Pendant quelques secondes, son esprit demeura absolument vide. Elle regardait fixement les journalistes.

C'est alors qu'elle distingua, au fond, derrière les barrières, ses trois copines, Sara, Francesca et Chuck. Elles lui adressèrent de petits signes d'amitié. Cette vision aurait-elle pour effet de lui donner un peu de courage, ou aggraverait-elle encore les choses ? Elle ne savait plus. Au prix d'un effort surhumain, elle ouvrit la bouche.

— Je ne me suis encore jamais adressée à une audience aussi nombreuse. Ni aussi prestigieuse.

Sa voix domina l'assistance avec une force qui la surprit elle-même. Elle se tourna alors vers moi. Je lui souris.

— Je ne suis pas trop à l'aise quand il faut parler en public. Pour être honnête, j'ai tenté un essai tout à l'heure dans la maison. Le résultat fut affreux…

Son visage s'éclaira enfin. Elle manifestait un embarras sincère. Je vis que certains journalistes étaient conquis par sa franchise.

— Au printemps dernier, j'ai appris que j'attendais un enfant. Même si j'étais – je suis – toujours vierge.

Naturellement, ça m'a effrayée, bouleversée. J'ai fini par trouver le courage d'en parler à mes parents. Ils ont fait venir le médecin de famille. Et le médecin a déclaré que j'étais bien enceinte. Et tout à fait vierge, aussi. Après, d'autres tests ont été effectués. Par des médecins de Boston d'abord. À l'université de Harvard ensuite. J'ai dû me taper tout un tas de questions suspicieuses de la part de toutes sortes de prêtres. En définitive, le Vatican y a mis son grain de sel. Et la semaine dernière, un nouveau médecin a débarqué. Il venait de New York. Comme les autres, il a pu vérifier que j'étais bien intacte. C'est tout ce qu'il y a à dire. Je suis enceinte de huit mois. Je suis en bonne santé. L'enfant est en bonne santé.

Une voix s'éleva du groupe de journalistes.

— Mrs Beavier, vous venez d'affirmer : « C'est tout ce qu'il y a à dire. » Sans vouloir vous froisser, pourquoi devrions-nous nous satisfaire de ça ? Nous sommes assez nombreux à penser qu'il y aurait beaucoup plus à dire, au contraire.

Kathleen marqua une hésitation. Selon elle, tout était dit. C'était son sentiment personnel.

C'est alors que la Voix lui parvint : « *Allez, dis-leur vraiment la vérité ! Dis-leur !* »

— Bon, c'est vrai, reprit-elle dans un murmure. Il m'est arrivé quelque chose. Au mois de janvier.

Les micros amplifiaient sa respiration, soudain plus rapide.

— Vous ne voudriez pas nous raconter, Kathleen ? Qu'est-ce qui vous est arrivé au mois de janvier ?

« *Dis-leur toute la vérité au sujet de ton putain de gosse ! Oui, oui, allez, dis-le, maintenant !* »

Mais Kathleen secoua violemment la tête.

— Non, je regrette.

Un souffle de vent fit frémir ses longs cheveux blonds. L'atmosphère était tendue.

— Il y a des choses dont il m'est encore impossible de parler. Je suis désolée. Pour le moment, il faut que vous acceptiez certains faits en vous appuyant sur la foi et rien d'autre.

Soudain, elle se mit à trembler. Elle avait froid. Elle avait peur. Elle se sentait si seule devant cette forêt de micros et de caméras. Elle n'avait pas envie de se mettre à pleurer – mais leur dire la vérité, non, pas question ! Elle n'en aurait pas la force.

— Vraiment, dit-elle, je n'ai pas voulu tout ça. Je regrette…

Quelque chose parut la distraire. Elle se pencha en avant. Elle plissa les yeux.

Un mouvement s'était produit dans l'ombre de la rangée de pins – ces pins immenses qui semblaient de noires sentinelles dressées là-bas, derrière la masse des reporters.

Kathleen sentit son cœur battre plus vite. L'enfant bougea – avec violence. Une chaleur bizarre traversa tout son être. Elle avait affreusement peur.

La Voix s'éleva de nouveau : « *Dis-leur ! Dis-leur la vérité, sale putain lubrique ! Dis-leur de qui est le gosse !* »

Kathleen fit non de la tête. Elle parla plus fort, pour couvrir la rumeur de la foule. Et pour dominer la Voix.

— Elle est là. La voici !

Elle pointait le doigt vers les pins. Tous les reporters tournèrent la tête.

— La Sainte Vierge. Elle est venue.

Les tendres yeux bleus de Kathleen avaient pris un aspect vitreux. Son regard s'était fait lointain. Et apaisé. Son visage rayonnait.

Toutes les caméras zoomèrent pour cadrer Kathleen en gros plan. Chaque opérateur voulait saisir l'expression d'innocence et de ravissement qui émanait d'elle.

— Vous la voyez ? murmura-t-elle.

Les larmes roulaient sur ses joues. Elle tremblait de tous ses membres. Elle sembla sur le point de s'évanouir.

— Vous ne la voyez pas ? Mon Dieu, s'il vous plaît, pourquoi moi ? Pourquoi moi et moi seule ? Elle est là, vous savez. Elle est là et vous ne pouvez pas la voir. Elle est là, je vous le jure. Et elle est si belle ! Vous ne la voyez pas ? N'y a-t-il personne d'autre que moi qui puisse la voir ?

31

Depuis la nuit des temps, les gens avaient eu besoin de croire, et c'était encore plus vrai maintenant. Ils voulaient avoir la foi et peut-être ne savaient-ils plus comment gérer cette aspiration. Je me retrouvai ce soir-là dans le salon des Beavier. Étaient présents, outre Charles et Carolyn, Justin, le cardinal Rooney et Kathleen. Nous regardions des reportages en provenance de toute la planète. Partout, on espérait un miracle.

À Rome, un Italien de quatre-vingts ans, manœuvre de son état, fit danser et tournoyer sa femme sur la place mille fois consacrée, la majestueuse place Saint-Pierre. La femme avait l'air d'avoir retrouvé ses vingt ans. Les cloches se mirent à sonner, et leur musique immémoriale revêtit soudain une signification nouvelle pour les dix mille croyants qui se pressaient sous l'ombre immense de la basilique.

À Berlin, une messe eut lieu à la Gedächtniskirche Kaiser-Wilhelm, et la masse des croyants se répandait jusqu'aux néons du Kurfürstendamm.

À Saint-Patrick de New York, le cardinal O'Connor célébra un office extraordinaire qui rassembla six mille personnes.

À Dublin, on hissa le drapeau papal jaune et blanc sur le grand bureau de poste de O'Connell Street, et sur tous les toits de tous les restaurants et des pubs.

À Notre-Dame de Paris, la cloche de treize tonnes de la tour Sud répandit le saint message vers la rive gauche et la Sorbonne, vers le marché aux Fleurs et les Halles. Sur le parvis, au pied des hautes tours, les curieux, les amoureux, les clochards et les amuseurs des rues marquèrent une pause solennelle. La foule offrit une prière à cette jeune fille américaine dont les journaux disaient que des liens familiaux l'attachaient à la France.

À minuit, au Vatican, une fumée s'éleva au-dessus d'une petite cheminée, non loin de la chapelle. La place elliptique du Bernin retentit de plusieurs coups de canon.

— Nous avons un pape ! s'écria la foule en extase.

Une fenêtre s'ouvrit au dernier étage du palais apostolique. Une silhouette minuscule apparut. L'homme portait un habit de soie et une calotte. Le nouveau pontife, Sa Sainteté Benoît XVI, étendit les bras sur la foule.

Les gens saluèrent la lointaine figure.

— *Papa, Papa !* criaient-ils, *parlez-nous de la vierge !*

32

Irlande

Ce soir-là, vers l'heure du dîner, Colleen vit par la fenêtre un vieux bus Volkswagen s'approcher de sa maison. C'était le prêtre de la paroisse. Il venait la voir, accompagné de deux sœurs. Elle monta se réfugier au grenier.

Il y avait là-haut un tas de vieux vêtements qui sentaient le moisi, des draps et des tapis abîmés que l'on avait repoussés dans le fond de la pièce. L'endroit était sombre, malgré l'ampoule nue suspendue à une poutre.

Colleen se terra sous la pile de vêtements et s'arrangea pour qu'ils la recouvrent complètement. Elle n'y voyait plus rien, mais elle entendait très bien encore.

Ils étaient en bas. Ils parlaient entre eux. Bientôt, ils l'appelèrent :

— Colleen, Colleen, c'est sœur Katherine !

— Et le père Flannery ! Tu es là, Colleen ?

Ils finirent par se décider à monter. L'escalier grinça. Ils entrèrent dans la chambre de Colleen.

Maman est avec eux, songea Colleen. *De toute façon, elle ne les aidera pas à me retrouver. Elle ne pourrait pas. Elle ne comprend plus rien. Sa mémoire est morte.*

Virtuellement, Colleen était seule dans la maison, désormais – seule avec son bébé.

Avec précaution, elle protégea son ventre du berceau de ses bras.

Mon bébé… N'aie pas peur. Personne ne te fera du mal. Ils ne viendront pas nous embêter. Tout ira bien. Tu verras. On est tous les deux.

33

Irlande

Ce même soir, le père Nicholas Rosetti embarqua sur le vol quotidien pour Shannon Airport. Il savait où il devait se rendre à présent. Il lui fallait rencontrer la deuxième fille. Car on devait prendre en compte l'existence de deux vierges : la première en Irlande, l'autre en Amérique.

L'histoire de Colleen Galaher n'avait pu déjà se diffuser. Son village était trop petit, trop éloigné de tout. Il n'en allait pas de même en Amérique, bien au contraire. Là-bas, la nouvelle s'était répandue comme un feu de broussailles.

Rosetti cherchait à comprendre. Que signifiait tout cela ? Comment déchiffrer ces deux faits parallèles ? Quelle conclusion en tirer ?

Il essaya de se détendre. Il était anxieux. Il craignait que cette damnée Voix ne revînt le tourmenter.

Il prit des notes sur Colleen, noircissant plusieurs pages de son cahier. Ensuite, il essaya de dormir. Mais ce fut impossible. Les autres passagers, eux, sommeillaient tranquillement et il ne pouvait s'empêcher de les envier.

Nicholas Rosetti avait incliné son siège. Il s'allongeait pour relire son compte rendu, quand le petit avion se mit soudain à trembler. Les voyageurs se réveillèrent en sursaut. Tout vibrait. Des cris s'élevaient déjà. Rosetti songea à l'attaque dont il avait été victime à Rome.

Qu'est-ce que c'est, maintenant? Au nom du Ciel, qu'est-ce qui se passe encore?

La peur s'était emparée de tous les passagers. La plupart avaient la sensation que le moteur était sur le point d'exploser. Rosetti se sentit mal: il eut l'impression d'avoir une bombe logée dans la boîte crânienne.

L'espace d'un instant, il se demanda si l'appareil n'avait pas été touché par un autre avion. D'instinct, il se protégea la tête. Son voisin se cramponna à lui en hurlant:

— On tombe! On va mourir!

De la cabine s'échappèrent des cris d'effroi. Le temps devint élastique. L'avion s'inclinait en un piqué implacable. Chacun eut la nausée. Tous furent glacés d'horreur.

Une telle chose ne peut arriver. C'est tout simplement impossible. Mon avion ne peut pas tomber comme ça.

Mais l'appareil était bel et bien en train de tomber. Après un violent virage à droite, il descendait maintenant en spirale. Le pilote ne contrôlait plus rien. Il ne pouvait savoir où son appareil allait s'écraser. La vapeur d'eau plaquait contre les hublots ses lambeaux de gaze. Les nuages enveloppaient les passagers comme d'un linceul. Les cris augmentèrent encore.

— Cramponnez-vous! Cramponnez-vous! hurla la voix du commandant.

Rosetti se pencha et se cramponna à ses chevilles de toutes ses forces. Il priait furieusement. *In nomine patris, et filii, et spiritus sancti*... Passèrent devant ses yeux les visages de sa mère, de sa sœur, de son frère aîné. Puis il vit également celui de Colleen, la vierge.

Et son visage était absolument, terriblement réel. Ce fut comme si Colleen était là, présente devant lui dans cet avion qui fonçait vers l'abîme.

Le père attendit : l'effroyable Voix allait sûrement se faire entendre. Mais non. La Voix ne vint pas.

Le petit avion fit mine de se redresser, mais ce fut pour basculer de nouveau. Il toucha la cime des arbres. Enfin, il atteignit le sol, dans un vacarme de métal broyé. Il y eut une explosion, assourdissante... Rosetti sentit sa cage thoracique heurter ses genoux. L'avion faisait la roue. Il se brisait en morceaux, projetant des lambeaux de ferraille dans toutes les directions.

La dernière particule de son s'éteignit. On n'entendit plus aucun bruit. Tout s'était brusquement arrêté.

Rosetti ouvrit les yeux, au milieu d'un sombre chaos. Un sifflement déchira l'air. Cela venait de l'arrière. Des flammes s'élançaient.

Je vais mourir brûlé vif. Tous ces gens vont mourir. Suis-je arrivé en enfer?

Il respirait avec peine. Il déboucla la ceinture de son fauteuil. Ses doigts tremblaient. Ils étaient moites. Rosetti tomba sur le plafond de l'appareil renversé.

Il ne savait plus où il était. Il roula sur lui-même. Bientôt, il se tint à nouveau sur pieds. Il se fraya un chemin à travers un capharnaüm de bagages et d'objets. Instinctivement, ses pas le conduisaient vers ce qui avait été la sortie de secours.

L'épave reposait sur un champ de maïs caressé par les rayons du soleil.

C'est un cauchemar... Je vais me réveiller.

Il hésita avant de descendre de la carcasse retournée. Partout, derrière lui, gisaient des corps sans vie. Il se retourna vers les flammes. La chaleur augmentait, implacable.

— Quelqu'un est vivant ? Répondez-moi…

Il hurlait en direction de la fournaise.

Aucune réponse ne lui parvint. Il n'entendit que les grésillements du plastique en train de fondre. Alors, il fit volte-face et sauta, se laissant tomber sur la terre ferme. Il n'avait pas le choix. Ses jambes menaçaient de se dérober. Pourtant il trouva la force de s'éloigner en courant. Il gagna le milieu du champ. La fumée lui brûlait les poumons. Il s'attendait à une nouvelle explosion.

L'avion était couché sur le dos, réduit à l'état de brasier. L'acier se tordait sous l'action des flammes.

Est-ce l'Enfer ? Les portes de l'Enfer ?

L'air se chargea d'oxyde de carbone, auquel se mêla une puanteur de chairs grillées. Rosetti n'avait jamais rien vécu de pire.

Il s'essuya le front du revers de la main. Il se trouvait à quelques dizaines de mètres de l'incendie seulement et il était le seul survivant du désastre. Pourquoi lui ?

Une courte bouffée d'hilarité s'empara de lui : il était en vie ! Mais ce sentiment fut bientôt chassé par un autre : la honte, le remords.

Ils ont tous péri.

Il tomba à genoux et pria pour l'âme des défunts. Lui revinrent en mémoire les paroles solennelles prononcées par le pontife quelques jours plus tôt à Rome. *« Tu devras agir seul. »* La phrase le traversa comme une bénédiction.

Il se remit debout. Il essaya de réfléchir, vite. S'il y avait un champ de maïs, il devait y avoir une ferme. Il devait y avoir un village.

Sa chemise et son pantalon étaient tachés mais intacts. Et il avait encore ses chaussures aux pieds. Il n'avait pas une égratignure.

« Tu devras agir seul. »

Nicholas Rosetti tira sur sa veste, puis il se mit en route vers une haie qui longeait une route. Et plusieurs pensées se présentèrent dans son esprit comme une évidence :

Quelque chose, ou quelqu'un, est en train d'essayer de me tuer.

Quelque chose d'autre, ou quelqu'un d'autre, voudrait que je reste en vie.

34

La jeune femme entendit frapper un bruit sourd dans l'obscurité. Ses yeux s'ouvrirent en un éclair. Son cœur cognait. Il y avait un homme dans sa chambre ! Elle distinguait parfaitement sa silhouette de profil.

— Je t'ai manqué ? demanda cet homme.

Il se mit à rire. Sa voix était profonde. Quand il s'approcha d'elle, sa présence menaçante projeta sur le lit une ombre spectrale.

— Pas une seconde ! répondit-elle avec la même impudence.

Mais il savait que le sang lui battait dans les veines. Kathleen voulait que le visiteur vienne en elle.

L'homme laissa son pantalon de tissu grossier glisser sur ses chevilles. Des pièces de monnaies s'échappèrent de ses poches et roulèrent sur le sol. Il était en érection. Son sexe dur paraissait proéminent dans la pâle clarté lunaire.

Kathleen tendit la main et le toucha. L'homme se rapprocha. Kathleen le prit dans sa bouche.

— Oh, mon Dieu, soupira l'homme.

Il rit à nouveau.

Il se retira. Et d'un geste vif, il écarta le drap. Il étendit son corps musclé près de son corps à elle, pâle et chaud. Il laissa une main calleuse courir sur le ventre gonflé de Kathleen. Il la caressa.

— Tu es un démon, siffla-t-elle. Et j'ai encore envie de toi. Je ne peux me passer de toi

Un deuxième homme était apparu. Il prit la place du premier. Puis elle le vit plonger une main anxieuse dans un sac de cuir. Avait-il apporté un cadeau pour elle? Oui: un anneau d'or serti d'une pierre violette, étincelante.

— Il ne fallait pas, dit-elle. Mon cadeau, c'est toi. Touche-moi encore. Je t'en prie. C'est comme être embrassée par un ange.

La peau de ce deuxième homme était aussi douce que du satin. Il la caressa à son tour. Il s'insinua dans les replis humides de son sexe. Il l'emmenait peu à peu vers l'orgasme. Elle dut l'implorer de finir…

Mais un troisième visiteur entra en scène. Le matelas s'affaissa sous son poids.

— Tu es miraculeuse, dit-il.

— Je sais, murmura-t-elle.

Il se glissa dans la divine offrande. Il plaquait les mains sur ses seins. Il pleura d'extase dans les cheveux de Kathleen.

Quand il eut fini, apparut une quatrième ombre. Cet homme-là traînait un parfum de mer, de laine non lavée, d'aiguilles de pin. Il n'avait que quatorze ans. Il l'aima, lui aussi. Il éjacula une première fois sur la cuisse de Kathleen; une seconde fois en la pénétrant.

Le suivant était une sorte de géant. Il arracha le garçon à son étreinte, puis il se coucha auprès de Kathleen. Il dit qu'il avait les membres douloureux.

— Réchauffe-moi, mon amour. Il fait froid, ce soir.

C'était lui, le chef. L'amant le plus expérimenté, de loin le meilleur. Il était vêtu de cuir et de tweed.

Il dégageait des essences compliquées : musc, épices et tabac. Kathleen ne pouvait lui résister. Il avait une voix basse, onctueuse, pareille au son d'un violoncelle. Quand il prononçait son prénom à elle, il lui arrachait des larmes.

Elle se mit à genoux. Elle lui offrit à sucer le bout de ses seins. Puis elle entreprit de le chevaucher jusqu'à ne plus pouvoir retenir ses cris de jouissance, jusqu'à les laisser jaillir de sa gorge pour franchir la fenêtre ouverte et se perdre dans l'air froid de la nuit.

C'est alors qu'il demanda soudain :

— Pourquoi me désobéis-tu ?

Kathleen Beavier se réveilla dans un sursaut. Elle était en nage. Elle haletait, comme si elle avait couru pour sauver sa vie. Elle pleurait, aussi.

La Voix continuait de lui parvenir – cette voix moqueuse, cette torture.

Le lit était froissé, humide. Kathleen pouvait presque entendre le dernier écho d'une voix. Les draps dégageaient une odeur forte et bizarre.

Pourtant Kathleen était absolument seule. C'était une nuit pareille aux autres. Il en allait ainsi depuis des mois.

À l'instant précis où Kathleen Beavier s'éveilla, Colleen Galaher se dressa elle aussi dans son lit. Des résidus d'images continuaient de clignoter et d'éclater dans la chambre comme de grosses bulles dansant devant ses yeux. Les draps de flanelle s'enroulaient autour de ses pieds nus.

Elle poussa un cri hystérique.

35

Irlande

Les garçons et les filles de Maam Cross pouvaient se montrer cruels. Ils ne connaissaient ni pitié, ni remords, ni raison. « La petite pute de Liffey Glade » : c'est ainsi qu'ils avaient baptisé Colleen. Ils inscrivaient aussi leur opinion à son sujet sur les murs du village, en lettres d'un rouge féroce : *Colleen la pute des contes de fées !*

Chaque fois qu'elle venait faire les courses, elle était obligée de passer devant ce graffiti obscène, et cela lui donnait des maux de ventre.

Le père de Colleen était mort d'un cancer du foie un an plus tôt. Sa mère était handicapée. Les Galaher vivaient des aides de l'État et de l'Église.

Colleen suivit une rangée de maisons d'un étage qui toutes abritaient un magasin au rez-de-chaussée. Elle s'arrêta chez l'épicier Donald MacCormack.

Elle songea que la vie, en Irlande, était meilleure aujourd'hui que jamais, même si les gens continuaient de se cramponner à nombre de petites habitudes et valeurs surannées qui leur collaient à la peau comme des taches de goudron.

Elle frissonna dans son manteau trop petit, acheté trois ans plus tôt chez Dunnes à Galway, et qui lui serrait le ventre.

Dans l'épicerie, elle put profiter d'un luxe inhabituel : un chauffage électrique. Colleen prit des pommes de terre, une boîte de six œufs, de la farine, du hareng salé, du lait, du miel, ainsi qu'un morceau de fromage dans une barquette.

Comme elle posait sur le comptoir ses vieux billets froissés, elle prit conscience d'un regard posé sur elle, terrible et accusateur : c'était la femme de l'épicier, Mrs MacCormack. Encore une fois, Colleen devait endurer ces reproches muets, hypocrites.

Elle quitta l'épicerie aussi vite qu'elle pouvait. Ce fut pour tomber sur Michael Sheedy.

— Oh, faites excuses, mamz'elle.

Michael avait seize ans. Il grimaça un rictus de politesse. Il souleva sa casquette. Il portait une pierre noire piquée dans le lobe de l'oreille, un blouson zippé et un pantalon large comme un sac. Il avait adopté le style voyou, comme beaucoup de jeunes qui voulaient se donner un genre gangsters des grandes villes. Il frappa des deux mains sur ses cuisses nerveuses.

— On dirait que voilà Colleen Galaher avec son affreux gros bide, la honte ! Sortie tout droit d'*X-Files*... Alors, toujours enceinte du fils de Dieu ?

Colleen détourna les yeux et considéra les autres gars qui accompagnaient Michael : John O'Sullivan, Finton Cleary, Liam McInnie. Il y avait aussi la copine de Michael, Ginny Anne Drury. Par terre, un radiocassette crachait à fond de la musique techno.

Ils m'attendaient.

Colleen eut un mouvement de recul. Elle trébucha et faillit laisser tomber ses provisions.

— S'il te plaît, Michael. Il faut que je rentre.

— Attends, chérie. On était justement en train de parler de toi. Il y a un truc qu'on aimerait bien savoir. Dieu, il a commencé par t'emmener au ciné ou il t'a sautée directement sur le siège de sa bagnole?

— Tu ne devrais pas parler comme ça, Michael...

Soudain Michael Sheedy la prit par la taille et la souleva du trottoir, elle et ses paquets, pour la présenter au soleil rouge qui sombrait derrière les toits.

Colleen avait blêmi. Des larmes roulèrent de ses yeux verts.

— Mon Dieu, non! Non, Michael!

— *Mon Dieu, non! Non, Michael!* répéta le garçon en la singeant et en prenant une voix haut perchée.

Ses copains rigolaient. Michael passa Colleen au suivant.

— Gaffe, John. C'est pas le moment de rater la passe. Gaffe au fils de Dieu.

John O'Sullivan devait approcher des quatre-vingts kilos, bien qu'il eût à peine seize ans. Il faillit laisser tomber Colleen. Il était bon au foot, mais avec les mains il n'était pas trop doué. À la toute dernière seconde, il parvint à la passer à Liam McInnie, le lieutenant de Michael, son flagorneur et son double. Liam avait une croix gammée tatouée sur la main droite.

— S'il te plaît, Liam! hurla Colleen.

Elle appela au secours la seule fille présente:

— Ginny Anne, aide-moi! Dis-leur d'arrêter! Je n'ai rien fait de mal à personne. Je suis enceinte!

Liam, dont le visage était criblé de taches de rousseur, souleva Colleen au-dessus de sa tête en braillant comme s'il était dans les gradins d'un stade. Les autres firent de même, avec des éclats de rire.

— Enceinte d'un petit bâtard, tu veux dire. Hou, Colleen la petite pute ! t'as jamais voulu me filer un rencard, hein ? C'était pour te faire tringler par le Très Haut !

À cet instant, une boule de plumes se détacha de l'air léger et se précipita vers le petit groupe à la vitesse d'une balle. La grive poussa un cri, puis s'abattit sur la tête de Liam McInnie.

Instinctivement, le gamin reposa Colleen sur le sol. Il mit les mains sur sa figure. Il avait les yeux touchés. La douleur lui arracha un cri.

— L'enfoiré !

L'oiseau attaquait à nouveau.

— Arrête ! Mes yeux ! Oh, *Jaysus !* Mes yeux !

Colleen avait déjà pris la fuite. Au bout de la rue, elle se retourna. Liam appuyait les poings sur ses orbites. Le sang lui ruisselait sur le visage. De ses joues pendaient des lambeaux de chair rouge.

L'oiseau avait disparu comme il était venu.

C'était un ange.

Et c'était le Ciel qui l'avait envoyé pour arrêter Michael et son affreuse bande.

36

New York City

Nicholas Rosetti se réveilla en sursaut, l'esprit plus que jamais focalisé sur l'incroyable secret. Le père savait *qui* le persécutait et pourquoi.

Il cligna des yeux et secoua la tête : depuis la chute de l'avion, les images de catastrophes ne le quittaient plus.

Il dut faire un effort pour revenir au présent. Il se trouvait dans une chambre d'hôtel à Manhattan. Il n'avait encore jamais visité New York auparavant et il s'était mis à détester intensément cette ville dès qu'il y avait pénétré. Sur les murs, le papier peint se décolorait. Les meubles donnaient des signes de fatigue. Les épais rideaux beiges fermés sur la lumière de Broadway, au nord de Times Square, étaient poussiéreux.

Une sirène de police recouvrit peu à peu le ronron de l'aérateur, avant de décroître.

Le père Rosetti décrocha le téléphone pour commander du thé et des petits pains. En attendant, il alla prendre une douche, histoire de se débarrasser au moins de la transpiration de la nuit.

Un quart d'heure plus tard, il était habillé – pull à col roulé gris et pantalon sombre. Il avait avalé à la hâte son petit déjeuner. Il but encore un peu de thé et reposa la tasse sur la table, près de la fenêtre. Il ouvrit son attaché-case noir.

Tous les éléments de son enquête étaient réunis là. Il défit l'attache qui retenait un vieux journal au papier jauni, le *New York Times* du 14 octobre 1917. La une en était aussi brutale et puissante que l'événement lui-même : « MIRACLE À FATIMA ».

Le reporter avait écrit :

Sous les yeux stupéfaits d'une foule déconcertée et apeurée dont l'attitude ne va pas sans rappeler les temps bibliques – visages blêmes, têtes nues, regard tournés vers le ciel –, le soleil se met incontestablement à trembler avec violence. Le soleil accomplit un brusque mouvement latéral que personne n'a jamais observé jusqu'alors. La mère de Dieu en personne vient de s'adresser aux trois enfants...

Mais le message de Fatima contenait aussi un terrible avertissement dont le secret avait été sévèrement gardé pendant presque quatre-vingt-deux ans.

Rosetti considéra une chemise enfermant des papiers découpés dans les journaux beaucoup plus récents, des articles du *Times* de Londres, du *Los Angeles Times*, de l'*Observer*, de l'*Irish Press*. Leurs reportages évoquaient ces virus qui échappaient à tout contrôle, ces fléaux qui frappaient aux quatre coins de la terre, ces accidents imprévisibles, ces morts étranges, inexpliquées.

Le père avait ajouté à cet ensemble un document nouveau : le compte rendu de sa rencontre à Maam Cross avec une jeune fille de quatorze ans nommée Colleen Galaher.

Il sentit son cou se raidir. La tension revenait par vagues. La peur le prenait à nouveau. Il savait qu'il lui était désormais impossible de se cacher. Même ici, même à New York, il était en danger.

Car Pie XIII lui avait révélé le secret de Fatima.

Il y avait deux vierges, que des milliers de kilomètres séparaient.

L'une des deux porterait le Fils de Dieu, le Sauveur.

Et l'autre porterait le Fils de Satan.

Deuxième partie

KATHLEEN ET COLLEN

37

New York City

Quand vint l'après-midi, Nicholas Rosetti dut affronter un désespoir sans fond.

Tout à l'heure, on avait glissé le *New York Daily News* sous la porte de sa chambre. Le journal titrait sur l'histoire de Kathleen Beavier.

Quelle grave erreur que d'avoir publié cette nouvelle ! Voilà qui était typiquement américain, n'est-ce pas ? Ici, tout relevait du cirque. Le secret n'existait pas. Ni la justice. Kathleen était riche, et elle était américaine – elle pouvait voir son nom paraître dans les médias. Colleen était pauvre et irlandaise – elle ne méritait pas qu'on parle d'elle.

Rosetti courut se perdre dans la foule de la Huitième Avenue. C'était l'heure de pointe. Il remonta le fleuve des piétons sur Broadway en tressaillant chaque fois qu'un étranger le touchait – c'est-à-dire à chaque seconde. Il était agité de tics nerveux. Le moindre bruit le faisait sursauter, qu'il fût réel ou imaginaire. Les habitants de New York étaient tous des damnés. Le père le devinait à leur regard. Partout où il allait, il ne rencontrait que mauvaises vibrations et vies désolées.

Suis-je un soldat du Christ ? Non. Je suis un soldat tout court. Un pauvre et simple soldat.

Sa Sainteté le pape Pie XIII avait disparu. Pie XIII avait été un bon pape. Sa mort représentait une perte très grave pour des millions de gens, et tout particulièrement pour lui, Nicholas Rosetti, à qui une mission avait été confiée.

À la demande de Rome, Rosetti devait se présenter dans un studio du West Side appartenant à la chaîne de télévision ABC. Il y parvint à six heures du soir. On le conduisit dans une petite salle de visionnage où on le laissa seul – Dieu merci.

Il préférait se préparer sans l'aide de personne.

On lui passa une séquence non diffusée à l'antenne, entièrement tournée au cours de la semaine écoulée. Le film décrivait la dramatique sécheresse qui, depuis cinq mois, dévastait l'État indien du Rajasthan. Le présentateur décrivait d'une voix rauque les horreurs présentes à l'écran :

« En temps normal, l'Inde moderne ne ressemble pas du tout aux images romantiques que l'on a pu voir dans les films sur la Compagnie des Indes Orientales ou les Tigres du Bengale. L'État du Rajasthan est particulièrement misérable. Cette région est parfois appelé le Grand Désert Indien, à cause de ses plaines arides où soufflent des vents incessants, le sirocco et le simoun – un enfer en constante ébullition, où la température moyenne avoisine les cinquante degrés… »

Un enfer. On ne saurait être plus exact.

« Cet État, qui accueille une population de plus de quarante millions d'âmes, est l'endroit du monde qui connaît les sécheresses et les famines les plus redoutables. D'avril à juillet, un soleil fiévreux, blanc et brûlant, grille les terres desséchées comme une torche brandie par le diable. La poussière s'accumule sur des centaines de kilomètres.

« Les villages se transforment en véritables fournaises. À voir ces hautes dunes de sable immobile, vous nous prenez à songer que l'intuition primordiale du mal se trouve là, et nulle part ailleurs.

« Le 7 septembre dernier, la sécheresse durait depuis deux bons mois et le record était d'ores et déjà battu.

« Six cent mille hommes, femmes et enfants ont péri ici depuis le mois d'avril ! Et l'on dénombre chaque jour six mille morts de plus !

« S'il existe un enfer sur la terre, c'est là-bas qu'il se trouve, dans ce Rajasthan réduit en cendres. »

C'est la fin des temps, songea Rosetti.

Il flairait partout la présence du danger, la venue de l'Apocalypse. Un danger bien réel. Ce n'était nullement le produit de son imagination.

Partout, la Bête se manifestait. La Géhenne. Six cent mille morts ! Ce n'était rien pour la Bête.

Rosetti récapitula : la sécheresse du Rajasthan, l'indicible famine de l'Inde, les massacres du Rwanda – un génocide à ce point brutal et incompréhensible qu'il ne pouvait avoir été inspiré que par le démon. Sans parler du sida qui refermait maintenant sur la Chine sa griffe mortelle. Sur l'Afrique aussi. Sur l'Espagne et sur la Sicile. Il y avait aussi la polio qui paralysait la côte Ouest et se répandait jusqu'en Nouvelle-Angleterre. Une peste bubonique et hémorragique ressemblant au virus Ebola était apparue soudainement dans le sud de la France ; elle menacerait bientôt le miraculeux pèlerinage de Lourdes.

L'ennemi était à nos portes. Comme prévu.

L'armée de Lucifer – les anges déchus arrivés par légions. Leur heure avait sonné.

38

Newport, Rhode Island

Nous suivions le chemin des falaises et je jouissais intensément d'avoir Justin auprès de moi. Je me disais que nous formions décidément un fort joli couple – d'ailleurs, les autres promeneurs se retournaient sur nous. S'ils avaient su notre histoire ! Moi l'ancienne religieuse, et lui qui était toujours prêtre.

La vérité était cependant que nous ne formions pas un couple. Nous en étions même très loin. Un mur épais se dressait entre nous, un mur magnétique : nous nous attirions l'un l'autre, tout en nous repoussant mutuellement.

Trois fois, au cours des deux derniers jours, nous étions sortis faire un tour ensemble, à pied ou en voiture. L'idée, en principe, était de parler de Kathleen Beavier. Je n'aurais su dire si Justin croyait que Kathleen disait vrai ; je savais seulement qu'il restait ouvert à toute possibilité.

Mais il n'y avait pas que Kathleen. Il y avait nous.

Je ne suis plus une nonne, j'ai le droit de penser à Justin O'Carroll comme j'en ai envie.

Le chemin de falaise, Cliff Walk, était un long périmètre de cinq kilomètres qui, tel un ruban, entourait la rive sud-est de Newport.

— Tu sais qu'ici même John Kennedy a fait la cour à Jacqueline ? dis-je. Il était dans la Navy et il l'avait connue ici, à Newport.

C'était notre tour d'emprunter cette promenade historique. Mais une voix désagréable me disait qu'il existait une différence notable entre nous et les Kennedy : nous n'étions pas amants. Le serions-nous jamais ? Nous ne nous touchions pas. C'est à peine si Justin m'avait effleuré la main, et son geste datait de deux jours auparavant. Moi, j'avais une envie folle de le serrer dans mes bras. Je désirais cela plus que n'importe quoi d'autre. Mais je savais que je n'oserais en prendre l'initiative.

Pourquoi avions-nous été réunis à nouveau ? Précipités l'un contre l'autre, aurait-il mieux valu dire. Fallait-il y voir un divin sadisme ?

Cliff Walk, ce sentier bordé de mûriers, balayé par le vent, longeait les demeures historiques de Newport, avec leurs hautes barrières derrière lesquelles s'abritaient le souvenir de mille légendes. Ici avaient vécu des gens célèbres, des millionnaires, des artistes, des écrivains.

Justin se décida à dire quelque chose :

— Tu sais, Anne, quelquefois, je pense que tu donnes une image bien étrange de toi-même. Tu as l'air très ouverte, très libre, très à l'aise. Cependant, en fait, j'ai l'impression que tu te tiens à distance.

Je cessai de marcher. Avait-il tort ou raison ? En tout cas, il me faisait mal.

— J'ai un tas d'amis, répliquai-je. J'adore la vie. Tu insinues peut-être que je ne suis pas satisfaite, n'ayant pas trouvé de mari ?

Il eut un petit sourire. Il n'avait pas envie de se bagarrer.

— Je n'ai pas voulu dire ça, Anne. Même si c'est ce que tu as pu entendre.

— Quoi, alors?

— Tout ce que je veux dire, Anne, c'est que tu as une magnifique passion pour la vie. Tu es vraiment quelqu'un de spécial. Je t'ai observée à Boston. Et ici, à Newport. J'ai vu que tu communiquais merveilleusement avec Kathleen. Mais en même temps, tu parais enfermée en toi-même. Oh! bon sang, je sens que je ferais mieux de la boucler. Et de me promener tranquillement. De t'écouter me raconter les légendes dorées de l'Amérique. C'est beau, ici…

Enfermée en moi-même! Que faisait-il, lui, pour nous rapprocher?

Maintenant, il avait peur de me regarder. Quand il se décida à le faire, il put voir que de grosses larmes perlaient sur mes joues.

Il m'avait fait de la peine. De quel droit?

Je m'écartai de lui. Je ne voulais pas marcher plus longtemps à ses côtés. Je remontai la colline en courant, me dirigeant au hasard.

Je voulais m'éloigner de Justin O'Carroll, c'est tout.

39

Kathleen n'en pouvait plus de rester enfermée. Elle finirait par devenir folle. Elle avait désespérément envie de voir ses copines – Sara, Francesca et l'irrésistible Chuck. Elle en avait par-dessus la tête de traîner entre quatre murs cette masse de chair qu'était devenu son ventre.

Elle descendit l'escalier avec prudence, se tenant fermement à la mince rampe. À chaque pas, les marches craquaient sous son poids.

Elle avait de la peine à s'habituer aux changements physiques qui affectaient son corps. Ses seins avaient grossi – ils étaient plus gros maintenant que ceux de sa mère. Ses doigts et ses chevilles avaient enflé. Elle avait les yeux bouffis, cernés de rouge.

Impossible de s'habiller normalement – c'est ce qui la rendait furieuse par-dessus tout. Quand tout cela aurait pris fin, verrait-on revenir à la vie la jolie Kathleen d'autrefois ?

En attendant, jusqu'à l'accouchement, elle n'aurait d'autre plaisir que la plage. Dieu soit loué, il y avait au moins cela !

Par miracle, elle parvint à gagner l'office sans attirer l'attention de quiconque. De Mrs Walsh, notamment, sur qui elle n'avait aucune envie de tomber. Ces dernières semaines, la vieille gouvernante n'était plus la même. Elle avait toujours l'air de la désapprouver, quoi que fasse Kathleen et quoi qu'elle dise.

Dans le garage, derrière l'office, les vêtements de promenade s'alignaient au-dessus d'un banc. Kathleen enfila une paire de caoutchoucs. Le cardigan jaune de son père pendait à une patère : elle le passa par-dessus sa robe ample.

Une minute plus tard, elle longeait le rivage. Elle écoutait les vagues. Elle les fixait d'un regard hypnotique. *Mon Dieu, quelle journée superbe.* Cela faisait au moins soixante-dix ans que l'on n'avait pas vu un automne aussi doux. Elle ôta le cardigan et le mit sur son bras.

Une idée lui vint, qui la séduisit aussitôt. Elle avait lu quelque chose à propos de l'eau et de l'absence de pesanteur : c'était un excellent moyen pour connaître le centre de gravité du bébé. Elle se déchaussa. Elle ôta aussi sa robe. Et pénétra dans l'océan.

C'était un geste si hardi, mais en même temps si simple. L'eau était à bonne température. Kathleen éprouva une sensation incroyablement bienfaisante. La mer vint frapper doucement ses jambes enflées.

Kathleen s'avança plus loin, là où l'eau était plus profonde. Elle ne s'éloigna que de quelques mètres. Maintenant, c'était l'extase. Elle avait l'impression de n'être plus tout à fait elle-même. Allait-elle oser ? Oui. Elle prit une grande respiration et plia les genoux jusqu'à ce que l'eau lui arrive au menton. C'était merveilleux.

— Le paradis, murmura-t-elle.

Les vagues la soulevèrent doucement, puis la laissèrent redescendre. Elle soupira. Elle éclata d'un grand rire. C'était exactement la sensation dont elle rêvait.

Elle se sentait légère comme un rayon de lumière ; elle était délivrée de cette pesanteur éléphantesque. Cela faisait des mois qu'elle ne s'était pas sentie aussi bien, ni à ce point en harmonie avec elle-même.

Suivit une vague plus longue qui la poussa en douceur, avant de l'entraîner vers le large. Kathleen se laissa porter. Elle écarta les bras. Elle renversa la tête en arrière. Elle flottait sur le dos. Dans le ciel se produisaient des changements fascinants. Le bleu devenait rose qui devenait rouge qui devenait indigo…

Kathleen laissa filer le temps sans s'en apercevoir. Combien de minutes était-elle restée à dériver ainsi sur le dos ? Elle fit un effort pour se remettre sur le ventre et estimer sa position. Elle s'aperçut que le rivage était loin. Beaucoup plus loin qu'elle ne l'aurait cru. Comment cela avait-il pu arriver ?

Ce n'est pas possible ! Comment ai-je fait pour m'éloigner à ce point ?

La peur s'emparait d'elle. Elle essaya de nager vers la grève. Chaque mouvement de brasse se trouvait anéanti par la marée, qui la tirait en arrière.

Pas de panique. Garde les yeux fixés sur la maison et nage.

Comment avait-elle pu se conduire de façon aussi bête ? Elle savait ce qu'était une marée, tout de même ! Elle en avait entendu parler toute sa vie ! Non, il s'était produit quelque chose. Quelque chose d'étrange. *Tout se passait comme si elle avait perdu la notion du temps. Est-ce qu'elle était folle ?*

Ses bras lui faisaient mal. Elle avait un point de côté. Le froid la privait de ses forces. Elle aurait voulu appeler à l'aide, mais il n'y avait personne. Personne qui fût susceptible de l'entendre. L'océan semblait un être doté d'une puissance extrême, et qui l'avait prise par la taille pour l'entraîner au large et la précipiter sous les vagues. Maintenant, Kathleen redoutait l'étreinte de la mer.

« N'aie pas peur. »

C'était la Voix. Elle était étrangement rassurante.

Non ! Kathleen cracha un peu d'eau de mer et fit un violent effort pour redresser la tête. Et elle poussa un long gémissement.

« Viens dans la mer, Kathy. La mer, c'est l'univers. C'est l'éternité. Viens dans la mer. Et deviens la mer ! »

En vain, elle agita la main. Des images changeantes clignotaient devant ses yeux. Ses copines, sa mère, son père, son enfant…

La vague suivante l'entraîna de nouveau vers le fond. Une douleur lui déchira les poumons, puis grandit jusqu'à l'insupportable ; soudain, elle se sentit étouffer.

Kathleen coulait et son bébé se noyait avec elle.

40

Je ne cessai de courir que lorsque j'atteignis le trottoir de l'avenue Bellevue, me réfugiant sous le toit de feuillage qui abritait l'artère.

Mais qu'est-ce que j'ai ? Qu'est-ce qui se passe ?

Des larmes me mouillaient les joues. N'étais-je pas ridicule ? Je les essuyai avec un kleenex tiré de la manche de mon sweater. Je m'arrêtai devant une demeure majestueuse, cachée derrière son portail de ferronnerie. Passa un car d'un jaune lumineux, chargé de pèlerins venus de New York. J'avais besoin d'un temps pour me reprendre.

Je savais exactement pour quelle raison j'avais planté là Justin. Ce n'était pas bien difficile à reconnaître. J'étais encore amoureuse de lui, voilà tout ! Amoureuse de lui et furieuse contre lui.

Pourquoi était-il prêtre ? N'aurait-il pas pu renoncer à ses vœux ?

J'avais récupéré mon souffle. Je recommençai à marcher. Je passai entre les propriétés, pour rejoindre un peu plus bas une allée qui conduisait à la mer. Quand je fus sur le rivage, je jouai distraitement à éviter l'écume des vagues. Oui, j'étais amoureuse de Justin. Je pensais à lui sans cesse.

Et lui qui n'était pas fichu de prendre la bonne décision !

J'allai le long de la plage, tournant et retournant ces idées dans ma tête. Enfin, le crépuscule stria le ciel de rayures d'un bleu déjà sombre. Le ciel en coupole audessus de l'océan allait du bleu pâle à un indigo profond piqueté d'étoiles. Pour me repérer, je promenai mon regard alentour. Sur la plage, quelque chose attira mon attention.

Une forme inerte. La forme d'une jeune femme.

— Kathleen !

41

— Kathleen…

Je m'agenouillais sur le sable près de la forme inanimée. Je la mis doucement sur le dos. Elle avait perdu connaissance, mais, grâce à Dieu, elle respirait encore. Que faisait-elle ici? Pourquoi était-elle trempée? Avait-elle nagé?

— Mon Dieu, Kathy! Oh, mon Dieu!

Elle était trop lourde: je ne pouvais la porter. Et nous étions seules sur ce rivage, à la tombée de la nuit. Que lui était-il arrivé? Avait-elle voulu une fois encore se faire du mal? Et le bébé?

Elle respirait normalement. Je l'appelai encore par son nom. J'essayai de réfléchir clairement. Je considérai les options possibles. Rester là, auprès d'elle, ou courir chercher de l'aide en faisant aussi vite que possible.

— Kathy, Kathy, tu m'entends? Réveille-toi!

Je lui donnai de petites tapes sur la joue. Sa peau me parut toute froide. Avait-elle pris une drogue avant d'entrer dans l'eau? Impossible de le savoir. Mais je ne pouvais écarter complètement l'hypothèse qu'elle avait pu tenter une nouvelle fois de mettre fin à ses jours. Kathleen poussa une plainte. Elle remua les jambes.

Je crus que mon cœur allait cesser de battre. Je criai son nom.

— Mon Dieu, Kathy !

Des filets de sang ruisselaient entre ses cuisses. Le pire était en train d'arriver. Je me détournai. Justin accourait vers nous.

— Justin ! Kathleen est en train de perdre son bébé !

42

L'ambulance arriva à l'hôpital dans un hurlement de sirène. Une demi-douzaine de médecins et d'infirmières accoururent. Grelottant dans le coupe-vent de Justin, je m'enveloppai dans une couverture des urgences. Mes efforts pour aider Kathleen m'avaient laissé trempée. Je devais avoir l'air ridicule, mais je m'en fichais.

Tous les obstétriciens présents dans l'hôpital furent appelés pour examiner Kathleen. Elle avait repris conscience. Et elle était calme, plus calme qu'aucun d'entre nous.

Les praticiens tombèrent tous d'accord : le bébé était en danger. Il fallait pratiquer une césarienne avant qu'il ne soit trop tard.

Toutefois, Kathleen n'acceptait pas cette idée. Elle la rejetait catégoriquement.

— Le bébé s'en sortira seul, dit-elle. Laissez-nous tranquilles tous les deux.

Son propre médecin, le docteur Armstrong, la supplia de les autoriser à intervenir. Ses parents plaidèrent à leur tour, avec des sanglots dans la voix. Si l'on faisait naître le bébé maintenant, il avait encore une chance de survivre. Si Kathleen choisissait d'attendre, il risquait de mourir. Mais comment forcer une jeune femme saine de corps et d'esprit à subir une césarienne?

— Anne... dis-leur, toi. Dis-leur que j'ai vu la Sainte Vierge. Et qu'elle m'a bien recommandé de ne pas avoir peur.

J'en avais des sueurs froides. Médicalement parlant, la bonne solution, c'était la césarienne. Kathy serait sauvée et le bébé aurait une chance de vivre. C'était le seul parti pris raisonnable.

Seulement, cette délivrance n'aurait plus rien à voir avec le miracle annoncé. L'enfant naîtrait sans suivre la voie prévue. Et l'Église refuserait de parler de prodige.

— Kathleen, commençai-je, je voudrais que tu écoutes ce que chacun ici a à te dire – les médecins ont leur point de vue à faire valoir. Ensuite, tu feras ce que tu estimeras le mieux.

Ce fut une soirée infernale, et je n'emploie pas le mot à la légère. Nous sommes restés des heures sur place. Une infirmière était allée me chercher des vêtements secs dans son propre vestiaire.

Exténuée, je me laissai tomber sur une chaise. J'étais sur le point de m'assoupir, quand je sentis le contact d'une main sur mon épaule. C'était Carolyn Beavier. Elle pleurait, mais elle parvint à articuler quelques mots entre ses sanglots.

— Kathleen va bien... Et le bébé va bien aussi. L'hémorragie s'est arrêtée. Il n'y a pas de trace de dégâts. Kathleen n'a pas accouché. C'est un véritable miracle!

Un instinct profond me suggérait que ce n'était pas un miracle au sens strict, mais l'événement était assez extraordinaire pour laisser pantois tout le personnel hospitalier de Newport. La seule personne qui ne montra aucune surprise, ce fut Kathleen.

— Merci, me dit-elle. Merci d'avoir eu confiance en moi. Tu es la seule à avoir réagi ainsi. Tu n'es pas comme les autres, Anne. C'est pour ça que tu es ici. Toi et le père Justin, vous êtes mes anges gardiens.

Je restai à son chevet jusqu'à ce qu'elle s'endorme. Peu après, Justin passa la tête dans l'entrebâillement de la porte. Il devait être une heure du matin. Il me fit signe de le rejoindre à l'accueil.

Il était blême. Il ouvrait de grands yeux angoissés. Dès que nous fûmes tous les deux dans le hall, je fus prise d'inquiétude.

— Un problème ? Tu vas bien ?

— Il s'est passé ici quelque chose d'incroyable. Dans cet hôpital.

Il parlait d'une voix quasi éteinte.

— Anne, un cas de polio vient de se déclarer. Exactement comme si la maladie avait suivi Kathleen ici.

43

Irlande

Colleen Galaher n'en pouvait plus de rester enfermée chez elle, à se morfondre. Elle avait l'impression que sa tête allait exploser. Décidée à échapper à la migraine, elle s'assura que sa mère était dans sa chambre et que tout allait bien pour elle, puis elle se glissa dehors, gagna l'écurie et sella la jument.

Colleen fit avancer sa monture vers la montagne. Le pas du cheval la détendait. Elle se mit à chanter pour elle-même une chanson des rues. Elle aurait aimé redevenir une simple écolière, retrouver sa vie d'avant…

Elle s'arrêta pour faire signe à des gitans installés dans un pré en contrebas de la route.

Ces gitans-là n'avaient pas la peau foncée, comme leurs frères d'Europe Centrale, c'étaient plutôt des descendants des Irlandais qui avaient fui la Grande Famine de 1845. Depuis des générations, ils allaient d'un comté à l'autre, effectuant des réparations dans les hameaux et participant à des courses de sulky dans les foires. On les accusait bien entendu de voler, et parfois pire.

Ils étaient méprisés, comme elle l'était elle-même. Et ce n'était pas juste.

Elle aussi avait traité autrefois les gitans par le mépris. Elle en ressentait aujourd'hui de la honte. Mais quelque chose lui était arrivé, six mois plus tôt, et cela avait entièrement modifié son opinion sur ces gens.

Colleen s'en souvenait parfaitement. Elle longeait justement ce pré. Elle était en route pour gagner un endroit bien connu de Maam Cross et des alentours, appelé Liffey Glade. Une femme, sur le bord du chemin, lui avait adressé un signe. Une femme à la chevelure flamboyante, vêtue d'une jupe de velours rouge et d'une vieille veste de tweed.

Voyant que la tzigane venait à elle, Colleen avait écarquillé les yeux. Elle s'était signé, se cramponnant à son rosaire comme à un lien qui la reliait à Dieu.

Pourtant, l'instant d'après, elle acceptait l'invitation de venir prendre le thé avec cette gitane dans une caravane. Celle-ci se prénommait Margot. Sa caravane était merveilleusement agencée. Des outils s'alignaient sur des étagères bien propres, ainsi que des cartons à chapeau avec leur emballage de papier. Les vêtements étaient rangés en fonction de leur coloris. Il y avait même un téléviseur dernier cri, alimenté par un groupe électrogène.

Près de la télévision reposait un reliquaire dédié à la Sainte Vierge, avec une madone en porcelaine qui levait la main en signe de bénédiction. La chevelure de cette figurine se couvrait d'un voile bleu et blanc, frangé d'or.

— Tu l'as vue, dit Margot. Tu l'as vue en chair et en esprit. Je le sais. Je me trompe?

Colleen se tourna vers la gitane avec une expression stupéfaite. Cette femme était étrange. Que savait-elle, au juste?

— Tu aimes les enfants, Colleen, reprit Margot d'une voix humble et respectueuse.

Elle avait fixé son regard sur le ventre de Colleen, qui commençait à peine à grossir.

— Je sais ton secret, petite. Tu es comme Elle. Et ton secret va changer le monde.

44

Colleen continua sa longue promenade à cheval. Elle avait décidé de faire un long détour, au nord de la ville, jusqu'à l'hôpital du comté. Une impulsion encore confuse la poussait à se rendre là-bas.

Après avoir attaché sa monture à l'extérieur, elle pénétra dans le hall d'accueil de l'hôpital Saint-Brendan. Elle était déjà venue dans cet établissement visiter des parents malades, mais c'était la première fois qu'elle s'y présentait de son propre chef. Elle se sentait plus audacieuse aujourd'hui.

Elle grimpa les volées de marches conduisant aux étages. Elle savait vers quel service s'orienter. La maternité était au second niveau, à gauche dans le couloir principal.

Elle poussa des portes battantes. Une infirmière considéra son état et lui adressa un sourire de bienvenue.

— Bonjour, ma belle.

Dans l'une des salles, une femme poussait de violents gémissements ; elle se mit ensuite à hurler. Presque aussitôt, comme pour l'accompagner, une autre femme laissa échapper un cri.

Colleen prit appui contre le mur et tenta de se ressaisir. *Mon Dieu, ça a l'air atroce. Est-ce que je saurai supporter ça, le moment venu ?*

Les deux femmes continuèrent à gémir. L'une d'elles réclama son mari, le maudissant dans le même élan.

Moi, je serai toute seule. Il faudra que je sois courageuse.

Colleen n'était plus très sûre que cette visite à l'hôpital soit une bonne idée. Elle se sentait beaucoup plus anxieuse.

Elle reprit le couloir dans l'autre sens. Pressée de quitter les lieux, maintenant, elle bifurqua n'importe où. Elle ne trouvait plus son chemin. Et l'endroit était étrangement désert. Elle craignit de tomber encore sur des salles de travail, d'entendre encore ces accouchées qui enduraient les pires souffrances.

Passant devant une cloison vitrée, elle distingua des bébés de l'autre côté. Certains pleuraient, mais pour la plupart, ils dormaient ou se contentaient d'observer avec insouciance le monde autour d'eux.

Colleen sourit. Elle sut alors que tout irait bien. Elle allait avoir un enfant. Elle ne serait plus jamais seule.

45

Colleen couvrit encore quelques kilomètres avant de sentir l'air frais de Liffey Glade caresser ses joues. Liffey Glade était le nom d'une grotte depuis toujours considérée dans le pays comme un lieu sacré, avant même l'arrivée des chrétiens et peut-être avant le temps des druides. Colleen venait toujours ici quand elle voulait être seule.

Une eau vive jaillissait de la grotte pour former une rivière qui s'écoulait vers le Loch Corrib, dont le cours était bordé de pins et d'épicéas.

Ici, neuf mois plus tôt, le 23 janvier exactement, Colleen avait vécu ce qu'elle considérait elle-même comme une expérience mystique.

Avant ce 23 janvier, elle avait mené une vie d'écolière sage et studieuse à la Sainte-Trinité. Ses condisciples la jugeaient comme une bonne camarade, sans pourtant l'accepter tout à fait comme l'une des leurs. Mais Colleen était très proche des sœurs, qui l'appréciaient beaucoup. Elles voyaient en elle la bonne élève, la jeune fille douée, intelligente, bien installée en tête du classement scolaire. Colleen, d'autre part, était toujours heureuse de rendre service et de venir en aide aux autres. C'est ce qui la poussait à devenir religieuse, elle aussi.

Et puis était venu ce 23 janvier. C'était ce jour-là, à Liffey Glade, que tout avait basculé, lorsque Colleen Galaher était devenue l'épouse du Christ. Non pas seulement en esprit, mais de tout son corps.

Colleen, chevauchant sa jument, avait traversé les prairies détrempées. Elle était de retour à Liffey Glade. Elle attacha sa monture à un arbre et continua à pied sous les branchages humides. Elle atteignit la petite chapelle à l'air libre, où elle s'agenouilla sur un tapis d'épines de pin et d'écorces.

Colleen s'inclina en prière. Sa chevelure d'un roux sombre dissimulait ses traits.

— Notre Père, qui êtes aux Cieux, je suis Votre humble servante. Je sais que Vous connaissez ma peine et aussi mon amour pour Vous. Mon Père, je suis si seule, désormais. Depuis neuf mois, je me sens abandonnée.

Pourtant, Colleen Galaher n'était pas seule. On la surveillait. Un œil était posé sur elle. En permanence.

46

Je n'étais plus très loin d'accepter l'idée que l'enfant de Kathleen Beavier fût en un sens différent des autres, et cette idée me troublait plus que je n'aurais su l'avouer. Je commençais à croire que Kathleen disait peut-être la vérité. Cela n'allait pas sans me donner quelque souci. Étais-je en train de perdre tout recul ? J'avais attaqué cette affaire en affirmant d'un ton péremptoire : « C'est une supercherie. » J'en étais maintenant à admettre qu'il y avait peut-être du vrai dans tout ça, finalement.

Sun Cottage était tranquille. Kathleen faisait une petite sieste dans le jardin d'hiver. Carolyn et Charles Beavier étaient en ville pour des courses. Justin faisait son jogging le long de la mer. En allant dans la cuisine me préparer du thé, j'y avais trouvé Mrs Walsh occupée à préparer des gâteaux.

J'attendais depuis longtemps l'occasion d'aller passer quelques heures dans la bibliothèque des Beavier : c'était le moment ou jamais. Je savais que j'y trouverai des livres d'histoire, des biographies et des dizaines de volumes sur la navigation à voile, les coquillages, le jardinage, les oiseaux et même la finance – tout ce qui intéressait les occupants du cottage. Mais il y avait surtout, près de la cheminée, une section d'ouvrages religieux.

Un feu crépitait derrière la grille de l'âtre. Je déposai une pile de livres sur le guéridon en acajou qui flanquait un confortable fauteuil couleur chair.

Je fis courir mes doigts au dos des volumes, déchiffrant les titres : *La Vierge des Évangiles*, *La Vierge à Fatima*... L'un des ouvrages datait de la fin des années soixante-dix : *Entre toutes les femmes.* Je connaissais cette étude ; chaque fois que je m'y étais plongée, j'étais tombée amoureuse de la Sainte Vierge.

Voici ce qu'écrivait l'auteur, Marina Warner : « La Sainte Vierge, modèle sublime de la chasteté, demeure à mes yeux l'être le plus saint qu'il soit à jamais possible de considérer ; et son attrait est si puissant que des années durant, il m'a été impossible de pénétrer dans une église sans ressentir un sentiment merveilleux, proche de la douleur. Je me rappelle une visite à Notre-Dame de Paris ; j'étais debout dans la nef, et les larmes m'emplissaient les yeux. »

Je songeai combien cela était vrai. Oui, c'était bien ainsi que la foi opérait ; ainsi, qu'elle agissait sur moi.

Plus loin, Marina Warner écrivait : « La Sainte Vierge est l'une des rares figures féminines à avoir atteint à la stature d'un mythe. » Et elle citait Henry Adams : « Étudier la Sainte Vierge, c'est être ramené directement à Ève, c'est se retrouver face à la question sexuelle dans sa pureté et sa nudité originelle. »

Voilà une dichotomie à même d'éveiller mon intérêt. D'un côté, Ève la première femme, de l'autre la Sainte Vierge. Ève avait cédé à la volonté de Satan ; la Sainte Vierge l'eût écrasé sous son talon.

Et pourtant, Marie était si peu mentionnée dans la Bible ! C'en était pitié. On devait se contenter de six maigres références. Quant aux preuves historiques, elles manquaient totalement. Marie était la moins connue, et de loin la plus mystérieuse, de toutes les grandes figures évangéliques. Pourquoi?

Je n'avais pas besoin d'interroger une personnalité féministe pour avoir une réponse. Marie était une femme. Marie était une mère. Et les auteurs des Écritures étaient des hommes.

Pourtant, bien des choses avaient changé depuis la naissance du Christ. Et les médias avaient pris une telle importance! Autrement dit, la naissance de l'enfant de Kathleen promettait d'être l'un des événements les plus documentés de toute l'histoire des rapports entre l'homme, la femme, l'enfant et Dieu. Le phénomène donnerait lieu à des milliers de livres et de films.

Était-ce un rêve?

J'allais être partie prenante de cet événement; je serai au chevet de l'accouchée.

Je saurais enfin la vérité.

47

J'attrapai mon manteau dans le placard de l'entrée, puis je sortis et me dirigeai rapidement vers ma voiture. Quelques minutes plus tard, je tournais dans Bellevue Avenue. Je pris vers l'ouest par Memorial Boulevard.

Sachuest Point était à un mile et demi. Et c'était là que le 23 janvier, neuf mois plus tôt, Kathleen s'était retrouvée dans une voiture en compagnie d'un garçon. Il s'était déroulé là-bas un événement fort mystérieux, peut-être d'essence mystique.

Plus je m'éloignais de Sun Cottage, plus mes doutes latents refaisaient surface. J'avais eu beau examiner le cas sous toutes ses coutures, je n'avais trouvé aucune explication susceptible de prendre dans mon esprit une forme logique et rationnelle. Toute cette histoire exigeait de ma part un acte de foi. La foi. On revenait toujours à cette modalité.

Apparemment, le cardinal Rooney acceptait l'idée de la vierge enceinte. Il ne doutait pas de Kathleen. Pour lui, la jeune fille disait la vérité. Je savais que le cardinal n'était pas homme à se laisser facilement duper. C'était un homme d'expérience, doublé d'un théologien brillant, un redoutable analyste.

Et Justin partageait l'opinion du cardinal. Pour lui, il n'y avait aucune supercherie.

Pourquoi étaient-ils à ce point convaincus? Que savaient-ils en réalité? Qu'étais-je supposée découvrir ici à Newport? Sur quel mystère me faudrait-il lever le voile?

Mon enquête n'avait abouti qu'à une seule conclusion : Kathleen était vierge et elle était enceinte. Voilà tout ce que je pouvais dire avec certitude. Kathleen affirmait aussi avoir vu la Sainte Vierge. Quand je l'écoutais, j'avais le sentiment qu'elle disait la vérité. Du moins une part de la vérité.

Je n'avais à ma disposition aucun fait tangible. Je devais me débrouiller avec des sentiments. Des sentiments qui ne me semblaient pas mensongers.

Il y avait tout de même un fait sur lequel je butais : Kathleen avait tenté de mettre fin à ses jours. Si vraiment elle était enceinte du saint enfant, pourquoi avait-elle voulu se supprimer et supprimer la vie de son bébé? D'autres éléments se révélaient troublants : Kathleen avait été secourue dans une consultation obstétricale qui aurait dû être fermée à l'heure où tout était arrivé. N'était-ce pas étrange, cette patiente qui se présentait en dehors des heures d'ouverture et à qui Kathleen, finalement, devait d'avoir la vie sauve?

Personne n'avait été informé que Kathleen se rendrait dans cette consultation de Boston Sud ce jour-là. Pas même ses meilleures copines. Celles-ci pensaient que l'IVG était programmée pour le lendemain.

En définitive, il convenait peut-être de replacer ces événements dans leur perspective historique. Peut-être le cardinal et Justin avaient-ils parfaitement raison de penser que tout devait être lu sous l'angle du christianisme et de la foi. Le christianisme se fondait sur la croyance aux miracles. Dans le monde entier, des gens sains d'esprit croyaient qu'un enfant, un jour, était né d'une Vierge : Jésus-Christ, le Fils de Dieu. Était-ce vrai ? Était-ce un mythe ?

J'étais prête à adhérer à l'opinion de Justin et du cardinal. Néanmoins, j'aurais donné n'importe quoi pour avoir à ma disposition un fait. Même mineur. Même moche. Même pauvre. Je voulais un fait tangible, une preuve de ce que je commençais à croire pour de bon.

Le long de Memorial Boulevard, je vis un panneau or et bleu pointé vers la gauche : « COLLÈGE ROGERS ».

Je mis mon clignotant. Je savais que quelqu'un dans cette école était susceptible de m'offrir ce dont j'avais besoin : une faible lueur de rationalité au milieu de ce puzzle fantastique. Ce quelqu'un était le garçon avec lequel Kathleen avait passé la soirée du 23 janvier, Jamie Jordan.

Ce garçon était un *fait*. Un fait dur, froid, objectif.

48

Je roulais au pas entre les deux rangées d'érables plantés le long de l'allée. Ma montre indiquait 14 h 57. J'arrivais pile à l'heure de la sortie des cours.

Une sirène retentit, puis une clameur joyeuse emplit l'air vif de l'automne. La foule des lycéens franchit la porte principale de l'établissement, une vieille demeure de style colonial. Des coups de klaxon retentirent. Un ballon de football à moitié dégonflé s'envola dans les airs et retomba dans la cour.

Je scrutai des yeux les essaims d'ados débraillés, balayant plusieurs fois la foule du regard. Mon intuition me ramenait toujours vers un grand garçon coiffé d'une frange de cheveux blonds qui lui retombait sur la figure. Il plastronnait, bousculait les autres, l'air bagarreur.

C'était lui. J'avais vu des photos dans la chambre de Kathleen. On ne pouvait pas le manquer. Jamie Jordan. Un garçon costaud, presque un homme déjà. Il ne devait pas être loin du mètre quatre-vingt-dix, ni des quatre-vingts kilos. Bizarrement, je ne le voyais pas sortant avec Kathleen.

Était-ce une bonne idée que de l'aborder? Je rassemblai mon courage et lançai:

— Salut, excuse-moi…

J'avais interrompu la bousculade.

— Jamie Jordan, c'est bien toi?

Il cessa son petit jeu, sourit et me toisa d'un œil froid.

— D'accord, repris-je. J'en conclus que c'est bien toi.

Je me forçai à sourire. Il tira une cigarette d'un paquet rouge et blanc.

— Je m'appelle Anne Fitzgerald. Je suis une amie de Kathleen.

Jordan alluma sa cigarette, puis promena un regard sur ses copains, qui commençaient à s'attrouper autour de lui. Beaucoup ricanaient. Ils me jaugeaient, tout en s'efforçant d'exprimer une réaction aussi grossière que possible.

— Ouais. Je suis Jamie. Et toi, tu es une amie de Kathleen, hein? Quel genre d'amie?

— J'aimerais te parler une minute.

Je le fixais droit dans les yeux. Je ne bougeais pas un muscle, ne voulant montrer la moindre peur, ni le moindre doute sur sa réponse.

Il eut d'abord un geste comme pour dire qu'il n'en avait rien à foutre, mais sa curiosité prit le dessus. C'était ce que j'avais prévu. C'est toujours comme ça.

49

Ses copains avaient l'air d'une horde de bouledogues. Je les trouvais un peu collants, à vrai dire. Ils essayaient effrontément de violer cette distance invisible que l'on maintient en principe vis-à-vis de quelqu'un que l'on ne connaît pas. En cela, ils savaient très bien ce qu'ils faisaient.

— T'es qui ? demanda l'un d'eux. Quelqu'un des journaux à scandale ou ce genre de trucs ?

— Non, répliquai-je froidement. Je ne suis pas journaliste. Je suis une amie de Kathleen, c'est tout.

Jamie finit par intervenir :

— D'accord. Allons faire un tour. Discuter. Tu as cinq minutes pour me raconter quelque chose d'intéressant.

— Oh, merci, merci, dis-je avec emphase.

Je lui adressai néanmoins un sourire.

Et Jamie sourit à son tour. Il s'adoucissait déjà. J'avais compris qu'il se considérait comme plutôt doué avec les femmes, même avec une vieille dans mon genre.

L'école avait une deuxième entrée, qui débouchait sur une rue transversale bordée de jolies maisons devant lesquelles stationnaient des 4x4 et des breaks. Vélos et planches de skate encombraient les allées.

Jordan me dépassait d'une bonne tête et il avait des pectoraux de bûcheron. Il paraissait sûr de lui ; en tout cas, c'est ce qu'il voulait me faire croire.

— Alors ? dit-il. Tu es qui ? Pour de vrai, j'entends. Et tu veux quoi ? Tu n'es pas une amie de Kathleen. Je le sais.

— Tu ne sais rien du tout, Jamie.

J'entendais lui faire comprendre que son attitude de macho ne m'impressionnait pas le moins du monde. Après cette mise au point, je poursuivis :

— En janvier dernier, tu es sorti avec Kathleen Beavier. Au moins une fois.

Il secoua la tête d'un air scandalisé.

— Je savais qu'on finirait un jour ou l'autre par venir me faire chier avec ça. Tu écris un bouquin ? Eh bien, écris-le ! Je suis sorti avec Kathleen Beavier. Une seule fois. En plus des deux ou trois fois où on est allés bouffer un Big Mac ou ce genre de trucs après la classe...

— Une fois ? Un seul rendez-vous ? Comment tu expliques ça ?

— Comment j'explique ça ? Je n'avais pas envie de me prendre la tête pour elle, c'est tout.

Il me la jouait trop prétentieux pour que ce soit vrai. Ce gars-là était le bourreau des cœurs dans son lycée, mais je ne voyais toujours pas Kathleen avoir une histoire sérieuse avec lui.

— Ça t'embêterait de jouer cartes sur table ? repris-je. Rien qu'une minute. Le 23 janvier, tu accompagnes Kathy au bal du lycée. Après, il se passe quelque chose. Kathy me l'a dit. Alors ? Il se passe quoi ?

Il eut une expression de colère. Je crus entrevoir ce qu'il serait une fois devenu adulte – et cette vision n'était pas du tout pour me plaire.

— Il s'est passé quoi ! s'exclama-t-il. Ce n'est pas évident ? On s'est barrés du bal, on a pris la voiture et on l'a fait. Tout le monde est au courant. Elle se prend pour qui ? Pour la Sainte Vierge ?

Il affichait une expression de plus en plus menaçante. J'avais envie de l'envoyer promener, mais ce n'était pas le moment de partir. Pas encore.

— Un expert de New York est venu. Un médecin qui n'avait aucune raison de mentir. J'ai assisté à l'examen, figure-toi. Kathleen est toujours vierge. Elle ne l'a jamais fait. Avec personne. Ni avec toi, ni avec un autre…

— C'est des conneries ! aboya-t-il. Je me la suis faite !

Il s'empoigna l'entrejambe.

— Avec ça.

J'allais le planter là, mais il ne me laissa pas tourner les talons. Il me prit par le bras et me bouscula assez fort. Je me retrouvai à terre. Je frappai des mains au-dessus de ma poitrine. La seconde d'après, j'étais droit sur mes jambes. Jamie n'en croyait pas ses yeux.

Je m'élançai sur lui et je cognai. Il voulut se protéger de son bras : trop tard. Je frappai une deuxième fois, plus bas. Il recula, plié de douleur.

— Tu es un vrai dur, hein ? criai-je. Alors vas-y ! Montre un peu ce que tu sais faire !

Tout en criant, je le provoquais en lui portant des coups à la tête.

— Réponds à mes questions ! Qu'est-ce qui s'est passé à Sachuest Point ? Il s'est passé quelque chose. Ça se voit que tu mens, tu as un regard de lâche. Je lis dans tes pensées comme dans un livre.

Soudainement il fit demi-tour et fila. Inutile de me lancer à sa poursuite, pensai-je. Il n'y avait plus rien à en tirer.

Il m'avait menti. Et s'il avait menti, c'est que Kathleen disait la vérité.

50

La vérité, n'est-ce pas ce que nous recherchons tous ?

Cette nuit-là me trouva assise dans un vieux rocking-chair, près de Kathleen, qui se reposait dans son lit. Dehors, un clair de lune superbe flottait au-dessus de l'océan, mais la beauté et la sérénité de l'astre, pour une fois, me laissaient insensible.

L'interrogatoire auquel j'avais soumis Jamie Jordan n'avait fait qu'accroître encore mon désir de savoir : quelle était donc cette chose terrible survenue à Sachuest Point ?

Kathleen ne dormait pas. Pourtant, elle était à bout de force. Cela se voyait à ses traits.

Sa chambre n'était éclairée que par une veilleuse posée sur la table de nuit. Une étagère blanche accueillait un radiocassette. J'allai l'enclencher et la musique nous enveloppa : une chanson d'amour que Kathleen aimait.

— Ça ne te branche pas, ces trucs sentimentaux, dit-elle.

— Je veux juste t'aider à t'endormir.

Je repris place dans mon fauteuil et je me balançai doucement. Apparemment, Kathleen ne trouvait toujours pas le sommeil. Elle fixait un point dans l'espace.

— Kathy, finis-je par dire, j'ai une question à te poser.

Elle feignit de ne pas m'avoir entendue. Et elle reprit, au bout d'une minute :

— J'ai eu tellement peur, sur la plage. Quand je me suis mise à saigner. J'aime mon bébé, tu sais.

Elle se tourna vers moi pour ajouter :

— Je ne veux pas le perdre.

L'aveu me toucha. Je continuai à me bercer dans le rocking-chair, essayant de garder le contrôle de mes émotions.

— Tu as confiance en moi, Kathy?

Elle sourit, de ce sourire incroyablement innocent qui était à mes yeux l'expression même du charisme.

— J'ai confiance en toi. Tu es honnête, et tu es très ouverte.

Je pris une profonde inspiration. Elle ne s'en tirerait pas comme ça. Elle ne voyait donc pas que j'avais les nerfs en pelote? Comment s'y prenait-elle pour arriver à m'atteindre de cette façon? Était-ce pour cette raison que je commençais à la croire?

— Kathy, s'il te plaît. Dis-moi, pour Jamie Jordan. Je suis allée le voir aujourd'hui à l'école Rogers. Je lui ai parlé. Il m'a dit que…

— Il t'a dit qu'on l'a fait. Il raconte ça à tout le monde. Parce qu'il s'imagine que c'est ce que les gens ont envie d'entendre. Honnêtement, je suis désolée pour lui. Vraiment désolée. Ses fantasmes de macho sont tellement tristes.

Je compris que ce genre de propos était destiné à masquer une blessure. Kathleen serra contre son sein une vieille poupée de chiffon. Elle n'avait plus du tout l'air d'avoir seize ans.

— On n'a pas fait l'amour, Anne. Jamie m'a emmenée sur le parking à Sachuest Point. Mais moi, je n'avais pas envie de faire l'amour avec lui. Il avait l'air d'une bête répugnante essayant de me forcer. Je ne voulais pas. Je n'ai rien fait du tout avec lui. C'est la seule chose qu'il y ait à dire pour le moment.

Je gardai un visage impassible en entendant ces mots, mais mon cerveau tournait à plein régime.

— Tu ne me crois pas? poursuivit Kathleen. S'il te plaît, Anne, crois-moi. Si personne n'accepte de me croire, qu'est-ce qui va m'arriver? Et qu'est-ce qui arrivera à mon bébé?

Je me levai pour m'approcher d'elle. Tendrement, je lui caressai les cheveux, puis remontai la couverture jusqu'à son menton. Elle répéta qu'elle était innocente. Cependant, sa conclusion ne m'avait pas échappé: «C'est la seule chose qu'il y ait à dire pour le moment.»

J'avais tellement envie de la juger comme une fille honnête! Et pourtant... Un événement essentiel lui était arrivé, ce fameux soir à Sachuest Point. Et on m'avait précisément envoyée à Newport pour le découvrir.

51

Au nord de l'État de New York

Le monastère Saint-Jean-de-la-Croix se nichait au creux des collines boisées, à quatre-vingt-dix *miles* de New York en remontant le cours de l'Hudson. La route était parsemée d'ornières, ce qui obligeait Nicholas Rosetti à ralentir l'allure. Sa voiture avançait en cahotant vers l'enceinte du monastère. Elle renfermait une demeure imitée d'un manoir ancien, ainsi qu'une douzaine de cottages bâtis en grès. L'établissement, qui appartenait à l'archidiocèse de New York, servait de maison de repos pour prêtres alcooliques, mentalement dérangés ou dépressifs.

Mais vivait aussi entre ces murs un homme susceptible d'offrir quelque espoir au père Rosetti. S'il était possible d'attendre un secours en ce monde, il viendrait du père Stingley. Pour Rosetti, c'était la dernière étape du voyage. Ensuite, il ne lui resterait plus qu'à aller à Newport, pour rencontrer la deuxième vierge.

Devant la grande demeure, Rosetti fut accueilli par un moine au visage émacié et au crâne rasé, qui le mena à l'intérieur, le précédant à travers une succession de couloirs aux murs nus. Ils empruntèrent un tunnel souterrain ; le bruit de leurs pas résonnait sur le sol pierreux.

Le moine finit par s'arrêter devant une porte noire en chêne. Il frappa et ouvrit sans attendre de réponse. Rosetti sentit son cœur se dilater.

La Voix était là, tout près – elle ricanait de façon obscène. « *Idiot, stupide imbécile ! Ce vieillard débile ne pourra pas t'aider. Personne ne peut t'aider.* »

Le père Bernard Stingley se tenait près de la fenêtre. Il se retourna à l'arrivée du visiteur.

Le vieux prêtre avait été autrefois, à Rome, le mentor de Rosetti et son confesseur. C'était un grand spécialiste de la Bible, reconnu pour ses ouvrages sur l'Apocalypse. Depuis six ans, il vivait retiré et demeurait silencieux.

— Nicholas…

Stingley s'approcha pour lui donner l'accolade.

— Je n'arrive pas à le croire… C'est bien toi ? C'est si bon de te voir.

— Bernard, murmura Nicholas.

Ses lèvres effleurèrent la soutane râpeuse du vieil homme. Rosetti se dégagea, maladroitement. La figure tourmentée de rides du vieil homme faisait naître son inquiétude.

— Allez-vous bien ?

— Ce n'est pas de ma santé que tu devrais te soucier.

À nouveau, la Voix éclata d'un rire profond sous le crâne de Rosetti. Celui-ci s'efforça de l'ignorer, bien que ce fût impossible.

Après avoir refermé la porte avec précaution, Nicholas considéra les rangées de livres qui habillaient les murs de la pièce. Une étagère supportait une collection d'effigies, des pièces venues de Chine, de Grèce et d'Extrême-Orient, qui toutes représentaient le Christ.

On voyait, dans un coin, un lit de repos défait, sur lequel veillait un banal crucifix. Sous la fenêtre à croisée, la table de travail était encombrée de livres et de feuilles noircies de notes. Derrière la fenêtre, en contrebas, l'Hudson suivait son cours jusqu'à perte de vue, tel un ruban infini.

Les deux hommes prirent place sur des sièges. Ils échangèrent leurs regrets pour la disparition de Pie XIII. Stingley ajouta :

— Je crois savoir la cause de ta visite. J'ai un mauvais pressentiment. Voilà plusieurs semaines que ça dure...

Les rumeurs venues de Rome sont arrivées jusqu'ici, songea Rosetti en plongeant son regard dans les yeux bleu acier du vieux prêtre.

— Père, je sais que vous connaissez le secret de Fatima. Sa Sainteté m'a dit que vous aviez connaissance du message de la Sainte Vierge : la promesse et la mise en garde.

Le vieillard ne répondit pas tout de suite. Ses yeux regardaient sans voir.

— Dans les années quatre-vingt-dix, poursuivit Rosetti, vous étiez très proche de Pie XIII. Il vous a révélé le secret de Fatima. Je sais ce que vous savez.

Un éclair de détresse traversa le visage de Stingley.

— Pie n'avait pas le droit de te demander cela !

— Il est trop tard pour les regrets. Je sais qu'il existe deux vierges. L'une est l'élue. L'autre appartient au démon.

— Tu ne sais rien du tout ! s'écria Stingley. Il y a beaucoup plus. Dieu ne crée pas noir ou blanc. Ce serait trop facile. La vérité n'a rien à voir avec la logique humaine.

Rosetti eut l'impression que la petite chambre se mettait à tourner. Ce fut exactement comme le jour où il avait été jeté à terre, sur ce trottoir, à Rome, au sortir du Vatican. Les mêmes pointes brûlantes s'enfonçaient dans son cœur. Rosetti revit aussi l'avion qui tombait en spirale et venait s'écraser dans les arbres. Ces images ne relevaient ni du souvenir ni d'une hallucination. Un feu se mit à crépiter dans la pièce. Rosetti respira une forte odeur de chair grillée.

Quitte cet endroit ! Quitte cet endroit tout de suite !

Rosetti n'avait nulle intention d'obéir.

Sa propre voix lui parvint, comme remontant des ténèbres :

— S'il vous plaît, Père, j'ai besoin de votre aide pour me préparer. Je suis à la recherche de la vierge authentique. Que voulez-vous dire, quand vous affirmez que je ne sais rien ? Je vous en prie, expliquez-moi exactement comment les choses vont se passer. Je crains d'avoir déjà commencé ma descente aux enfers…

52

« Ta descente aux enfers a commencé, Nicholas. Tu as parfaitement compris. Tu es bel et bien perdu. Ton âme est damnée ! »

La Voix résonnait toujours plus fort dans la tête de Rosetti. Il lui semblait que son crâne abritait un millier de bouches hurlant à l'unisson. La douleur était insupportable. Elle lui vrillait le cerveau.

Il vit brusquement le vieillard se lever en renversant son fauteuil.

— Ils sont ici ! Tu les as ramenés !

Son regard s'écarquillait de peur.

— Les légions ! Les démons ! Ils sont ici ! Ils sont partout ! Je les vois, ces chiens ! Ils attendent qu'on les lâche !

Le père Rosetti voulut s'approcher de son vieux maître, mais ses bras et ses jambes refusaient d'obéir. Ses membres étaient de pierre.

Seigneur Dieu, que m'arrive-t-il ? Une nouvelle attaque ? Cette fois, je ne m'en sortirai pas !

La même horrible puissance frappait Stingley. Le vieillard agitait les bras comme pour chasser un ennemi invisible. Il trébucha. Des livres tombèrent sur le sol. Stingley poussa un râle rauque et profond, puis il s'écroula.

Quand il parla, ce fut d'une voix faible et enrouée :

— D'abord, dit-il, viendra la perte de contrôle.

Il hochait lentement la tête.

— Ensuite, tu verras disparaître ton libre choix. Ta liberté de penser s'évanouira. Tu perdras ta liberté d'action. Et ce ne sera que le début…

Rosetti écoutait les paroles du prêtre. Simultanément, la Voix vociférait à l'intérieur de son crâne.

— Ensuite, tu sentiras ton corps se décomposer. Et ton esprit. Et ton âme, Nicholas. Tu sombreras dans le désespoir, un désespoir fatidique, un odieux sentiment de déréliction, d'inutilité absolue, qui est la plus désastreuse des expériences humaines.

« Écoute-le bien, Nicholas ! C'est un homme avisé qui te parle ! »

La Voix ricanait de plus belle.

— Quand cela survient, tu atteins l'abîme du désespoir. Alors, tu sais que tu viens de franchir le seuil de l'Enfer.

Le père Stingley se redressa et se traîna jusqu'à la fenêtre. Il se tint courbé dans la lumière aveuglante. Il se signa à plusieurs reprises, croisant et recroisant la main devant sa poitrine comme pour en arracher un objet qui, logé à l'intérieur, serait en train de l'oppresser.

— Je devrais implorer Dieu le Père pour qu'il te prenne dans son infinie pitié, dit-il encore. Cependant, je ne puis te donner de faux espoirs !

Rosetti aurait voulu parler à son tour, demander au vieil homme sa bénédiction, mais celui-ci se mit soudainement à gémir. Son visage devint pâle comme la craie. Ses lèvres, la peau de ses oreilles et le bout de ses doigts s'ombrèrent d'un bleu malsain.

La bouche de Stingley exprima un souffle rauque et profond. Il pressait son sternum de sa main. Ses lèvres et ses narines libéraient une écume blanche.

Il s'écria de nouveau :

— Les démons, ils arrivent ! Les légions ! Les anges déchus sont partout. Vois plus loin que les deux vierges, mon fils. Vois plus loin ! Les légions. Elles sont là, sous tes yeux.

Rosetti était paralysé. Stingley tomba à genoux. Il roula les yeux vers le ciel. Le mucus dégoulinait vers la pointe de son menton. À quelle puissance voulait-il s'arracher ?

Au prix d'un suprême effort, Nicholas Rosetti s'arracha à son fauteuil et s'approcha de Stingley.

— Père, non ! Éloigne-toi de lui ! Prends-moi, plutôt !

La voix du vieil homme se changea en un sourd grondement : *Tu seras pris et damné en Enfer, pour l'éternité ! Entends-tu, pour l'éternité ! Vois plus loin que les jeunes vierges. Plus loin : c'est là qu'est la réponse !*

Rosetti eut le sentiment de n'y plus rien comprendre. Avait-il basculé du côté du démon ? Ses légions incarnaient les forces des ténèbres, remontées des abysses pour répandre le feu sur la terre…

Le père Stingley hurlait d'une voix suraiguë :

— Éloigne-les de moi ! Je t'en supplie ! Ils m'entraînent !

53

Kathleen avait l'impression d'être possédée.

Même s'il n'était rien arrivé de précis, elle sentait la tension croître en elle. Elle eut une prémonition : une influence néfaste planait au-dessus de Sun Cottage, prête à fondre sur ses occupants, en particulier ceux qui tentaient de lui venir en aide.

Anxieuse, elle s'était enfermée dans sa chambre. La peur la dévorait. Elle s'approcha de la fenêtre, écartant le rideau. D'abord, tout ce qu'elle vit, ce fut le reflet de son propre visage dans la vitre obscure.

Puis, derrière le film de buée projeté sur le carreau par son souffle, elle aperçut les feux dorés qui glissaient dans le noir. Une voiture remontait l'allée.

Au portail, deux vigiles laissèrent passer la voiture. Ils se blottissaient dans leurs parkas sombres à col de fourrure. Pour une raison mystérieuse, leur présence n'inspirait à Kathleen aucun sentiment de sécurité.

La voiture s'approcha, puis s'arrêta sous sa fenêtre. La portière s'ouvrit. Un homme à l'aspect menaçant apparut : costume noir, chapeau noir dont le bord était rabattu vers le sol, serviette noire sous le bras. Sa silhouette paraissait hantée.

Même d'en haut, elle pouvait remarquer à quel point il se voûtait, comme s'il portait sur son dos une montagne de pierres. Une pensée bien étrange visita l'esprit de Kathleen. *Ils sont venus pour moi. Ils sont plusieurs. Ils sont des milliers. Ils sont là*.

Des voix résonnèrent. La porte d'entrée s'ouvrit sur le père O'Carroll, qui s'empressa d'aller à la rencontre du visiteur. Il accueillit la silhouette noire en lui ouvrant chaleureusement les bras. Alors, Kathleen sut avec certitude de qui il s'agissait.

Le nouvel enquêteur. Le prêtre envoyé par Rome.

À l'instant de pénétrer dans le cottage, ce prêtre leva la tête.

Kathleen se sentit frémir. *Il m'a regardée droit dans les yeux. Il sait la vérité, mais il n'a pas assez de foi pour croire. Ce prêtre n'a pas la foi.*

54

Enfin, le père Rosetti était arrivé. Je songeai que nous serions désormais trois à surveiller Kathy et à tenter de percer la vérité. Je me demandai aussi si la présence de Rosetti signifiait que j'avais échoué dans ma mission.

Une réunion fut décidée dans l'un des élégants salons du premier étage. J'y participai en tant qu'observatrice. Tel était mon rôle. Mais sans doute étais-je une observatrice bien peu objective : le simple fait de songer à Kathleen déclenchait en moi une bouffée de panique.

Kathleen s'était assise à côté de moi. Son ventre était si enflé qu'il donnait l'impression d'être sur le point d'éclater.

Charles Beavier offrit de boire quelque chose, mais il n'y eut pas d'amateur. Il se servit un scotch bien tassé. Carolyn entra. Tenant à peine debout, elle tituba jusqu'à une chaise et vint s'asseoir à côté de sa fille. Justin s'installa au plus près des portes coulissantes.

La réunion commença par un long silence. Chacun attendait de savoir ce que le prêtre venu de Rome avait à dire. Rosetti savait des choses dont nous n'avions pas connaissance. Et il affichait un air terriblement mystérieux.

Il émanait de lui une présence redoutable. Il paraissait radicalement étrange, monolithique et sombre, maître d'un ordre du jour secret. Je l'observai avec une certaine anxiété, tandis qu'il nouait et dénouait ses larges mains de travailleur.

Son visage s'éclaira enfin. Cependant, son sourire n'était pas sincère.

Il cherchait à faire croire qu'il maîtrisait la situation. En fait, ce n'était pas du tout le cas. Lui aussi se tenait sur le fil du rasoir.

Il nous salua d'une voix au timbre métallique, où perçait néanmoins la couleur de son accent.

Puis, il se déplaça vers le centre de la pièce et vint se planter devant Kathleen.

— Kathleen, dit-il, c'est le Vatican qui m'envoie. Je suis missionné par la Congrégation des Rites Sacrés. Cette Congrégation des Rites Sacrés est l'institution ecclésiastique qui traite des cas de miracles et de tous les phénomènes surnaturels. Ainsi que des procès en béatification.

— Il me semble que vous avez frappé à la bonne adresse, dit Kathleen.

Un sourire se dessina sur la large figure du prêtre.

— N'aie pas peur de moi, Kathleen, je t'en prie. Malgré ce titre pompeux, je ne suis qu'un simple bureaucrate. Une espèce d'inspecteur des phénomènes surnaturels.

Kathleen secouait la tête.

— Je n'ai pas peur de vous, mon père.

Je ne fus pas fâchée d'entendre Kathy réagir ainsi. Toutefois, je m'inquiétais pour elle. Elle était si pâle. Elle semblait si fatiguée. Je craignais qu'elle ne ressente des contractions d'une seconde à l'autre.

Le père Rosetti, lui, ne remarquait rien.

— Kathleen, la Sainte Vierge est-elle parmi nous ce soir ?

Il avait prononcé ces mots d'un ton dégagé, comme s'il s'agissait d'une question tout à fait banale.

Kathleen prit une profonde respiration. Elle rejeta en arrière une mèche de cheveux.

— Oui, répondit-elle d'une voix douce. Elle est parmi nous.

— Dans la maison ? Dans la pièce où nous sommes ?

— Oui. Elle est dans cette pièce, mon père. Cela vous étonne-t-il ? Vous ne croyez pas en la Sainte Vierge ?

Rosetti continuait de croiser et décroiser les mains.

— Excuse-moi, dit-il. Je ne suis pas habitué à me retrouver en compagnie de notre Sainte Mère. Et que fait-elle, Kathleen ? Est-elle restée debout ? Ou peut-être a-t-elle pris place sur cette chaise bleue, là ?

— Père Rosetti, dit Kathleen, je sais pourquoi vous êtes venu. Mais je vous en prie, ce n'est pas la peine de me tendre des pièges. La Sainte Vierge est là, avec nous. Vous croyez en elle, n'est-ce pas ?

— Kathleen, ce qui m'intéresse, c'est ce en quoi *tu* crois.

Le prêtre du Vatican avait prononcé ces derniers mots d'un ton tranchant. Je compris que Kathleen le terrifiait.

Pourquoi Kathleen lui faisait-elle peur ? Que savait-il que nous ignorions ? Qu'avait-il mission de découvrir ?

55

Le père Rosetti se déplaçait à l'intérieur d'un cercle étroit, au centre du grand salon, tel un lion en cage. Il semblait habité par une puissance surhumaine. Il affichait cette confiance en soi qui ne vient qu'avec la certitude d'avoir absolument raison.

— Je suis porteur d'une grande nouvelle, déclara-t-il.

Il gardait les yeux rivés sur Kathleen.

— J'ai découvert qu'il existait deux vierges. Kathleen n'est pas la seule.

J'émis une légère protestation. Kathleen n'avait pas cillé. Elle semblait plongée dans le calme qui précède la tempête.

— Je sentais que nous étions deux, dit-elle simplement à voix basse. Au moins deux.

Soudain, elle se mit à trembler. Je crus qu'elle entrait en transe. Elle reprit la parole :

— Désormais, tout ira croissant. La peste, les morts, les épidémies. Les vierges enceintes se multiplieront. Nous entrons dans l'époque la plus effrayante de l'histoire du monde.

Rosetti plissa les yeux et fixa durement la jeune fille :

— Comment sais-tu cela, Kathleen ? Tu dois me dire tout ce que tu sais. Parle, parle immédiatement !

— Ne t'adresse pas à ma fille sur ce ton !

Charles Beavier avait bondi. Depuis le début de la réunion, il était resté coi. Mais à présent, il ne supportait plus Rosetti. Il se jeta sur le prêtre.

— Arrêtez ! criai-je.

Justin se précipita pour les séparer. Rosetti s'écroula. Beavier le couvrit de menaces. Il voulait le voir quitter la pièce.

Cependant, Justin parvint à le calmer. Carolyn aida son mari à se reprendre. Il recouvra ses esprits et son sang-froid, marmonnant toujours sa colère. Il finit par lancer :

— Dites-nous exactement ce que vous êtes venu faire, père Rosetti !

Je jetai un coup d'œil du côté de Justin. Il me regarda brièvement, lui aussi, comme pour m'inviter à rester sur mes gardes.

Kathleen se pencha en avant. Ses grands yeux bleus se posèrent sur moi, puis sur le prêtre, puis sur son père.

— Je peux répondre à cette question, papa. Le père Rosetti cherche à savoir laquelle des deux vierges est l'élue.

56

Deux vierges. Nous étions en présence de deux vierges.

J'allai me coucher en tentant de me faire à cette surprenante nouvelle. Je voulais comprendre ce qu'elle pouvait signifier aux yeux de l'Église. Mes réflexions m'entraînèrent dans un profond sommeil, auquel m'arracha un bruit insistant. On frappait à la porte de ma chambre. Il était 4 h 30 du matin.

Une foule de dangers possibles se présenta à moi. Je sautai de mon lit, pour me retrouver nez à nez au seuil de ma chambre avec le père Rosetti. Il était habillé. Il me souriait.

— Qu'est-il arrivé ? demandai-je. Kathleen va bien ?

— Bonjour. Désolé de vous faire lever d'aussi bonne heure.

Il s'excusait, mais il ne pensait pas un mot de ce qu'il disait. Il ajouta :

— Kathleen dort comme un bébé.

Il m'apprit qu'une nouvelle réunion était convoquée à cinq heures.

Quelques minutes plus tard, je rejoignis dans la bibliothèque Justin et Rosetti, déjà en pleine discussion. Justin se chargea de m'expliquer :

— La deuxième vierge est une jeune Irlandaise. Elle s'appelle Colleen. Le père Rosetti l'a interrogée…

— … Et j'aimerais beaucoup entendre une autre opinion, enchaîna Rosetti en lui coupant la parole. Vous êtes sans conteste les deux personnes les plus qualifiées pour me la fournir. Vous connaissez Kathleen. Votre point de vue me permettra d'établir une comparaison avec le mien. Le cardinal Rooney et le Vatican sont d'accord.

Voulait-il dire que nous allions prendre l'avion pour aller en Irlande rendre visite à cette fille ? Et Kathleen, alors ? Et Jamie Jordan ? je n'avais toujours pas fait la lumière sur cette fameuse soirée à Sachuest Point. Mon enquête se déroulait ici, à Newport, pas en Irlande.

J'eus l'impression que le père Rosetti lisait dans mes pensées.

— Tout est réglé, dit-il. Pour ma part, je reste ici. Je veillerai sur Kathleen en attendant votre retour. Faites vite. Plus tôt vous reviendrez, mieux cela vaudra.

Justin et moi échangeâmes un regard. Je commençais à ne pas trop apprécier ce prêtre venu de Rome. Il ne m'inspirait pas confiance.

— Je vous en prie, dit Rosetti. J'ai vraiment besoin de votre aide. L'enjeu est énorme. Et je ne pourrai venir à bout de cette affaire tout seul. S'il vous plaît. Vous devez m'aider.

Il s'était exprimé avec une telle humilité que je changeai de sentiment.

— Bien sûr, dis-je. Nous allons vous aider.

Le soulagement de Rosetti était manifeste. Il sourit. Quel individu étrange ! Quel âge pouvait-il avoir ? Au maximum quarante ans. À quelle épreuve devait-il d'avoir l'air aussi vieux par moments ? Qu'avait-il vu, avant son arrivée à Newport ? Que savait-il ? Enfin, qu'allions-nous trouver, Justin et moi, en Irlande ?

— Vous verrez, reprit Rosetti. Colleen Galaher est une jeune fille extrêmement intéressante. Sa personnalité la rapproche de Kathleen. À un tel point, d'ailleurs, que l'on dirait des sœurs.

57

Moins de douze heures plus tard, nous atterrissions en Irlande.

Je m'étais entretenue avec le cardinal Rooney. Son souhait était de me voir collaborer avec Rome dans toute la mesure du possible. Où tout cela allait-il nous mener ? En tout cas, je n'étais pas venue sans mon arme.

Nous allions trop vite sur cette route de campagne dans notre minuscule voiture de location. Mais Justin ne semblait pas du tout mal à l'aise. Il se sentait chez lui, dans ce pays. Il paraissait même apprécier ce voyage. Et je ne pouvais m'empêcher de trouver à son humeur quelque chose de rassurant.

Le paysage était magnifique, mais je ne parvenais pas à en profiter. Dès que je voulais m'abandonner à la contemplation de cette succession de collines, où régnaient cent nuances de vert, mes inquiétudes et mes craintes reprenaient le dessus. Cette affaire comptait déjà trop d'événements funestes.

Un groupe de villageois nous regarda passer : une vingtaine d'hommes en costume brun, revêtus de leur cape, chaussés de souliers sombres qui semblaient tous façonnés par le même cordonnier. Vingt paires d'yeux soupçonneux.

— On dirait des druides, dis-je.

Justin ajouta :

— Ils forment la dernière paysannerie authentique de toute l'Europe de l'Ouest.

Le ton de sa voix hésitait entre fierté et embarras.

— Et voici Maam Cross, reprit-il.

Nous venions de franchir un panneau signalant l'agglomération et sur lequel s'inscrivait : « *Le Pays de Dieu* ». Des maisons plusieurs fois centenaires défilaient derrière ma vitre. L'endroit était à peine un hameau.

— On se croirait au Moyen Âge, dis-je.

— On est au Moyen Âge.

La rue principale offrait tout de même le privilège d'une boutique : l'épicerie Donald MacCormack. La publicité avait étendu ses tentacules jusque sur la façade de ce négociant, où un panneau taché de suie vantait les mérites d'une grande marque de bière.

Le hameau se poursuivait par une rangée de cottages. Justin jouait les guides. Il m'expliqua que chacune de ces maisons abritait une pièce de trois mètres sur trois où vivait toute la famille. La pièce était envahie de souvenirs, équipée d'une télévision, décorée d'innombrables images pieuses. Les chambres étaient minuscules. L'intérieur était mal éclairé. Il y régnait une lourde odeur de feu de tourbe.

Justin procédait à cette description d'un ton nerveux. Il se tut brusquement lorsqu'il aperçut un graffiti tracée d'une main hâtive. Cette marque de haine, qui criait : « *Colleen la pute des contes de fées* ».

58

La maison des Galaher se trouvait à deux kilomètres à l'est du village.

Je n'arrivais pas à me débarrasser du sentiment que les événements présents échappaient à tout contrôle. Le matin même, avant de quitter l'avion, j'avais lu de nouveaux papiers dans le *Herald Tribune* sur la famine qui sévissait en Inde, sur la peste du Mexique, sur l'épidémie de polio aux États-Unis. Était-ce l'œuvre du démon ?

Nous nous garions dans l'allée de gravier, quand les nuages masquèrent le soleil, plongeant instantanément dans l'ombre le petit cottage au toit de chaume et aux murs lessivés par la pluie.

— Tu sens l'odeur du feu de tourbe ? me demanda Justin pour dire quelque chose.

Nous descendions de voiture. Il ajouta :

— C'est une odeur que l'on n'oublie jamais.

Ce que je ne devais jamais oublier, ce fut ce que j'éprouvais à la pensée que nous allions dans quelques instants faire connaissance avec la deuxième vierge. Serions-nous à même de formuler un avis utile au père Rosetti ? Notre responsabilité était vertigineuse.

Nous arrivâmes devant le portail en fer forgé, rongé par la rouille.

— Le père de Colleen est mort voilà un an, murmura Justin. C'était le genre abonné à la bouteille. La mère a fait une attaque, elle est presque sénile – à quarante ans. Elle passe sa journée au lit. La médecine, par ici, n'est guère sophistiquée. Pour leur fille, c'est loin d'être facile. Rien à voir avec l'existence chez les Beavier.

— Kathleen n'a pas la belle vie non plus.

Je me sentais plus ou moins sur la défensive.

— Une question continue de m'intriguer, dis-je encore. Ils ont des journaux, la télévision… Comment l'Église d'Irlande a-t-elle pu garder secrète toute cette affaire ?

Justin haussa les épaules.

— Je ne suis pas surpris. C'est comme ça, ici. Si Jésus-Christ était venu au monde en Irlande, personne n'aurait jamais entendu parler de Lui.

Il poussa le portail. Au même instant, nous vîmes s'ouvrir la porte bleue du cottage. Sur le seuil apparut une religieuse, une femme d'aspect sévère en coiffe blanche amidonnée, dont l'habit noir remuait dans la brise. Elle avait l'air d'un corbeau sinistre.

— Je suis sœur Katherine Dominica, annonça-t-elle d'un ton brusque. Puis-je savoir qui vous êtes ?

Nous nous présentâmes. La sœur hocha la tête et déclara qu'elle nous attendait. Elle nous fit entrer sans se départir de sa méfiance.

À l'intérieur, le manque de lumière nous fit cligner des yeux. Un mouvement se produisit près de la cheminée. Une jeune fille assise sur un tabouret se leva pour nous accueillir.

Elle portait une robe imprimée, revêtue d'un tablier de dentelle usé. Sa sombre chevelure rousse lui retombait en boucles jusque dans le dos. Elle semblait ravie de nous voir.

— Bonjour, je suis tellement heureuse de vous voir. Vous êtes la preuve que l'Église croit en moi.

Le soleil, offusqué à notre arrivée, se montra de nouveau, illuminant la fenêtre. Une clarté dorée se répandit dans la pièce. Le sourire de Colleen n'avait rien de triste. Au contraire, il resplendissait.

Colleen Galaher possédait un teint typiquement irlandais : une peau blanche et transparente, des yeux d'un vert désarmant et, bien sûr, cette merveilleuse chevelure à la Titien. Mais le stéréotype était transcendé par l'expression rayonnante de son visage. Elle était exceptionnellement belle et tout à fait enceinte.

Quatorze ans. Je ne cessais de me répéter ces mots. *L'âge de Marie de Nazareth à la naissance de Jésus.* Le père Rosetti avait attiré notre attention sur ce point. Croyait-il que cette fille-là était la vraie vierge ?

— Puis-je faire du thé pour tout le monde ? proposa Colleen d'une voix douce et timide. Ou peut-être préférez-vous un soda fait maison, après ce long voyage depuis l'Amérique ?

J'aimai Colleen Galaher dans la minute où je la vis. Comment faire autrement ? Et j'eus aussitôt le sentiment de trahir Kathleen. Le père Rosetti nous avait posé une énigme insoluble. Les deux filles étaient l'une et l'autre parfaites.

59

Colleen nous annonça aussitôt son intention de coopérer et de nous aider autant qu'elle le pourrait. Elle avait espéré que l'Église enverrait quelqu'un. Elle avait prié pour cela. Ses prières étaient exaucées.

Elle nous emmena faire une promenade sur un sentier sinueux qui courait derrière le cottage en direction des collines. Selon elle, c'était le meilleur endroit pour bavarder et pour écouter.

— C'est vraiment charmant, dis-je.

— Merci.

Elle semblait fière de vivre dans cette partie du monde.

— Les gens pensent que le pays de Dieu, c'est ici.

Je songeai au panneau à l'entrée du hameau. La campagne semblait un patchwork de pièces inégales, dans des verts différents, cousues maladroitement ensemble. Mais le paysage était étrangement lumineux.

— Alors, dit Colleen. Que voulez-vous savoir?

On ne pouvait imaginer voix plus douce, plus tendre.

Peut-être trop beau pour être vrai, pensai-je. Nous étions en présence de la vierge idéale. Mais n'en aurait-on pas dit autant de Kathleen?

Les deux filles étaient la perfection même. Autrement dit, l'énigme était parfaite.

— Pourquoi ne pas commencer par le début? suggérai-je.

J'ajoutai :

— Quelle est la toute première chose dont tu te souviennes, concernant ta grossesse?

— Oh, c'est très simple. Je vais souvent me promener toute seule, en suivant ce chemin jusqu'à Liffey Glade. Vous verrez, ce n'est pas loin. L'endroit est sacré. Un soir, j'y suis allée comme d'habitude. Et tout est parti de là.

Le sentier traversait une forêt clairsemée, puis des fourrés plus denses. Nous finîmes par déboucher dans une clairière. Colleen pointa le doigt vers une grotte et son rocher, qui formaient saillie au-dessus d'un petit cours d'eau.

— Voilà, dit Colleen. Je me tenais exactement là-bas. J'observais le reflet de la lune qui brillait sur l'eau. C'est à ce moment-là que j'ai entendu leurs voix…

— Quelles voix? demanda Justin. Quelqu'un s'est-il adressé à toi?

Une ombre traversa le visage de la jeune fille. Manifestement, un souvenir funeste venait d'ouvrir une brèche dans son calme intérieur.

— Deux hommes et un jeune garçon, dit-elle. Ils se tenaient là, près de ce banc. J'ai cru que c'étaient des braconniers qui venaient poser des collets pour les lapins. Ou des pêcheurs. J'ai voulu leur dire bonjour – ils ont sursauté. Ils étaient en train de faire quelque chose de mal…

La voix de Colleen s'était brisée dans sa gorge. Elle se fit heurtée, comme si la jeune fille avait peine à s'exprimer.

— Ils ne voulaient pas que je les voie…

— Quelque chose de mal? demandai-je. Qu'est-ce qu'ils faisaient de mal? Tu as pu voir?

Colleen s'éclaircit la gorge. Sa voix n'était plus qu'un souffle.

— Les deux hommes embrassaient le garçon. L'un des adultes était un prêtre que je connaissais.

Ce souvenir fit naître ses larmes. Elle les essuya du revers de la main.

— Le prêtre m'a reconnue. Il a voulu s'avancer vers moi, alors je me suis enfuie en courant. Ils m'ont couru après. Je les entendais haleter dans mon dos. J'ai couru aussi vite que j'ai pu.

« Le plus fort m'a attrapée par la taille et jetée à terre. Je me suis fait mal en tombant. Le prêtre m'a plaqué la main sur la bouche pour m'empêcher de crier – je n'arrivais plus à respirer ! Et tout à coup, ce fut comme s'ils se multipliaient ! J'avais l'impression qu'ils étaient vingt, ou trente, ou des milliers…

« J'ai entendu un immense craquement. Comme un coup de tonnerre. Des poignards de lumière ont jeté dans le ciel des couleurs jaunes et blanches.

« J'ai perdu connaissance. Combien de temps, je ne sais pas. Quand je suis revenue à moi, les deux hommes et le garçon avaient disparu. J'ai vu des milliers d'êtres s'enfuir en escaladant la colline. J'étais toute seule. J'étais griffée. Je saignais. La pluie s'est mise à tomber. »

Au retour, elle devait nous indiquer, dans cette même clairière que nous avions traversée un instant plus tôt, un énorme chêne séparé en deux par la foudre. La moitié de l'arbre était encore debout, l'autre gisait au sol. Le feu avait laissé des traces sur toute la longueur du tronc.

— Ils n'ont pas pu m'avoir, reprit Colleen avec ferveur. Les histoires qu'on raconte sur moi sont fausses. Ils ne m'ont pas touchée. Je suis vierge, je le jure.

Elle posa les mains en coupe autour de son ventre.

— Comment ça a pu m'arriver? nous demanda-t-elle. Comment c'est possible?

Je notai que Colleen dégageait ce même rayonnement tirant sur le rose que j'avais quelquefois observé chez Kathleen. Un faible halo de lumière environnait la jeune fille. Justin pouvait-il le voir? Était-ce une auréole de sainteté?

Me tournant vers Justin, je vis que son visage était baigné de larmes. Lui aussi discernait l'auréole. Mon Dieu, que signifiait tout cela?

— Si vous ne voulez pas me croire, alors s'il vous plaît, allez demander à mon docteur. Vous le trouverez facilement à Maam Cross. Il vous dira si ce n'est pas vrai.

Je la croyais. Je croyais chacune de ses paroles. Et Justin pensait de même. Nous n'avions d'ailleurs pas besoin d'aller interroger ce docteur. Le père Rosetti nous avait remis le dossier médical de Colleen.

J'avais lu ce dossier. Et Justin l'avait lu, lui aussi. Colleen Galaher était enceinte de huit mois et demi. Et elle était parfaitement vierge.

— Je vous en prie, aidez-moi, murmura-t-elle. Je suis une fille honnête.

60

Porstmouth, Rhode Island

Il était 21 h 30 et les trois copains étaient venus s'offrir une ou deux tournées au Neely's. Jamie Jordan sortit des toilettes et se dirigea d'un pas nonchalant vers le bar où se pressait la foule, puis vers la table où buvaient Chris Raleigh et Peter Thompson. Tout en s'approchant, il les voyait comploter au-dessus de leurs verres de Samuel Adams glacée. Cette bière était la meilleure de Boston. En tout cas, c'est ce que disait la pub. Au mur, sur l'écran d'une télévision en couleur, les Rangers, en tenue rouge et bleu, écrasaient l'équipe locale des Boston Bruins.

Chris et Peter gratifièrent Jamie d'un regard fuyant. Jamie comprit qu'ils avaient profité de sa courte absence pour reparler de la soirée à Sachuest Point. Et ça, il ne supportait pas. Il ramena en arrière ses longs cheveux blonds.

— Je vous ai dit qu'on n'en parlait plus. Ça veut dire qu'on n'en parle plus. Ça veut dire que vous ne parlez pas de ça pendant que je suis aux chiottes, espèces d'enfoirés.

Chris Raleigh roula des yeux.

— Arrête ta parano, Jamie. T'es bourré, c'est tout. On ne parlait pas de ça. Hein, Pete?

Mais Peter Thompson n'osait pas lever le nez de sa bière. Tous les deux savaient que les choses pouvaient facilement mal tourner avec Jamie.

Justement. Sa figure avait soudain pris une teinte rouge vif.

— Alors, dit-il, vous étiez en train d'en parler, ou pas?

Sur sa tempe, une veine palpitait. Peter finit par répondre :

— On a besoin d'en parler. Toute cette affaire nous dépasse, maintenant. Au cas où tu n'aurais rien remarqué...

Sans prévenir, Jamie lui envoya un coup de poing dans la poitrine. Peter Thompson bascula de sa chaise et roula sur le sol.

Tom Neely, le propriétaire des lieux, s'empara aussitôt d'une vieille canne en bois et la brandit d'un air menaçant par-dessus le comptoir.

— Tirez-vous d'ici, bande de petits cons ! Ou je vous pète la gueule à tous les trois !

Dans le bar, les conversations étaient retombées instantanément. Tous les consommateurs lorgnaient la table d'où venait le grabuge.

Jamie Jordan se sépara des deux autres et se dirigea vers la sortie. Il heurta au passage d'une bourrade quelques fossiles habitués des lieux, mais aucun ne réagit, étant donné sa carrure. Ses deux copains étaient à peu près du même gabarit.

Dehors, Jamie sentit l'air de la mer lui fouetter le visage.

— Kathleen Beavier... marmonna-t-il.

Kathleen, la Reine de Glace ! Il avait pratiquement été obligé de se mettre à genoux pour qu'elle lui consente un rendez-vous. Quatre après-midi de suite, il avait roulé jusqu'à Salve Regina pour la coincer à la sortie de son école catho. Une fois, il était même allé jusqu'à mettre son meilleur sweater Nautica. Et jusqu'à repasser lui-même son velours noir.

Car Kathleen n'était pas une fille comme les autres. Quelque chose de spécial l'habitait. Jamie était forcé de l'admettre, lui qui l'avait désirée plus qu'aucune autre. Bien sûr, Kathleen était sacrément *sexy*. Cependant, ce n'était pas seulement pour le sexe qu'il la voulait. Non, si Jamie avait sorti le grand jeu pour obtenir cette soirée avec elle, c'était parce qu'il avait envie de l'avoir auprès de lui, tout simplement. Il était amoureux d'elle.

Ensuite, il y avait eu cet épisode à Sachuest Point. Ce sale épisode.

61

Jamie Jordan fit tourner le moteur de son coupé Mercedes jaune. Il mit l'autoradio à plein volume. La voiture quitta le parking du Neely's. Jamie accompagnait en hurlant les paroles d'une chanson des Smashing Pumpkins. Sur un point au moins, ses copains avaient raison : il était raide défoncé.

Derrière chez Neely's, il prit une rue pavée qui grimpait la colline. Les mains serrées sur le volant, il repensait avec fureur à cette soirée du 23 janvier, lorsqu'il était allé chercher Kathleen pour l'accompagner au bal de Salve Regina. Il avait lui aussi des parents fort riches, mais cela ne l'avait pas empêché de se sentir intimidé au moment de se rendre chez les Beavier. Il portait un smoking noir. Il savait qu'il avait une classe folle. Pourtant, il ne se sentait pas sûr de lui.

C'est Charles Beavier en personne qui lui avait ouvert la porte. Mais Charles l'avait accueilli avec rudesse, en affichant une attitude préoccupée. Il avait son portable à l'oreille, et c'est à peine si Jamie s'était vu gratifié d'un hochement de tête.

Jamie aurait pu prendre la chose comme un affront. Il avait préféré opter pour un profil bas et gagner tranquillement le salon.

Quelques minutes après, Kathleen le rejoignait. Elle s'était dispensée de la demi-heure de retard, contrairement à tant d'autres nanas qui adorent faire poireauter les mecs. Jamie apprécia. Son humeur s'adoucit.

D'ailleurs, Kathleen avait une allure à couper le souffle. Ce n'était pas une lycéenne comme les autres – elle était belle à mourir.

Son élégante robe de soie vert pâle n'avait rien à voir avec les toilettes bouffantes que mettent les filles dans les soirées et qui les rendent si ridicules. Kathleen avait ceint ses cheveux blonds d'un bandeau d'argent. Jamie avait cru voir une princesse.

Le bal à Salve Regina se révéla pire que tout ce qu'il avait imaginé. En guise d'orchestre, on avait engagé un quartet ringard, des vrais manches à balai qui sévissaient ordinairement dans un club pitoyable de Newport, quand ils ne faisaient pas les thés pour débutantes. De plus, la salle était dominée par une galerie d'où une nuée de carmélites en robe noire surveillaient les opérations, telles des corneilles à l'affût. Les nonnes restèrent perchées là-haut jusqu'à la fin du bal.

Mais Jamie put danser avec Kathleen et la serrer contre lui durant toute la soirée. Il respira son parfum, tout en imaginant sous la soie les formes de son corps – le supplice de Tantale. À la dernière danse, Kathleen abandonna doucement sa tête contre l'épaule de Jamie. Il se dit qu'il touchait au but. Il était clair qu'elle avait envie, elle aussi. Cela ne faisait plus le moindre doute.

Après le bal, il fallut se rendre à une fête organisée par une copine de Kathleen, à laquelle ils étaient invités depuis longtemps. Mais Kathleen accepta très facilement de n'y passer que quelques minutes. Ils décidèrent d'aller plutôt faire un tour en voiture du côté de Sachuest Point.

Aujourd'hui, il donnerait n'importe quoi pour n'être jamais allé à Sachuest Point. Et pour n'avoir jamais posé les yeux sur Kathleen Beavier – ni les yeux, ni les mains.

62

Les phares de sa Mercedes transperçaient de lumière l'épais brouillard cauchemardeux. Il était vraiment dans le cirage. Pourtant, il conduisait sans problème. Ce n'était pas la première fois qu'il prenait le volant dans cet état.

Jamie avait décidé de retourner à Sachuest Point – là où il avait emmené Kathleen voilà presque neuf mois, cette fameuse nuit qui avait vu basculer leur vie.

Quelque chose de mauvais était arrivé ici. Quelque chose de dément.

Il le savait. Et Thomson le savait aussi. Et Raleigh. Ainsi que Kathleen. Cette sale menteuse.

Jamie se demandait pourquoi il revenait ainsi sur les lieux de l'horreur. Agissait-il malgré lui ? Une force inconnue l'avait poussé, ce soir, à reprendre la route de Sachuest Point.

Alors qu'il négociait un virage en S, il eut l'impression de pénétrer dans un tunnel. Ou, plus exactement, dans le couloir de l'Enfer. Il ressentit derrière l'oreille gauche une sourde douleur, qui commença à irradier jusqu'à son œil.

Merde, ça ne va pas recommencer.

Il souffrait souvent de cet horrible mal de tête.

Il baissa les yeux vers le tableau de bord. La pendule indiquait 21 h 54. Et le compteur de vitesse, 120 km/h.

À l'approche de Sachuest Point, Memorial Boulevard se transformait progressivement en route à deux voies. Dans le rétroviseur, Jamie vit les dernières lumières de Newport Sud et les riches demeures qui scintillaient le long de la côte.

Une envie le prit tout à coup de tourner brusquement le volant – juste ce simple geste.

Il secoua la tête ; il avait de plus en plus mal. Quelle idée idiote ! Il se croyait protégé, peut-être ? Il n'était pas fait d'acier. Sa Mercedes n'était pas capable de voler.

Une autre pensée involontaire se mit à lui tourner dans la tête. *Kathleen.*

Le simple fait de murmurer ce prénom lui faisait mal. Au lendemain de la fameuse soirée, il avait raconté à tout le monde qu'il avait fait l'amour avec elle.

— J'ai dépucelé un petit vagin de Salve Regina.

Il avait rapporté la chose en ces termes. Il jouait au dur, au type hâbleur et prétentieux. Il était très doué.

Jamie se toucha la tête. La douleur était si vive qu'elle lui donnait la nausée. Il eut un besoin irrépressible de donner un coup de volant et de foncer tout droit dans la barrière de sécurité en ciment.

Les roues hurlèrent. La gomme brûlait au contact de l'asphalte.

Cramponné au volant des deux mains, Jamie obligea la voiture à revenir vers le milieu de la chaussée. Il était en train de devenir dingue. Il avait l'impression que sa tête allait éclater. La douleur était trop forte.

« Mets fin à la douleur, si elle est trop forte. »

Une voix s'adressait à lui.

« Tu peux le faire. Tu le sais. C'est toi qui es aux commandes. En plus, tu sais que tu mérites de mourir. Tu sais ce que tu as fait. »

La Mercedes fit une embardée à gauche et franchit pour la deuxième fois la double ligne jaune. Le volant n'existait plus. Jamie ne le sentait plus vibrer entre ses mains. Il le lâcha pour se couvrir les oreilles. Il ne voulait plus souffrir. Ni entendre cette voix…

« Tu vois bien que tu peux le faire ! Tu peux te délivrer ! Tu peux ! »

La voiture était libre. Elle manqua heurter de plein fouet une jeep qui venait en sens inverse. À dix centimètres près, c'était le choc.

L'espace d'une seconde, Jamie fut aveuglé par des phares. Un coup de klaxon furieux déchira l'épais brouillard.

Jamie tint bon. Sa voiture poursuivait son dérapage irrésistible sur le bitume noir et luisant. Soudain, la Mercedes parut décoller ; la roue avant gauche avait quitté le sol. La voiture était emportée par sa propre vitesse.

Jamie Jordan hurla par-dessus la musique rock que crachait l'autoradio.

— Pardon, Kathleen ! Pardon pour ce que j'ai fait !

63

Quelque chose n'allait pas. Kathleen se sentait trop mal.

Sur la table de nuit, l'horloge digitale indiqua 23 h 24, puis 23 h 25, puis 23 h 26. Les chiffres se succédaient, inexorables. Mais Kathleen n'arrivait pas à dormir. Et la Voix était là, odieuse.

« Je ne veux pas que tu t'endormes. Tu ne dormiras jamais plus. Ce n'est pas très bon pour ton gosse… Dommage ! »

Le téléphone sonna à côté du lit.

Kathleen glissa doucement la main hors de la couette. Elle atteignit le combiné. Elle avait eu le pressentiment que ce téléphone allait sonner. D'où lui était venue cette idée ? Possédait-elle donc un sixième sens ?

— Allô !

Elle perçut à une distance incertaine la voix de son amie Sara Petrie. Sara, depuis quelque temps, avait cessé de la voir. Voilà qu'elle l'appelait en pleine nuit…

— Oh, Kathy. Désolée d'appeler à cette heure. J'aurais voulu pouvoir faire autrement, mais c'est super important. Il est arrivé quelque chose de terrible.

— Quoi ? Qu'est-ce qui est arrivé, Sara ? Qu'est-ce qui se passe ?

— C'est atroce, Kathy. Jamie Jordan a eu un accident de voiture à Sachuest Point. Je viens juste de l'apprendre en regardant la télé…

Sara se mit à pleurer à l'autre bout du fil. Elle semblait avoir perdu le contrôle d'elle-même. Elle finit par raccrocher.

Kathleen, choquée, fondit en larmes à son tour. Et à son tour, elle raccrocha son téléphone.

Elle ôta son pyjama. Elle se bagarra avec une chemise de flanelle qu'elle voulut enfiler sans défaire les boutons. Elle se pencha pour mettre ses chaussettes et ses bottes, effort qui lui donna envie de vomir. Elle était malade à mourir. Elle avait mal au ventre et encore plus mal au cœur. Jamais elle n'avait souffert un tel sentiment d'abandon.

Un cercle de clarté jaune pâle brillait au fond du couloir. Était-ce une invitation à agir ? Kathleen se dirigea vers cette lumière. Le plancher craquait sous ses pas comme le pont d'un vieux navire.

Une petite lampe de faible puissance était restée allumée dans la chambre de son père. Il avait laissé sa porte entrouverte. Kathleen perçut un léger ronflement. Il gardait ses clefs dans son attaché-case qui reposait ouvert sur le bureau.

Kathleen ramassa les clefs. Et en faisant le moins de bruit possible, elle rejoignit l'escalier, qu'elle descendit en courant. Au passage, elle décrocha sa parka bleue.

Une sensation horrible l'étreignit. *En un sens, tout est de ma faute.*

64

Kathleen avait pris la berline de Charles, une grosse Lincoln. Elle suivait une route gravillonnée, parallèle à la plage. En elle, tout n'était que tumulte. Les larmes lui brouillaient la vue.

Elle s'engagea sur Ocean Avenue, que la pluie avait rendue glissante. La route filait devant elle en un long ruban sombre et sinueux. Kathleen roulait vite. Beaucoup trop vite. Et elle avait envie d'accélérer encore. Mais elle craignait d'avoir un accident. Elle ne pouvait plus se contenter de songer à sa propre vie. Il y avait le bébé. Elle devait veiller sur lui, le protéger. Elle tenait fermement le volant, fixant la ligne jaune bien nette qui séparait la chaussée en deux.

Elle eut une vision fugace de ce qui s'était passé en janvier. La scène allait-elle enfin lui revenir en totalité? Cette vérité si longtemps refoulée devait-elle se dévoiler, maintenant?

Ce fut la déception. Tout avait de nouveau disparu.

Quand? Quand pourrais-je me souvenir?

Elle atteignit Sachuest Point peu après 23h45.

— Mon Dieu…

Elle était sur le lieu de l'accident.

Une myriade de voitures de police et de secours illuminaient de leurs phares ce pan de colline pelé qui descendait vers la mer. D'autres véhicules s'étaient hâtivement garés sur le bas-côté. Deux projecteurs éclairaient la falaise.

Kathleen n'eut pas besoin de se fier aux panneaux lumineux pour savoir où elle se trouvait. Elle avait compris. C'était l'endroit même où tout était arrivé en janvier.

Une vision atteignit la périphérie de sa mémoire, pour s'évanouir aussitôt. Kathleen faisait un blocage sur ce souvenir. Elle le savait.

Pourquoi?

Un vent froid, humide et coupant, soufflait de l'océan. En contrebas de la route, les vagues explosaient sur les rochers dans un bruit de tonnerre. La zone s'enveloppait d'un épais brouillard gris bleu.

Cent personnes au moins travaillaient sur la scène de l'accident. Les policiers s'efforçaient d'en reconstruire le scénario. Certains devaient songer qu'il s'agissait d'un nouveau coup de théâtre dans la vie de Kathleen Beavier.

Kathleen joua des coudes pour franchir un groupe de curieux. Le chef de la police de Newport la reconnut. Tristement, il lui fit non de la tête. Elle insista.

— Il faut que j'aille voir. Il le faut. J'y vais.

L'homme ôta sa casquette et s'en servit pour se frapper violemment la jambe.

— Ce n'est pas une bonne idée, mademoiselle Beavier. Jamie Jordan est mort. Je suis désolé. N'y allez pas.

Kathleen accueillit la nouvelle avec des sanglots. Elle passa, sans tenir compte de ces recommandations. Elle avança en scrutant le brouillard. La Mercedes jaune avait piqué du nez avant d'aller s'écraser sur les rochers.

Kathleen était hypnotisée. Elle commença à descendre vers la plage d'un pas hésitant.

« Ton amant est mort ! L'heure est venue d'admettre la vérité au sujet de Jamie ! Avoue donc, petite pute ! »

Mais elle ne se souvenait de rien. Elle ne savait pas ce qui s'était passé, ou elle ne savait plus. Sa mémoire l'avait trahie.

Un murmure s'éleva de la foule amassée sur la route.

— C'est elle ! C'est la vierge !

— Sainte Marie, pleine de grâce…

Une voix de femme qui priait traversa la brume. Kathleen songea que c'était presque un sacrilège. Elle se retourna.

— Non, je vous en prie ! Allez-vous en, s'il vous plaît.

Les gyrophares projetaient une clarté bleuâtre sur la voiture retournée.

Un policier de Newport était en faction. Un homme jeune, vêtu d'un blouson de cuir. Il leva son arme vers elle.

— On ne passe pas.

Elle passa. Sans même le gratifier d'un regard. Rien ni personne n'aurait pu l'arrêter. Kathleen n'était plus qu'à une dizaine de mètres de Jamie, maintenant. On avait répandu de la mousse sur le moteur pour prévenir une explosion.

Quoi qu'il ait pu se passer en janvier… c'était mal. Vraiment mal.

65

Par cette nuit froide et humide, typique de la Nouvelle-Angleterre, Desmond Porter, du *New York Daily*, attendait dans une voiture de location. La batterie de son téléphone portable était presque à plat, son café était froid, le temps infect, mais il était sur place, en plein cœur de l'événement.

Beaucoup d'autres étaient là, eux aussi. À croire que tous les reporters télé et tous les journaleux d'Amérique s'étaient donné rendez-vous à Sachuest Point.

Kathleen s'était approchée de la Mercedes jaune retournée où le cadavre du garçon attendait d'être emmené. Elle s'était agenouillée. Maintenant, elle priait.

Desmond Porter reposa le gobelet en plastique sur le tableau de bord et écarquilla les yeux. Une vive clarté venait de se former au-dessus de la foule. Quelqu'un s'écria :

— C'est un miracle !

Encore un fanatique, songea Porter. Pourtant cette lumière étrange avait bel et bien l'air de dessiner comme un halo autour de la scène ; elle continuait d'éclairer Kathleen Beavier de plus en plus fort.

Porter, sans quitter le phénomène des yeux, alluma l'autoradio et chercha une station d'infos. Il tomba sur un reporter en direct de Sachuest Point. Réglant la fréquence, il distingua mieux ce que disait le journaliste :

« … Kathleen Beavier est à genoux, à l'endroit même de l'accident tragique dont Jamie Jordan vient d'être victime. Pour nous tous, qui sommes présents sur le lieu du drame, le geste est émouvant. La jeune fille se trouve à quelques mètres à peine de la voiture déchiquetée. Toute la zone de Sachuest est recouverte d'un brouillard funèbre qui renforce encore le caractère irréel de la scène.

« Plusieurs dizaines de personnes se sont mises à prier avec Kathleen Beavier. On ne peut s'empêcher de songer à toute la puissance et la gloire de notre vieille Église catholique, au rôle joué par la religion dans notre vie à tous.

« Et surtout, il y a cette vive, cette étrange lumière qui se pose sur la jeune fille. Certains commencent à avoir des réactions hystériques. Beaucoup ici semblent croire que cette lumière possède une signification mystique ou divine.

« Mais attendez… C'est autre chose… Une explication rationnelle se dessine… La lumière provient d'un bateau venu près du rivage. Il s'agit d'un… oui, d'un des bâtiments des gardes-côtes rattachés au poste de Castle Hill. Il semble que le bruit et les lumières sur le rivage aient attiré leur attention… Jusqu'ici, le brouillard nous empêchait de distinguer ce bâtiment, mais il s'est rapproché de la côte à présent, et chacun peut voir que la lumière provient en fait de son phare pivotant…

« Aucun miracle ne se sera donc produit ce soir à Sachuest Point. Il y a bien une lumière, mais ce n'est pas une lumière céleste. C'est celle d'un navire garde-côte, tout simplement… »

Desmond Porter secoua la tête. Il affichait une expression consternée. Il vit Kathleen Beavier s'éloigner lentement de la voiture de Jamie.

Pour lui, tout cela relevait de la pure supercherie.

— Un canular, murmura-t-il pour lui-même.

66

Les premières personnes sur lesquelles je tombai en arrivant à Sachuest Point furent Francesca, Sara et Chuck, les copines de Kathleen. Elles étaient traumatisées. Elles sanglotaient, cramponnées aux barrières de police, et on les empêchait de passer, encore une fois.

— C'est trop atroce ! me lança Francesca.

Ses yeux s'emplissaient de larmes. Aucune tragédie n'est pire que ces accidents de voiture frappant des jeunes gens. Cela semble toujours tellement improbable, tellement absurde, tellement injuste. Et cet accident-là avait l'allure d'un maléfice.

Je ne jugeai pas nécessaire d'intervenir en faveur des trois copines : elles parleraient à Kathleen tout à l'heure. Je descendis la pente vers la scène de l'accident.

Dès qu'elle m'aperçut, Kathleen accourut à ma rencontre. J'eus très peur pour elle :

— Attention de ne pas tomber !

Mais elle ne tint aucun compte de ce conseil. L'instant d'après, nous étions dans les bras l'une de l'autre. Elle était bouleversée. Elle frissonnait. Ses yeux étaient rougis de pleurs.

— Il s'est passé ici quelque chose de vraiment terrible, Anne. Pas seulement ce soir, je veux dire…

J'attendis la suite. Elle sanglotait contre mon épaule.

— En janvier aussi.

— Qu'est-ce qui s'est passé en janvier?

— C'est affreux, je n'arrive pas à me rappeler! Mais c'est à cause de ça que Jamie est mort. Oh, Anne, Anne… Tout est ma faute. Je ne suis pas du tout une sainte. Je suis le contraire d'une sainte! Je suis une sale putain!

67

La peur arracha Kathleen à un profond sommeil. Combien de fois déjà s'était-elle réveillée en sursaut, avec le sentiment d'avoir accompli une mauvaise action ? Cette nuit-là, elle savait que c'était la vérité.

Jamie Jordan était mort. Ils l'avaient remonté le long des rochers dans un linceul en plastique.

Kathleen regarda par la fenêtre. L'atmosphère avait changé : le beau temps avait succédé à la tempête de la veille. Les arbres étaient dépouillés de leurs feuilles. La houle de l'océan était plus douce, plus longue, plus profonde.

Une odeur désagréable flottait cependant dans l'air. La chambre paraissait imprégnée d'un relent de moisi. Comme si quelque chose y pourrissait. Kathleen se demanda si ce n'était pas elle qui dégageait cette odeur. Elle n'était pas à sa place. Elle était mal à l'aise. C'était désespérant.

Elle sauta du lit sur ses jambes affaiblies. Puis elle gagna la salle de bains.

Elle se brossa les dents, et tandis qu'elle considérait dans la glace son visage encore gonflé de sommeil, une vision la harcela de nouveau – une vision coupable.

Elle crut voir son bébé doté d'un corps grotesque et d'un crâne difforme. Il pleurait, et sa voix faisait penser aux cris d'un veau arraché à sa mère pour être conduit à l'abattoir. Un fantasme cruel. Ce n'était qu'un fantasme ! Qui revenait souvent. Trop souvent. Et Kathleen avait du mal à s'en débarrasser.

Elle nourrissait des doutes. Elle se tourmentait pour savoir ce qu'il adviendrait d'elle quand le bébé serait né. À quoi ressemblerait sa vie, quand elle aurait son enfant ?

Tous ces voyeurs, hier soir… Cette foule. Ils s'étaient moqués d'elle quand ils s'étaient aperçu que la lumière ne venait pas du ciel mais du bateau des gardes-côtes.

Pourrait-elle jamais connaître une vie normale ? Elle n'avait pas demandé à vivre ça. Elle n'avait rien fait pour mériter ça.

Elle aurait voulu tout avouer à propos de cette fameuse soirée du 23 janvier. Elle aurait voulu dire la vérité. Si seulement elle avait pu se souvenir.

La veille au soir, pour la première fois, un lambeau de mémoire lui était revenu. Elle s'était revue dans sa robe de soirée. Des hommes se pressaient autour d'elle. Et sur elle. Un grand nombre d'hommes. Cela se passait à Sachuest Point. Voilà ce que lui restituait sa mémoire. Plusieurs hommes couchés sur elle. Ils ne voulaient plus la laisser repartir…

Derrière elle, le plancher craqua.

— Ah, c'est toi, dit-elle.

Elle prit son ventre entre ses mains.

— Tu m'as fait peur.

Mrs Walsh l'enveloppait d'un regard hostile.

68

Kathleen eut le pressentiment d'une catastrophe imminente. Son cœur battait à tout rompre. Elle détourna vivement les yeux.

Elle alla s'asseoir sur le banc, devant la table de toilette, et entrepris d'enfiler une chaussette. Son état de grossesse avancée rendait le geste pénible.

Un grand calme régnait à l'étage. Ida se tenait silencieuse. Kathleen se mit soudain à transpirer.

Pourquoi Ida ne dit-elle rien ?

Mon Dieu, que lui ai-je fait ? Elle a toujours été une amie pour moi. Une mère, plus que ma propre mère. Mais elle se montre tellement froide depuis quelque temps !

Il y eut un mouvement dans le miroir.

Kathleen leva les yeux. Et elle eut besoin d'une longue, très longue seconde pour comprendre.

Ida Walsh tenait dans sa main droite un couteau à double tranchant. Un couteau à découper la viande.

La gouvernante émit un cri étranglé, puis elle siffla d'une voix haineuse :

— Au nom du Seigneur notre Dieu, qu'il en soit fini de Satan et de sa descendance !

Elle abattit la main, visant le ventre de Kathleen.

Celle-ci avait eu le réflexe de se détourner. La lame étincela, aiguisée comme un rasoir. Le couteau se planta profondément dans le bois de la table de toilette. Il s'en était fallu de quelques centimètres.

Kathleen pivota, se leva et s'écarta d'Ida Walsh. La gouvernante était prise de folie. Elle s'efforçait furieusement de libérer le couteau.

Kathleen se glissa hors de la salle de bain à reculons.

— Ida ! Arrête, non ! Qu'est-ce qui te prend ? C'est moi, Kathleen…

— Tu n'es pas une créature de Dieu ! Tu n'es pas Kathleen !

Mrs Walsh hurlait d'une voix suraiguë.

— Tu es Satan !

Son visage se tordait en un rictus livide. Ses yeux étincelaient de haine. La rage lui gonflait les veines.

— Ida, je t'en supplie… Je suis Kathleen ! Regarde, c'est bien moi… C'est bien moi, Kathleen !

Elle recula encore. Ses paroles résonnèrent sur les murs du couloir.

— Au secours ! Oh, mon Dieu ! Aidez-moi !

Kathleen voulut gagner l'escalier. Elle tituba, heurta le chambranle d'une porte. Puis elle se mit à courir. Parvenue au bout du couloir, elle agrippa la rampe.

Elle posait le pied sur la première marche de l'escalier, lorsqu'un coup puissant la frappa dans le dos. Vint ensuite une sensation atroce, terrifiante : elle n'était plus rien.

Kathleen cria. Un long gémissement déchira l'air.

De nouveau elle voulut attraper la rampe, mais son étreinte était trop faible et son bras se vrilla : elle tombait, entraînée par son poids.

Mon Dieu, non ! Le bébé !

Elle chuta. De l'épaule, elle heurta violemment la balustrade. Un bruit de bois qui craque. Dans son bras, la douleur était insupportable.

Kathleen roula d'une marche à l'autre, et chaque marche au passage lui entaillait la chair. Des élancements de douleur lui brûlaient les coudes et le menton.

Elle reçut au ventre un choc qui lui coupa le souffle.

Dieu tout-puissant ! S'il Vous plaît ! Faites que tout ne finisse pas ainsi !

La douleur irradia jusqu'à son oreille droite. Elle était consciente de tout. Elle ne voulait pas perdre connaissance. Le plancher du deuxième étage avait l'air de s'élever vers elle. Elle atterrit sur ses seins gonflés et douloureux. Elle était toujours consciente. Mais Ida Walsh ? Kathleen se releva à grand-peine.

Elle comprit. Elle n'avait même pas besoin de se retourner. Ida Walsh descendait l'escalier. Elle haletait. Elle allait se jeter sur elle. Elle brandissait de nouveau son couteau meurtrier.

Ida Walsh cria d'une voix perçante :

— Satan ! Il est en toi ! Satan en personne est entré dans ton corps. Tu ne peux plus nier !

69

J'avais trouvé un abri de sable douillet où me blottir derrière les dunes. Allongée sur une couverture, j'offrais mon visage au soleil d'une éclaircie automnale.

L'air d'octobre, vif et sain, fouettait les touffes d'herbe folles et arrachait des lambeaux d'écume à l'océan bleu sombre. À quelque distance s'élevait le cri d'une mouette.

C'était tout simplement merveilleux.

Je songeai à la perfection de la Nature. Et mes pensées m'entraînèrent vers Justin. Cela me fit du bien.

Où allions-nous, tous les deux? Allions-nous seulement quelque part? Quelque chose me disait que, cette fois, nous nous y prenions comme il fallait. Plus je le voyais, plus je l'aimais. En pensait-il autant de moi? Était-il amoureux? Je le sentais prêt à remettre en question ses vœux et son sacerdoce.

Peut-être n'étions-nous pas destinés à vivre à jamais séparés…

Je voulais jouir un instant encore de ce simple bonheur, de ce soleil, de cette brise de mer. De nouveau, la mouette poussa son cri. La silhouette d'un navire glissa sur la mer.

Tout à l'heure, j'avais rendez-vous en ville avec les deux amis de Jamie Jordan.

Le cri répété me parut étrange tout à coup. Je sursautai. Un pressentiment me fit bondir sur mes pieds.

Je regardai alentour. J'étais nerveuse. J'avais peur.

Le cri, encore. Un cri perçant qui avait l'air de venir de Sun Cottage. Et qui crût en intensité, avant de cesser brusquement.

Ce n'était pas le cri d'un oiseau. C'était Kathleen ! Je courus vers Sun Cottage.

Et je la vis. En train d'escalader le toit, au-dessus du patio.

70

Pieds nus, blessée, ensanglantée, Kathleen se releva. Elle se précipita dans l'une des chambres, courut à la fenêtre et l'ouvrit. Elle n'avait pas le temps de réfléchir. Ida Walsh était sur ses talons. Elle brandissait son arme mortelle. Ses yeux brillaient d'une lueur étrange, effrayante, inhumaine. L'éclat de la folie.

Kathleen monta sur le toit pentu qui faisait saillie au-dessus de la grande salle à manger.

— Tu n'es pas une créature de Dieu !

Ces mots grondaient derrière elle.

— Tu es Satan ! Je vois clair dans ton jeu.

— Laisse-moi ! hurla Kathleen par-dessus son épaule. Je suis Kathleen. Ida, c'est moi !

Elle chancela. Elle était prise de vertige. En bas, les dalles du patio semblaient bouger au rythme de ses pulsations cardiaques. Son pied nu adhérait difficilement aux tuiles.

— Au secours ! Aidez-moi !

Un vent féroce emportait ses appels.

Le son de sa voix s'évapora comme une fumée. Personne ne l'entendait donc ? Où étaient-ils, tous ?

Il y eut un bruit derrière elle ; elle tourna la tête.

Ida Walsh avait franchi elle aussi la fenêtre de la chambre. Elle parvint à ramper sur la pente raide du toit. Ses forces étaient décuplées par la haine.

— Tu n'es pas Kathleen ! mugit-elle d'une voix presque masculine.

Des ouvriers qui entretenaient la propriété levèrent vers la scène des regards terrifiés.

— S'il vous plaît, leur lança Kathleen. Aidez-moi… Elle est folle. Elle a un couteau !

Protéger le bébé. Kathleen était obsédée par cette idée.

C'est lui qui compte. Ce n'est pas l'enfant de Satan. C'est mon bébé !

Elle regarda en arrière. Elle avait aimé cette femme, autrefois. Petite fille, elle s'était confiée à elle. Elle l'avait laissée lui tresser les cheveux, partager ses prières. Ida Walsh, il y avait bien longtemps, lui avait chanté des berceuses pour l'aider à s'endormir.

— Tu n'es pas Kathleen ! Kathleen, je la connais !

La gouvernante progressait sur les tuiles, poursuivant Kathleen qui, blessée, maladroite, lui échappait à grand-peine.

Ida Walsh montrait des yeux immenses et vides qui brillaient d'un éclair sauvage. Ses cheveux blancs tournoyaient dans le vent comme des cordes épaisses.

Kathleen aperçut Anne qui courait. La jeune femme venait de la plage. Elle agitait les bras.

— Anne ! Au secours !

Kathleen criait tout en essayant de ne pas perdre l'équilibre. Elle était tout près du vide.

Elle vit sa mère apparaître à l'une des fenêtres. Carolyn non plus n'en croyait pas ses yeux. Elle essaya de franchir le rebord. Pauvre Carolyn : empruntée, angoissée, jamais efficace. Ils arriveraient tous trop tard.

Kathleen n'avait aucun moyen d'échapper à Mrs Walsh et à son couteau.

Aussi vite qu'elle le put, elle atteignit cette partie du toit qui tournait à l'angle de la maison. Désormais, un pas de plus et c'était la chute. Les tuiles glissaient et grinçaient sous ses pieds.

Elle hurla à la gouvernante :

— Je t'ordonne d'arrêter ! Je te l'ordonne !

Ida Walsh dardait vers elle son bras maigre et nu. Son autre main griffait le toit. Elle avait le regard fixe. Son couteau étincelait au soleil.

— Je sais tout. Je connais la vérité. Je connais ton secret !

En bas, une silhouette courait le long de l'allée, mais Kathleen n'osait plus quitter des yeux Mrs Walsh et son couteau. C'était Anne, sûrement. Mais que pouvait faire Anne pour lui venir en aide ? Qui pouvait faire quelque chose ? Il était trop tard…

Un coup de feu retentit sur Sun Cottage. L'horreur laissa Kathleen incrédule, bouche bée.

Le cou d'Ida Walsh ruisselait de sang. La gouvernante se mit à gémir. Son corps bascula, dégringola comme une lourde pierre, se fracassant sur les dalles du patio.

Tout redevint tranquille. On n'entendit plus que le roulement lointain de la mer.

Kathleen baissa les yeux vers Anne. Celle-ci se tenait jambes écartées, dans la position du tireur. Elle brandissait un revolver.

71

Je venais de comprendre ce que je faisais à Sun Cottage. À la façon dont un soldat prend conscience, sur le champ de bataille, qu'il lui sera tout simplement impossible de ne pas tuer.

John Rooney m'avait demandé si j'avais un permis de port d'arme. Sur le moment, j'avais presque cru à une plaisanterie. Je voyais à présent que ce n'en était pas une. Je n'étais pas là seulement pour enquêter sur Kathleen Beavier ; j'étais aussi là pour la protéger.

Il devenait de plus en plus difficile de ne pas croire qu'un événement extraordinaire se préparait. Un événement qui viendrait peut-être de Kathleen, mais qui pouvait aussi venir de Colleen. Où était le Bien, ou était le Mal ? Ce qui était arrivé ce matin était parfaitement réel. J'avais tiré sur quelqu'un. J'avais tué quelqu'un. Une femme de soixante-deux ans nommée Ida Walsh.

Kathleen et moi nous trouvions dans le solarium, blotties l'une contre l'autre sur l'antique balancelle. Nous regardions sans la voir la mer agitée.

Kathleen pleurait. Je la berçais doucement dans mes bras. En bas, le téléphone sonna. Qu'y avait-il, encore ? La police de Newport était déjà venue m'interroger. Les hommes de la médecine légale avaient enlevé le corps de Mrs Walsh.

Vers une heure du matin, le père Rosetti convoqua l'une de ces réunions dont il avait le secret. Il nous rassembla dans la bibliothèque : les Beavier, Justin et moi. Rosetti nous informa qu'il venait de recevoir des ordres de Rome. Kathleen devait quitter Newport. Sur-le-champ. Rome estimait qu'elle n'était plus en sécurité à Sun Cottage. Était-ce la conséquence de ce coup de feu ? En outre, existait-il un endroit au monde où Kathleen serait en sécurité ?

À 01 h 30, trois Lincoln noires se présentèrent devant le portail de Sun Cottage. Aussitôt, une horde de journalistes se précipita dans l'allée en hurlant le prénom de Kathleen.

Au signal, sept d'entre nous furent escortés jusqu'aux voitures.

On remonta les vitres, on verrouilla les portières. Les ceintures furent attachées. Le petit convoi reprit aussitôt la direction du portail, puis quitta le domaine sous la protection de la police, dans le vacarme des sirènes. Un son déchirant qui s'accordait tout à fait à mon état d'esprit.

Les Lincoln empruntèrent la route 140. Un moment après, nous roulions à plus de 130 km/h. Je regardai par la vitre arrière.

Ils nous suivaient déjà : des vans bourrés de reporters excités.

Kathleen voyageait dans une autre voiture. Je priai pour sa sécurité. Les cahots de la route et les virages pouvaient-ils déclencher l'accouchement ?

Nous approchions d'un carrefour dangereux. Et nous roulions très vite. Mais les trois chauffeurs restaient en contact radio. Ils savaient ce qu'ils avaient à faire. Du moins, on pouvait l'espérer.

Une voiture se détacha de la colonne : elle prenait vers l'ouest. Une autre prit vers l'est. La troisième voiture, la nôtre, continua vers le nord et Logan, l'Aéroport International de Boston.

Je m'installai plus confortablement, m'appuyant sur l'accoudoir. Je fermai les yeux. L'image de Mrs Walsh dégringolant du toit m'obsédait encore.

Kathleen ! Kathleen ! À Logan, d'autres reporters nous assaillirent. Ils submergeaient la voiture. Nous étions encerclés.

Je descendis de la Lincoln en relevant mon châle et jetai l'oreiller que j'avais gardé sous ma robe pendant le voyage.

— Désolée, messieurs. Je ne suis pas Kathleen Beavier.

Je ne pouvais m'empêcher de sourire.

Les journalistes poussèrent un cri de rage. Le stratagème avait fonctionné. Kathleen, au même moment, embarquait dans un autre aéroport, et ils ne savaient absolument pas lequel.

Une fois de plus, Justin et moi allions voyager ensemble. Je renonçai à me poser encore des questions. Et je m'endormis.

Notre appareil se posa à Roissy à 10 h 45 du matin.

Nous avions à peine posé le pied sur le sol français que j'aperçus, dans le terminal de l'aéroport, le visage de Kathleen sur un écran de télévision. C'était un reportage de CNN. D'autres images défilèrent : des enfants pris de douleurs et de fièvre, que l'on transportait en ambulance à l'hôpital Broussais. La polio, toujours. L'épidémie avait franchi l'Atlantique. Elle touchait maintenant l'Europe Occidentale.

Je me sentis défaillir. J'avais besoin de m'asseoir. Ce que j'avais vu à Los Angeles, au Cedars Sinai Medical Center, me revint en mémoire.

Des enfants étaient en train de mourir. Il n'existait à cela aucune explication logique ; le mal semblait lié de façon mystérieuse à Kathleen, ou au bébé qu'elle portait.

72

Colleen Galaher se réveilla malade et déprimée. Elle allait chaque jour un peu plus mal et chaque heure qui passait semblait aggraver la situation. C'était beaucoup plus difficile qu'elle ne l'aurait cru. Physiquement, et surtout moralement.

Elle avait envie d'aller se confesser, de laver son âme. Elle avait besoin de l'absolution. C'était un besoin impérieux. Elle voulait être bénie par un prêtre, le plus vite possible.

Elle le ferait pour l'enfant qui croissait en elle. Elle le voulait pour Dieu. Elle entendait montrer au Seigneur que son amour et sa dévotion étaient inébranlables.

— Je veux aller à l'église. Je veux prier. Je vous en prie, emmenez-moi…

Ainsi s'adressait-elle à sœur Katherine, avec des mots simples et résolus. La religieuse accepta.

Les collines autour de Maam Cross resplendissaient sous le voile d'une pluie très fine. La vierge enceinte et la sœur toute vêtue de noir prirent un chemin sinueux, en pente, que bordait un mur de pierre. Leurs têtes se balançaient devant l'étendue généreuse de la mer. C'était le pays de Dieu.

Au centre du village, cinq paysans attendaient l'arrivée du camion de lait. Ils bavardaient sans joie. L'arrivée des deux femmes parut les arracher à leur torpeur.

— Le père de l'enfant est-il l'un de nous, Colleen ? demanda l'un des paysans, d'un ton stupide.

— Tu pourrais quand même nous l'dire, chérie. Qui c'est le papa du p'tit ?

Celui-là montrait une figure fripée sous sa casquette de travers.

— Elle est bonne pour être actrice, vu le numéro qu'elle nous fait. Je vous l'dis.

Un autre, massif, vociféra entre ses mains, comme s'il parlait dans un mégaphone :

— Et moi, j'vous dis que c'est l'Antéchrist, cette femme. L'Antéchrist !

Colleen et sœur Katherine Dominica avançaient toujours. Une grosse pierre atterrit à leurs pieds ; elle aurait facilement pu blesser l'une d'elles.

L'un des hommes éclata de rire.

— Pardon pour ma maladresse ! cria-t-il.

— Espèce de petite pute ! hurla un autre. Salope !

Colleen se retourna brusquement, posa sur ces figures torves un long regard féroce et les maudit sans cesser de protéger son ventre avec ses mains.

— Vous êtes des lâches ! Des voyous. Et pire que ça encore. Je suis vierge ! C'est comme ça ! Je suis une fille honnête, j'ai toujours été une fille honnête.

Les hommes continuèrent de rigoler et de brailler, jusqu'à ce que l'un d'eux lève subitement les yeux au ciel. Un autre fit de même, puis deux. Bientôt, tous regardaient en l'air.

De partout arrivaient de grands oiseaux noirs. À Maam Cross, on n'avait jamais rien vu de tel.

Ils en demeurèrent muets, comme la mort elle-même.

73

La nuée d'oiseaux s'était dispersée aussi vite et aussi mystérieusement qu'elle était apparue. Colleen et sœur Katarina purent traverser la ville sans autre incident. Colleen allait mieux. Elle se sentait protégée.

Le père Flannery les accueillit sous les lourdes voûtes de l'église Saint-Joseph. C'était un homme jeune, nouveau dans la paroisse.

Il n'arrivait pas à détacher les yeux de Colleen, qui le regardait, elle aussi. Colleen fut parcourue de frissons. Elle pensa à cet autre prêtre : Justin. Où était-il désormais? Et Anne? Pourquoi ne lui venait-on pas en aide? Elle en avait tellement besoin. Pourquoi l'avait-on abandonnée? Dieu devait sûrement avoir une raison de la traiter ainsi.

— Colleen, j'aimerais vous parler un instant, dit le prêtre d'une voix douce. S'il vous plaît. Entrez par ici. Ce que j'ai à vous dire est important…

D'un hochement, il congédia la religieuse. Un instant plus tard, il refermait sur Colleen et lui l'épaisse porte en bois du presbytère.

— Qu'est-ce qu'il y a, mon père? Un message de Rome? Ils ont pris une décision?

Le cœur de Colleen battit plus vite. La pièce, plongée dans la pénombre, sentait le renfermé. La jeune femme leva un visage anxieux vers le prêtre. Elle semblait offerte, vulnérable, toute emplie d'amour pour le Seigneur.

Il lui effleura la joue d'un long doigt maigre. Colleen tressaillit. Le contact de ce doigt lui brûlait la peau.

— Tu n'as rien fait de mal, mon enfant. Tu es une belle jeune fille, une très belle jeune fille. Il n'y a aucun mal à cela.

Le père Flannery tendit les mains en avant et lui prit les seins.

Colleen poussa un cri. Elle voulut se jeter en arrière, s'agripper à un meuble. Elle rencontra un coussin, trébucha, faillit tomber.

— Non ! dit-elle dans un souffle. Éloignez-vous ! Vous êtes un prêtre. Et j'attends un enfant...

— Mais je t'aime !

Il n'eut pas de mal à se montrer plus rapide que l'adolescente enceinte. Il s'approcha à nouveau d'elle, la prit entre ses bras, la serrant contre lui. Il voulut appuyer les lèvres sur celles de Colleen. À son contact, elle sentit sa peau s'enflammer. La bouche du prêtre était en feu.

— Nooonnnnn !

Elle se débattit, tenta de reculer encore. Puis elle le fixa. Elle ne faisait que le regarder, mais, brusquement, le prêtre s'immobilisa, comme frappé par une force invisible. Il poussa une plainte. Il semblait vidé de toute énergie.

Colleen s'écarta. Elle voulut s'enfuir sans demander son reste. Elle se cogna contre la porte étroite, mais elle finit par se retrouver dehors.

Aussitôt, des cris rauques s'élevèrent autour d'elle. On la conspuait. On se moquait d'elle. Les insultes pleuvaient comme des grêlons. Une douzaine de villageois s'étaient déjà regroupés en apprenant que Colleen était en ville.

— Elle n'a pas le droit d'entrer dans l'église ! éructa une femme.

Tous se joignirent à elle :

— On ne veut pas d'elle dans l'église ! Pas dans notre église !

Un enfant ramassa une pierre et la lui jeta.

Colleen essaya de courir, mais cela lui était impossible. Elle se sentait si lourde… Et c'était trop dangereux : elle craignait de tomber, de faire mal au bébé. Elle trébuchait sans cesse.

C'était si injuste. Marie avait-elle enduré de semblables injures ? Une pareille cruauté ? Oui, Colleen en était sûre. Même Joseph refusa tout d'abord de croire Marie.

— Je dis la vérité, murmura-t-elle dans un sanglot. Je suis vierge et j'attends un enfant.

Sur le chemin du retour, elle vit les oiseaux. Ils étaient de nouveau là. Ils revenaient la protéger.

74

La voiture filait vers Chantilly. Enfoncée dans le siège en cuir, je songeai à Colleen. La jeune fille devait compter les heures, là-bas, dans sa pauvre maison. Kathleen aussi comptait les heures, sans doute – où qu'elle fût en ce moment.

Bientôt viendraient les naissances. Et ensuite ?

La vision du corps brisé d'Ida Walsh gisant sur les dalles du patio à Sun Cottage était mon cauchemar de chaque instant. Le père Rosetti avait cru pouvoir me fournir une explication :

— Kathleen attire le diable, Anne. Irrésistiblement. Je ne sais pas pourquoi c'est ainsi. Pas encore. *Satanas Luciferi excelsi.*

« Le démon sera exalté. » Que voulait-il dire ? Où le démon serait-il exalté ? De quelle façon ? Et comment le père savait-il cela ? Le Vatican manifestait un goût proverbial pour le secret et Rosetti était manifestement expert en la matière. À quelles révélations avait-il eu accès ?

Une brume grise régnait sur l'autoroute. Justin et moi étions séparés du chauffeur par un verre épais. L'homme était silencieux. Il portait la traditionnelle casquette noire à visière. Je contemplais sa nuque épaisse.

Qui l'avait engagé ? Avions-nous raison de lui faire confiance ? Peu à peu, la situation nous acculait à la paranoïa. Mrs Walsh était devenue possédée. La même chose ne pouvait-elle arriver à quelqu'un d'autre ? Y compris à Justin. Ou à moi…

Satanas Luciferi excelsi.

— Ce voyage, commença Justin, qui sortait d'un long silence. Ce départ en catastrophe, les voitures qui se séparent, Kathleen envolée on ne sait où… C'est comme si nous vivions un rêve.

— Moi aussi, je ressens cette impression.

Justin frotta avec sa paume sa barbe d'un jour – j'aimais tant cela, chez lui. J'étais épuisée. J'avais mal à la tête et des cernes sous les yeux. Mais comme je me sentais bien, auprès de Justin ! Sa voix m'apaisait.

— Ça me rappelle l'époque où j'étais gosse, dit-il encore. À Cork. Il n'y avait jamais personne pour répondre à nos questions. On nous laissait tout le temps dans le noir.

J'approuvai en hochant la tête.

— Les enfants considèrent souvent la vie sous un angle magique. Magique et menaçant.

— Parce que c'est comme ça qu'est la vie, dit Justin. Magique et menaçante.

Je lui pris la main ; je ne la lâchai plus jusqu'à notre arrivée.

La main d'un prêtre, me répétais-je intérieurement.

75

La voiture ralentit à l'approche d'un rideau d'ifs, avant de s'arrêter devant une grille d'aspect inquiétant. La maison était prévue à l'origine pour accueillir la délivrance de Kathleen. C'était une villa de campagne, propriété de Charles Beavier. Charles avait un frère qui vivait en France avec femme et enfants. Nous n'aurions bientôt plus qu'à attendre ici les ordres du père Rosetti. Rosetti et le Vatican avaient pris les choses en mains, désormais. Cela au moins était clair.

La grille fonctionnait grâce à un dispositif électronique. Alors que le portail allait s'ouvrir, nous vîmes un van blanc qui surgit du brouillard dans un gémissement de freins. Quand il fut près de nous, je m'aperçus qu'il s'agissait d'un camion de télévision.

Une véritable embuscade ! Ils passaient les bornes. Je fus scandalisée. Les portières du van s'ouvrirent et des cameramen en jaillirent. Au même instant, une autre équipe de reporters bondit d'un taillis et se jeta littéralement sur nous.

— Ils sont là ! Ils sont là !

Partout, on criait en français. Un coup violent fut frappé sur le toit de notre voiture. Une figure s'écrasait contre la vitre de mon côté, une tête barbue, agressive. Un autre visage nous surveillait par la lunette arrière.

— Pourquoi êtes-vous venus en France ? Vous n'êtes pas Kathleen Beavier ! Où est Kathleen Beavier ?

La scène était éclairée par les phares des voitures et par les torches des vigiles qui accouraient vers nous. Un nouveau bruit s'éleva : le hurlement d'une sirène de police.

La grille s'ouvrit. Notre chauffeur écrasa le pied sur l'accélérateur. La voiture fit une embardée. Un reporter qui se cramponnait au capot fut projeté sur le bas-côté.

Je scrutai par la vitre avec inquiétude, m'attendant à voir apparaître un nouvel ennemi. Au moment où nous franchîmes l'entrée du parc, j'eus le temps d'apercevoir un individu qui se tenait dans l'ombre, immobile. Il avait de longs cheveux noirs et des lunettes à montures en acier. Son imperméable kaki brillait dans le faisceau des phares.

À notre passage, il avait jeté un mégot sur la route. Je me retournai pour essayer de le voir par la lunette arrière. Il regardait notre voiture s'éloigner, avec un air insolent qui me mit mal à l'aise.

Qui était-ce ? Pourquoi surveillait-il la maison ? Mon intuition me soufflait que cet homme n'aurait jamais dû se trouver là. Mais les journalistes non plus n'auraient pas dû être là. Une information avait filtré. D'où pouvait venir la fuite ?

Une minute plus tard, la voiture s'arrêtait devant la porte de la villa.

Des domestiques nous prirent nos manteaux et nous conduisirent dans une grande cuisine où régnaient des senteurs de terroir. Nous fûmes bientôt rejoints par Charles et Carolyn Beavier. Le frère de Charles était également là avec sa femme. Nous nous embrassâmes comme de vieux amis. Nous essayions de nous réconforter mutuellement. Nous avions le sentiment d'appartenir à une seule et même famille.

J'étais tellement en manque de sécurité, pour les deux filles, pour Justin et pour moi ! J'aspirais à goûter un jour au plaisir d'une ambiance détendue. J'en avais assez d'avoir peur.

Je voulais oublier la nuit et le brouillard. Oublier les menaces du dehors.

76

Le père Rosetti semblait très contrarié. Il se pencha vers la jeune fille. Le ton de sa voix se fit pressant :

— Écoute-moi, Kathleen. Il faut que tu m'écoutes attentivement. Ta vie, jusqu'ici, ne t'avait pas préparée à tout cela. Eh bien, la mienne non plus…

— C'est une consolation, répondit Kathleen, sarcastique.

Rosetti eut un faible sourire.

— Tu ne me facilites pas les choses, tu sais.

— Je suis désolée, mon père, mais j'estime avoir des circonstances atténuantes. Je ne sais pas où on est. Je ne sais pas non plus pourquoi on est là. Et je n'aime pas ça.

— Nous sommes là où nous devons être. Là où personne ne viendra te chercher. Espérons-le, du moins. Et nous sommes ensemble. Tous les deux. Chose essentielle : je dois absolument être auprès de toi.

— Vous allez m'interroger ? Me tester ?

— On peut dire cela. Je dois aussi t'apprendre que nous sommes en route pour Rome.

Ils étaient seuls, dans ce compartiment de seconde classe. Le père pouvait être satisfait : sa stratégie avait fonctionné. Nul ne les avait suivis. Le train s'engouffra dans un tunnel. Les plafonniers palpitèrent, puis s'éteignirent.

Cependant, l'obscurité ne suffit pas à faire taire Rosetti. Avait-il seulement remarqué qu'il faisait noir? Kathleen songea qu'il voyait peut-être dans le noir, comme les chats. Était-ce une pensée absurde? De sa vie, elle n'avait jamais été si fatiguée.

De plus, elle avait du chagrin. Et le mal du pays. Elle était loin de chez elle. Et son bébé?

— Kathleen, s'il te plaît, laisse-moi te dire une chose. Une chose à laquelle je crois, et à laquelle croit l'Église de Rome. Tu vas devoir l'accepter à ton tour comme un acte de foi.

— Que voulez-vous dire, mon père? Je suis exténuée, pourquoi ne voulez-vous pas me laisser me reposer?

Elle ne souhaitait que dormir, et Rosetti exigeait d'elle un effort de concentration.

— Je crois que le mal représente sur la terre une force puissante, tangible. Le mal est aussi réel que tu l'es ou que je le suis. Aujourd'hui encore, le diable existe. Le diable se travestit, Kathleen. Il a l'air de n'être nulle part, mais il est partout…

« Ceux qui prétendent nier l'existence du mal – en se fondant sur des arguments rationnels, disons – nient ce que voient leurs propres yeux, ce qu'entendent leurs propres oreilles. Ils nient leurs propres pensées et leurs propres sentiments. Chaque jour de leur vie. Ils nient ce qu'ils lisent dans les journaux. Crois-moi, Kathleen, le mal est là, tout près de nous, à l'instant où nous parlons. Je sais que c'est la vérité… »

— Vous me faites vraiment peur, mon père. Je ne supporte plus toutes ces histoires. Je ne veux plus rien entendre…

— Je sais, admit le père en hochant la tête. Mais ce que tu dois craindre, Kathleen, c'est le diable!

L'obscurité est sans danger. La fatigue est sans danger. Le diable, lui, est dangereux…

La lumière revint brusquement : les générateurs étaient de nouveau en route, on les entendait ronronner. Kathleen plongea son regard dans les yeux sombres du prêtre. Elle le croyait, maintenant. Elle avait vu le mal. Elle l'avait senti. Respiré. Elle percevait cette vérité : le mal n'était jamais très loin d'elle, il ne lui laissait pas une minute de répit.

Pour la première fois de sa vie, Kathleen eut peur du diable. Le diable était peut-être dans ce train. Il voulait l'empêcher d'avoir son bébé.

77

Colleen sursauta en entendant les chiens aboyer. Elle eut du mal à se soulever pour sortir du fauteuil où elle s'était installée, avec un livre d'histoire. Depuis qu'elle avait l'âge d'aller à l'école, elle avait toujours essayé de se maintenir au meilleur niveau. Pourquoi aurait-elle changé d'attitude ? Parce qu'elle attendait un enfant ? Sûrement pas. D'autre part, elle avait le sentiment d'apprendre plus en étudiant les textes par elle-même qu'au travers du prisme des professeurs et de leurs opinions.

Elle gagna l'entrée de la maison et ouvrit la porte. Le spectacle la laissa bouche bée.

Un autocar orange s'était arrêté devant chez elle. Il portait l'inscription « DUBLIN TOURS ». C'était un car de tourisme. Des gens en descendaient, des femmes pour la plupart, mais aussi des hommes et des enfants.

Une femme blonde, vêtue d'un ciré vert, prit la tête du groupe et s'avança vers le petit portail de fer rouillé.

Colleen avança prudemment sur le seuil de pierre.

La femme blonde lui adressa un sourire poli.

— Je vous prie de nous excuser. Nous vous dérangeons, peut-être…

Colleen ne comprenait pas.

— Pardon de vous demander cela, mais que faites-vous ici?

Son interlocutrice eut l'air gêné.

— Oh, nous voulions vous téléphoner avant de venir. Mais nous nous sommes aperçu que vous n'aviez pas le téléphone.

Colleen haussa les épaules.

— Nous avons le téléphone, répondit-elle. Ce que nous n'avons pas, c'est l'argent pour payer l'abonnement.

La femme blonde avait retrouvé le sourire.

— Nous venons de Dublin. Nous avons voyagé toute la journée pour venir voir Colleen Galaher. Vous êtes Colleen?

— Oui. Je suis Colleen. Mais pourquoi venez-vous depuis Dublin pour me voir?

Une femme se détacha du groupe :

— Ma mère et ma sœur vivent dans ce village. Elles m'ont raconté dans quelle situation vous viviez. Et sœur Eleanor…

Elle indiquait la femme blonde.

— … sœur Eleanor a parlé avec des amies à vous, des camarades de votre école. Nous sommes venus en pensant qu'il pourrait bien y avoir dans cette maison une naissance d'un genre tout à fait spécial. Ici, en Irlande. Un prêtre du Vatican est passé vous voir, n'est-ce pas?

Colleen secouait la tête. Elle se sentait touchée par tant de bonne volonté. D'autre part, leur visite lui faisait plaisir. L'idée de susciter quelque intérêt ne lui déplaisait pas – elle se sentait si souvent abandonnée.

— Je vous inviterais bien à entrer, mais…

D'un geste, elle leur fit comprendre combien la maison était petite.

— Ce n'est pas nécessaire, Colleen. Nous voulions vous voir, c'est tout. C'est pour cela que nous avons fait ce voyage. Pour vous voir, pour entendre votre voix. C'est notre récompense.

Colleen en avait les larmes aux yeux.

Quelqu'un croyait en elle, finalement.

78

Je m'éveillai épuisée. Pourtant, j'avais dormi d'un bon sommeil, dans un lit confortable, à l'abri de la belle villa des Beavier, en pleine campagne française.

Et Kathleen ? Et Colleen ? Avaient-elles passé la nuit sans encombre ?

Pour toutes les deux, la délivrance était proche. Je me demandai si elles mettraient au monde leur bébé le même jour, à la même heure, au même instant. Tout pouvait arriver. J'en avais à présent la certitude.

Seigneur Dieu, je crois en Vous.

Une voix me parvint. Non pas dans la chambre, mais quelque part dans ma tête. Je la connaissais depuis longtemps. Elle m'était familière lorsque j'étais plus jeune, au temps où j'avais la foi, lorsque je priais fréquemment.

C'était une voix à laquelle j'avais coutume, enfant, de parler : je dialoguais avec elle dans mes prières. Quelquefois, elle me semblait une voix d'homme, à d'autres moments, c'était celle d'une femme ; mais toujours, elle tenait des propos clairs, bienveillants, chargés d'amour.

J'ai besoin de ton aide. Je m'adressais à cette présence dans mon esprit. *S'il te plaît, aide-nous. Nous tous qui vivons sur cette terre. Et particulièrement ces deux pauvres filles.*

Me parvint en retour le plus simple des messages : « *Il faut être courageuse, Anne. Tu es la plus brave. Tu es là dans un but précis.* »

J'écoutais ces paroles. Je n'en comprenais pas entièrement le sens ; pourtant, j'y puisai un grand réconfort.

Pour la première fois depuis une éternité, je m'étais remise à croire. J'aimais cette sensation. La sensation d'être aimée.

79

Rome

Un homme de forte carrure, coiffé d'un béret et vêtu d'un manteau épais, progressait à pas lents dans une ruelle au pavé graisseux. Il traversait le quartier Termini, du nom de la gare toute proche, un labyrinthe de ruelles et de passages, une zone décrépite où les immigrants sans le sou s'entassaient dans des meublés à bas prix.

On rencontrait des chats partout. Leurs yeux perçants brillaient sous les voitures en stationnement, derrière les sacs-poubelles entassés au coin des immeubles, ou dans les ruines des thermes de Dioclétien. Ils étaient des milliers, semblables aux survivants de quelque catastrophe. Ils observaient le monde. Ils regardèrent passer l'homme au pas lent.

L'homme s'arrêta devant un immeuble aux murs gris et laissa son regard s'élever vers les fenêtres noircies par la poussière et la pollution. Une antenne de télévision s'inclinait sur le toit ; une publicité fanée vantait les mérites d'une marque de tabac. L'homme se tourna vers les chats et les observa à son tour. Il frissonna.

D'un pas raide, il grimpa les marches usées, puis tira la chaîne d'une cloche. Il attendit en considérant la plaque fixée au mur, où s'inscrivaient ces mots : « PENSIONE DUCCI ».

La *signora* Ducci, une robuste femme, finit par venir ouvrir, traînant les pieds dans ses vieilles pantoufles. Elle avait un chat dans les bras.

— *Buon giorno, signora. Per favore, desidero una camera tranquilla.*

La signora Ducci observa son client. Elle ne parvenait pas à lui donner un âge. Il avait l'allure d'un ouvrier.

— Il me reste une chambre, dit-elle. Mais on doit régler un mois d'avance.

Son coup de menton indiquait qu'elle ne transigerait pas sur ce point. Le chat sortit ses griffes.

— Je n'ai pas l'intention de rester plus d'une semaine ou deux, *signora.* Je n'ai pas beaucoup d'argent…

— Un mois d'avance. C'est la règle, chez moi. Ce ne sont pas les chambres qui manquent à Rome.

L'homme poussa un soupir.

— Je paierai ce que vous demandez.

Une heure plus tard, la *signora* Ducci vit cet homme revenir, accompagné cette fois d'une jeune femme. Celle-ci portait des vêtements avachis et elle se cachait sous un voile. Voilà qui était bizarre. La *signora* Ducci observa qu'elle n'avait pas l'air d'offrir de résistance à l'homme.

Elle sourit. Une expression lui venait à l'esprit : *fille-mère.* Elle avait bien perçu une lueur étrange dans le regard de l'homme. Elle croyait avoir deviné maintenant ce que signifiait cette lueur. C'était celle de la luxure.

Elle monta à l'étage et tendit l'oreille dans le couloir. L'homme avait verrouillé la porte. Elle l'entendit tirer les rideaux devant la fenêtre.

80

À hauteur du troisième étage, la rue brumeuse était éclairée par un lampadaire jaune qui semblait une étoile oblongue suspendue au-dessus du quartier.

Kathleen était assise derrière la fenêtre. Elle serrait entre ses bras son ventre qui palpitait – le bébé remuait. Elle n'avait pas eu aussi peur depuis sa visite au centre d'IVG.

Tout peut arriver, maintenant. Des gens sont morts, on les a tués. Fléaux et épidémies se propagent comme dans l'ancien temps. J'ai l'impression d'avoir pénétré dans les pages de la Bible.

Elle essaya de se débarrasser de ces pensées, mais elles revenaient sans cesse.

Bientôt, très bientôt, je vais être mère. Tout ce qui compte, c'est mon enfant. Je ne l'abandonnerai pas. J'aime ce bébé. Mon bébé aura une bonne vie.

Dans un angle de la pièce jonchée de journaux et d'emballages vides, Rosetti priait. Son murmure était à peine perceptible. Le prêtre était si fervent, si concentré sur l'invisible et l'inconnaissable, que Kathleen en ressentait de l'effroi.

Une télévision bon marché reposait sur une commode. L'image noir et blanc sautait. Un journaliste commentait en italien un reportage sur Kathleen. On suivait son périple depuis les États-Unis et à travers l'Europe. Le journaliste faisait état de certaines informations selon lesquelles la jeune femme avait été récemment vue en France. D'autres affirmaient qu'elle était retournée en Amérique.

— Vous m'avez demandé de vous prévenir quand je serais prête, mon père.

Sa voix se brisait. Elle ajouta dans un murmure :

— Je crois que je suis prête.

L'an dernier, à la même époque, elle jouait au hockey. Elle faisait de la voile à Eston Bay dans l'équipe des Tritons de Newport. À présent, elle était enceinte et cela occupait toute sa vie. Elle eut peine à réaliser qu'elle se trouvait à Rome, enfermée dans une minuscule chambre sordide. Avait-elle encore une vie à elle ?

Rosetti fit claquer l'ouverture de son sac et en tira plusieurs objets : une croix, une étole, un chapelet en argent, une petite fiole d'eau bénite et deux épais livres noirs. Kathleen crut voir des ombres s'enfuir aux confins de son champ de vision. Y avait-il quelqu'un d'autre ici ?

— Je vais te dire ce qui va se passer, Kathleen. D'abord, je vais lire un passage de ceci...

Il montrait un volume dont la couverture de toile s'ornait d'une croix rouge.

— Ce livre s'appelle le Rituel Romain. Il contient les prières les plus puissantes jamais écrites.

— C'est un exorcisme ?

La question lui brûlait les lèvres.

— Non, ce n'est pas un exorcisme. Pas à proprement parler. Cependant, je suis convaincu que le diable est ici, dans cette pièce. Heureusement, une force nous protège contre lui.

— Jusqu'ici.

— Oui, jusqu'ici. Mais ayons confiance. Nous allons affronter Satan. Et nous allons le battre. Après tout, il n'est jamais qu'un ange déchu.

Solennel, Rosetti baisa son étole et la passa sur ses larges épaules. Kathleen observa ses grandes mains qui tremblaient.

La voix du prêtre se fit vibrante.

— Cette présence démoniaque est parfois appelée Moloch. Savais-tu cela, Kathleen? Ou encore Mormo, autrement dit, le Roi des Goules. Ou bien Belzébuth, ce qui signifie Sa Majesté des Mouches. Dans certaines régions d'Afrique, les gens continuent de l'appeler Damballa, la Bête. Mais en Europe, en Amérique, il n'a plus de nom. Voilà pourquoi tant d'Occidentaux ne croient plus au diable. Il semble invisible. Alors qu'il est partout.

Rosetti, avec gravité, fit le signe de croix. Puis il vint auprès de Kathleen. Il ne quittait pas des yeux le visage de la jeune fille.

Elle eut envie de fuir, d'échapper à tout cela, mais elle ne le fit pas. C'était impossible. Son corps se trouvait comme chevillé à la chaise.

Elle tremblait, elle aussi. Elle se mit à prier à voix haute.

— Seigneur Dieu, mon Père, protégez l'enfant qui est en moi. Je vous en prie, protégez mon bébé.

81

Le père Rosetti poussa un gémissement. Il venait brusquement de s'interrompre. Renonçait-il au saint rituel? Il savait ce qui l'attendait. Viendrait d'abord une impression d'épouvante, le sentiment d'une présence qui s'insinuait partout. Ensuite, il y aurait cette Voix glacée, impossible à oublier. Enfin, peut-être, le diable lui-même se montrerait-il en personne.

Un souvenir vivace le torturait, celui du jour où il s'était vu jeté à terre, alors qu'il franchissait l'enceinte du Vatican. C'était la preuve que le démon rôdait partout sur la terre. Même dans les lieux consacrés. Il se rappelait avoir vu une multitude de démons, non pas un seul – des milliers de démons. Et il les sentait à nouveau présents dans cette petite chambre de la *pensione* Ducci, telle une nuée maléfique.

— Seigneur Dieu, je Vous en prie, envoyez-nous un signe…

Rosetti attaquait la prière la plus importante de sa vie. Au seuil des abysses, il était frappé de désespoir. Il venait de franchir le premier pas sur la route de l'Enfer éternel.

Il tenait dans sa paume une montre à gousset en argent. Ses parents la lui avaient offerte à Milan le jour de sa communion. C'était une montre ancienne. Il la présenta à Kathleen au bout de sa chaîne. La montre se balançait comme un pendule.

— Minuit moins le quart, dit Rosetti.

Il avait une voix étrange. Presque la voix d'un autre.

— Deux vierges sont enceintes. Laquelle des deux porte le Saint Sauveur? Laquelle porte la bête haïssable?

Kathleen éprouva la redoutable Présence. Les amants qui hantaient ses rêves lui apparurent. Ils étaient tout près, dans cette pièce. Était-ce seulement possible?

— Vous les voyez, mon père? S'il vous plaît, dites-moi que vous les voyez...

— Partez! cria soudainement le prêtre en les aspergeant d'eau. Laissez-nous, maintenant!

Au contact de l'eau bénite, ils redevinrent des bêtes. Des chiens féroces, des loups hurlants, des boucs dressés sur leurs pattes de derrière. Kathleen n'en croyait pas ses yeux. Ils se métamorphosèrent en oiseaux, puis en chats identiques à ceux qui rôdaient là, dehors, dans le Termini.

Puis les bêtes se transformèrent à nouveau en amants lubriques. Ils considérèrent Kathleen et le prêtre avec des sourires chargés de mépris.

— Ce sont des démons, n'est-ce pas? demanda Kathleen d'une voix affolée. Sont-ils les anges déchus, père Rosetti?

Rosetti se tut. Il écoutait, il observait. Quelques-uns des amants étaient nus, d'autres portaient des pantalons étroits, ou encore des sous-vêtements qui leur collaient à la peau. Tous considéraient la jeune fille avec une expression d'absolue possessivité.

Ils observaient le ventre de Kathleen sans jamais ciller. Ils avaient l'air affamés. Leur intention était-elle de dévorer l'enfant?

— Vous les voyez toujours? demanda Kathleen.

— Ce que tu vois, je le vois aussi. Les connais-tu?

— Non, dit-elle. Enfin, seulement en rêve. Ils ne sont pas réels. Ils ne peuvent pas être réels…

— Que se passe-t-il dans ce rêve? Tu dois tout me dire. Sans rien omettre.

Kathleen tremblait. Elle avait envie de mourir. Elle voulait s'en aller. Disparaître de la surface de la terre. Les amants la regardaient d'une façon si basse, si abominable! Personne ne l'avait jamais fixée avec un tel mépris.

— Ils viennent presque toutes les nuits, finit-elle par avouer. Ils me font l'amour. Ils font ça comme des animaux.

— Que ressens-tu quand ils te font cela?

— Je les déteste! Non… ce n'est pas totalement vrai, mon père. Il arrive que j'en éprouve du plaisir. Un plaisir stupéfiant, troublant.

Les amants la scrutaient et tournaient lentement autour d'elle. Ils étaient prêts à lui faire du mal, tout le mal possible. Pourquoi ne passaient-ils pas à l'attaque? C'était tellement hideux, tellement écœurant de les voir fixer ainsi son ventre.

Enfin, leur chef parla. Kathleen reconnut la Voix.

— *Tout ce que je veux, c'est mon bien. Le bien que le Père m'a promis, ce menteur, ce sale tricheur. Je veux mon enfant. Mon enfant!*

— Dis-moi ce que tu éprouves quand ils viennent sur toi, intervint le père Rosetti.

— Je me sens violée, répondit-elle. Mais… Oh, mon père, j'en ai aussi tiré de la jouissance. Puis de la honte. La pire des hontes.

— Parce que?

— Parce que je suis enceinte.

— Kathleen, reprit le prêtre, as-tu jamais connu un homme ? Ces hommes-là, les as-tu connus ?

Ils se ruèrent sur elle, grognant, gémissant, poussant des cris de bêtes immondes. Certains sifflaient des mots obscènes. Ils la violentèrent, la pénétrèrent. Leurs pénis semblaient des lames qui lui transperçaient la peau.

Elle se sentie révulsée. Elle connut de nouveau la honte – cette culpabilité, encore. Elle ne voulait pas que le prêtre la voie. Elle savait qu'ils voulaient faire souffrir son enfant.

— *C'est notre enfant !* hurla la Voix. *On t'a baisée, et tu as conçu. Dis-le au prêtre ! Confesse-toi. Dis-le à Dieu !*

Kathleen poussa un cri surnaturel. Elle battit l'air de ses bras. Ses jambes s'agitèrent convulsivement. Elle secouait la tête et ses yeux roulaient dans leurs orbites.

Et soudain, ils eurent disparu. En une fraction de seconde, le silence retomba dans la chambre. Kathleen cligna des yeux. Elle ne comprenait pas.

Il n'y avait plus auprès d'elle que le père Rosetti. Rosetti et sa montre gousset en argent qui pendillait au bout de sa chaîne.

— Qu'est-ce qui s'est passé ? murmura-t-elle.

Elle promenait le regard dans la chambre vide, les yeux agrandis par la peur.

— Je t'ai hypnotisée, répondit-il. Tout s'est peut-être passé dans ta tête.

82

Ce même soir, après que le car de Dublin fut reparti, en emmenant ses passagers, sœur Katherine Dominica se rendit chez Colleen. Elle s'assit en face de la jeune fille, dans la petite salle à manger que réchauffait un feu de tourbe.

— Ta maman est-elle déjà endormie?

— Elle ne dort pas. Mais c'est tout comme. La plupart du temps, elle ne me reconnaît même pas.

La nonne hocha la tête.

— Ça doit être très dur pour toi, Colleen.

— Je dois continuer quand même.

— Et ce prêtre de Rome? On n'en a plus entendu parler.

Colleen ne put s'empêcher de froncer les sourcils.

— Moi, non, dit-elle. Et vous?

— Il y avait un car en ville aujourd'hui. Tu sais qui c'était?

Voilà. Colleen comprenait, à présent, la raison de cette visite. Elle eut envie de lui mentir, de lui dire qu'elle n'avait pas vu ce car. Mais elle en fut incapable. Elle ne savait pas mentir. Pas même à cette vieille curieuse de sœur Katherine.

— Le car s'est arrêté ici, devant la maison. Il y avait des nonnes à bord. Et des frères laïcs, un prêtre à la retraite. Ils venaient me voir, ma sœur. Ils avaient entendu parler de mon état.

La sœur émit un léger gloussement.

— C'est tout ?

Colleen réfléchit.

— Ils ont dit… Ils croient que le Sauveur pourrait naître en Irlande. Est-ce que ce n'est pas quelque chose d'extraordinaire ? Ils croient en un enfant né d'une vierge, ma sœur. Et vous ?

83

Sur la cheminée en marbre noir, la pendule avait sonné minuit. Nous étions le 11 octobre. Dans deux jours viendrait l'anniversaire de la mystérieuse apparition de la Vierge à Fatima. Dans deux jours, les bébés étaient attendus. Celui de Kathleen. Celui de Colleen.

Justin et moi n'avions pas quitté la villa de toute la journée. Nous avions une telle soif de savoir ce qui se passait de par le monde que nous étions restés enfermés dans le salon à lire les journaux. Les médias d'Europe et d'Amérique ignoraient où se trouvait Kathleen. Le Vatican refusait de publier le moindre communiqué.

Justin replia l'*International Herald Tribune*.

— Si seulement je savais ce qu'on est supposé faire, dit-il. Rester plantés là et attendre la ou les naissances? Pourquoi Rosetti ne nous a-t-il laissé aucune indication? Bon Dieu, où peuvent-ils bien se cacher, tous les deux?

J'étais aussi perplexe que lui. Impossible d'y voir clair pour l'instant.

Tantôt je songeais aux horreurs qui se déroulaient aux quatre coins du globe, tantôt je me disais que j'étais enfermée dans cette villa avec Justin, et que cette réalité-là devait bien avoir une signification, elle aussi. Mais laquelle ? S'il existait un plan divin nous n'en avions toujours pas connaissance.

— Je sors faire un tour, dis-je. J'ai besoin d'air. Tu m'accompagnes ?

Le brouillard avait cédé place à la pluie. L'autoroute ne passait pas très loin de la villa. Du jardin, on entendait le bruit monotone des voitures lancées à grande vitesse. Devant le portail, les journalistes patientaient toujours.

Justin, prévoyant, s'était muni d'un parapluie. Je lui pris le bras. L'air nocturne transportait des parfums pleins de fraîcheur. Une allée de gravier courait entre des haies, éclairée par des lampes discrètes, qui diffusaient une lumière douce et pâle.

Quand nous fûmes à quelque distance de la villa, j'éprouvai le besoin de dire à Justin ce que j'avais sur le cœur. Je voulais qu'il entende la vérité, ma vérité.

— Je n'arrête pas de penser à toi.

Toute ma vie, j'avais enfoui mes sentiments au plus profond de moi. Maintenant, ils resurgissaient, me submergeaient, m'enivraient. Pourquoi en cet instant seulement ?

Justin avait ralenti le pas. Je repris :

— Je me suis gardée de toi depuis le jour où je t'ai rencontré. Et ça n'a rien donné de bon. Mon existence ressemble à une masse confuse. Mais au beau milieu de cette confusion, il y a toi.

Justin se taisait. Il souriait. Il semblait heureux.

Je me serrai contre lui sous le parapluie. Nous poursuivions notre promenade. J'étais envahie de douces sensations.

Le chemin s'arrêtait au seuil d'un potager. Encore quelques mètres et il n'y aurait plus de lumière. La pluie ruisselait sur nos chaussures.

Je me tournai vers Justin et fixai ses yeux si grands, si magnifiques, si honnêtes. J'avais l'impression de lire dans son âme.

— La semaine prochaine, dis-je, nous serons à nouveau séparés. Et je veux que tu saches, j'ai *besoin* que tu saches… Je t'aime. Je t'aime d'un amour que je n'aurais jamais pu imaginer. Oh, mon Dieu, qu'est-ce qui me prend de te dire ça…

Son baiser fut si tendre que j'aurais voulu crier.

Je donnai à cet instant tout ce que je possédais. Je m'attardai sur le goût de ses lèvres, essayant de mémoriser chacune des sensations. J'aurais voulu que mes propres lèvres transmettent la force de mes sentiments. Était-ce une façon de m'excuser pour l'avoir si longtemps repoussé ?

Embrasser quelqu'un de tout son cœur, de toute son âme… Jamais je n'avais fait cela.

Le parapluie tomba sur le sol. Le vent commença à l'emporter vers le verger. Je voulus me lancer à sa poursuite. Justin me rattrapa en riant comme un enfant. Il me serra de nouveau dans ses bras. Il m'embrassait encore. Je capitulai. Je n'existais plus. C'était merveilleux. J'avais attendu si longtemps d'être touchée ainsi, aimée ainsi. Une idée me traversa l'esprit : désormais, j'étais capable de donner en retour l'amour qu'un tel baiser méritait.

Quand je rouvris les yeux, je vis que quelqu'un nous observait. Une ombre immobile se tenait au bout de l'allée, non loin de la villa.

L'homme à l'imperméable kaki, c'était lui ! Cet homme entrevu la veille, à notre arrivée, cette silhouette qui m'avait fait frissonner.

— Justin, il y a quelqu'un derrière toi. Je l'ai déjà vu hier soir…

Justin se détourna et lança sèchement :

— Qu'est-ce que vous faites là ? Qui êtes-vous ?

L'inconnu fit mine de s'en aller. Justin et moi nous lançâmes à sa poursuite. Il fila vers le mur de la propriété. Son imperméable le gênait-il ? Il courait de moins en moins vite. Justin gagnait du terrain sur lui.

L'homme s'arrêta brusquement et se tourna vers nous. Il nous attendait près d'une lampe. Il nous observa, tandis que nous nous rapprochions sous la pluie battante. Et quand nous ne fûmes plus qu'à quelques mètres, il éclata d'un rire méprisant.

— Qui êtes-vous ? cria Justin.

— Vous me connaissez, répondit l'homme.

Nous étions tout près de lui.

— Vous savez qui je suis. Je suis tous vos désirs.

Et dans l'instant, il disparut. Il s'était évanoui dans la nature.

— Tu as vu ce que j'ai vu ? murmurai-je en tremblant.

— On a vu la même chose, Anne. Il était là. Exactement là. Et il n'y est plus.

Nous fixions le vide d'un œil incrédule.

— Justin ! Anne ! Où êtes-vous ? Où êtes-vous passés, tous les deux ?

Nous vîmes approcher Carolyn Beavier. Elle traversait la pelouse d'un pas maladroit, en écartant les bras. Elle tenait une lampe de poche et un téléphone portable.

— C'est Kathleen ! annonça-t-elle. Mon Dieu… Elle est saine et sauve.

Je collai le téléphone contre mon oreille. On entendait mal.

— Anne, s'il te plaît, il faut que tu viennes me chercher ! Viens tout de suite, je t'en prie !

Kathleen éclata en sanglots.

— Mon bébé ! Il arrive.

84

À notre arrivée à l'aéroport Fiumiccino de Rome, la police et l'armée réussirent à maintenir à distance les paparazzi. Nous atteignîmes la file des taxis, de petites Fiat trapues. À côté nous attendait notre limousine.

La voiture fila sur la via Cristoforo Columbo, nappée de pluie. La naissance était toute proche : je me sentais constamment anxieuse. Je pris la main de Justin.

Nous vîmes le cœur de Rome, puis le chauffeur s'enfonça entre les rangées d'immeubles lépreux du Termini.

— Pourquoi se sont-ils installés là ? dis-je. Pourquoi pas au Vatican ?

— Rosetti a l'obsession de toujours tout contrôler, murmura Justin en guise de réponse.

La froideur des rues avait quelque chose de terrifiant.

— Je pense sans arrêt à une image, reprit-il. La bataille entre l'archange Michel et les légions de Lucifer. La guerre entre le diable et le bon Dieu.

Je me tournai vers lui.

— Es-tu l'archange Michel ?

Je ne plaisantais qu'à moitié. Justin eut un sourire caressant.

— Loin de là, dit-il.

Je frissonnai.

— Dommage. Et si les puissances des ténèbres étaient en train de gagner la partie ?

Notre voiture tourna dans une rue mal famée, puis s'arrêta devant un immeuble dont la plaque indiquait « PENSIONE DUCCI ».

La porte d'entrée n'était pas verrouillée. À l'intérieur, un escalier tournant creusait sa route vers les profondeurs obscures des étages.

Nous montâmes les volées de marches quatre à quatre. Au troisième, un couloir desservait des portes crasseuses. Un chat surgi de nulle part fila par le vasistas.

— C'est le moment du film, dis-je à voix basse, où le public se met à hurler « N'allez pas plus loin ! »

— Sauf que nous, on continue.

Une des portes s'ouvrit brusquement. J'eus un tressaillement. C'était Nicholas Rosetti, baigné d'une lumière crue.

— Justin et Anne, Dieu soit loué. Entrez, je vous en prie. Merci d'être venus.

Il essayait de sourire, mais sa figure offrait une expression hagarde et fatiguée. Il était si maigre ! Je n'en croyais pas mes yeux. Il avait l'air d'avoir perdu dix kilos. Sa peau cireuse s'affaissait sur son visage. Il avait des cernes noirs. À croire qu'il allait mourir sous nos yeux.

— Vous sentez-vous bien ? demandai-je.

— Bien sûr, bien sûr.

Il me donna une tape sur l'épaule. Il s'effaça pour nous laisser entrer.

— Je suis plus dur que je n'en ai l'air. Et j'ai l'air dur.

Au fond de la petite chambre, Kathleen se tenait dans un sofa à la housse avachie. Elle se souleva et vint à nous d'un pas hésitant. Elle aussi était blême et semblait exténuée.

Elle se pendit à mon cou ; elle pleurait.

— Je suis si heureuse que tu sois là. J'ai tellement peur. C'est tellement atroce d'être enceinte, *ici*. Il faut qu'on parle, Anne.

— Qu'est-ce qui se passe ?

Ma question était agressive. Elle s'adressait à Rosetti.

— Qu'est-ce que vous lui avez fait ? Qu'est-ce que vous faites, ici ? Kathleen a besoin d'être entourée de médecins !

Il écarta mes soucis d'un geste, comme s'ils étaient triviaux, comme s'ils ne méritaient pas même la faveur d'un examen superficiel.

— Je n'ai simplement pas le temps de tout vous expliquer ! répliqua-t-il d'un ton non moins cassant. Kathleen est en danger partout. Il faut que je reste auprès d'elle. Si vous ne comprenez pas cela, tant pis. Maintenant, il nous faut de nouveau partir. Je l'emmène. Nous allons au Vatican. Là où doit naître le bébé.

85

L'air furieux, Justin s'avança vers Rosetti.

— C'est sa vie que vous mettez en danger! Et celle de l'enfant...

— Non, je ne mettrais jamais une vie en péril. Vous ne comprenez pas les données de la situation, voilà tout.

— Alors, donnez-nous des faits. Expliquez-vous.

Justin vociférait toujours. Les veines de son cou palpitaient. Je crus qu'il allait l'assommer d'un coup de poing.

— Que savez-vous? Dites-le nous!

Je le retins par le bras, tout en disant à Rosetti :

— Je ressens la même chose, mon père. Nous ne pouvons rester dans le noir plus longtemps. Vous dites que vous avez besoin d'aide, mais vous ne nous donnez jamais la moindre explication. Vous nous demandez de croire. Mais que devons-nous croire?

— Je suis vraiment désolé, répondit Rosetti.

Sa voix était faible, atone.

— Je vous fais confiance à tous les deux. Je sais à quel point vous vous souciez de Kathleen. Je sais combien vous êtes bons pour elle. C'est d'ailleurs la raison pour laquelle vous êtes ici. Mais je ne peux pas vous en dire plus. J'ai promis. Oh, mon Dieu...

Le père Rosetti nous parla de son entrevue avec Pie XIII, rencontre dont il était sorti détenteur d'un terrible secret. Peu après, le Saint Père avait été surpris par la mort en plein sommeil.

Rosetti marqua un temps de silence.

— J'avais accepté la mission, reprit-il. J'étais depuis toujours attaché à la Congrégation des Rites Sacrés. Si vous acceptez de m'aider maintenant, bientôt, vous saurez tout. Vous connaîtrez les tours et des pièges infernaux manigancés par la Bête. Êtes-vous vraiment sûrs de vouloir savoir ? Êtes-vous prêts à affronter le démon en personne ? Êtes-vous tous les deux en état de grâce ?

— Et vous-même ? lançai-je comme un défi. Vous avez l'air d'un fou. Vous pensez que nous allons vous obéir parce que vous appartenez au Saint-Siège, au Tout-Puissant Vatican. Mais commencez donc par nous dire la vérité.

Rosetti lâcha un soupir. Il secoua la tête. Il respirait avec force.

— Le démon va venir sur la terre, dit-il. Il prendra la forme d'un enfant. C'est le seul moyen pour que les légions se multiplient et se répandent de par le monde. Mais en même temps, un Sauveur va naître. Un Sauveur naîtra de l'une des deux vierges. J'ignore toujours laquelle des deux mettra au monde le Sauveur et laquelle le démon. C'est ce que vous devez m'aider à découvrir.

86

Le lendemain matin, de bonne heure, je partageai avec Justin un triste petit déjeuner dans un café du Termini. Mes mains tremblaient. J'étais nerveuse. Avais-je réellement envie de continuer à jouer cette partie selon la règle du jeu fixée par Rosetti ? Avais-je réellement envie de connaître son prétendu secret ?

Sans doute. Car j'étais maintenant convaincue qu'il se préparait des événements d'une importance capitale.

Le bar était bondé. Notre minuscule table en métal était coincée entre un radiateur couleur pistache et un homme corpulent occupé à nourrir son chien de gâteaux. Nous avions quelque peine à communiquer à cause du bruit, mais en un sens, les conversations autour de nous avaient quelque chose de rassurant. Il régnait dans ce café un parfum de cappuccino et de biscuits sucrés. Tout cela paraissait normal. Le monde réel continuait d'exister.

Nous avions dormi par terre, dans cette chambre que partageaient Rosetti et Kathleen. Kathleen s'était endormie presque tout de suite, épuisée, rassurée sans doute par notre présence. Rosetti avait passé la nuit en prières. Je l'avais observé : tandis qu'il s'adressait à Dieu, ses traits se tordaient comme s'il endurait de terribles souffrances. Il sentait venir le fléau. Les démons seraient bientôt parmi nous. Cette certitude lui était une torture de chaque instant.

À un moment, il s'adressa à nous. Pendant presque une heure. Il nous expliqua à voix basse ce que nous allions devoir faire. Nous avions le choix entre deux possibilités, dit-il : lui faire confiance ou pas. Si nous lui faisions confiance, nous allions pouvoir saisir notre chance. Sinon, il ne nous restait plus qu'à partir.

Justin plongea son regard dans le mien.

— On n'est pas obligés de faire ce que Rosetti nous demande, Anne.

Je hochai la tête. Justin mettait en cause sa propre foi, je le savais ; mais la mienne, par un bizarre effet pervers, s'était renforcée.

— J'ai décidé de faire confiance à Rosetti, dis-je. Crois-moi, nous devons l'aider.

Le plan était le suivant : j'accompagnais Kathleen au Vatican, où elle mettrait son enfant au monde ; Justin partait pour l'Irlande avec Rosetti. Dans les deux cas, à Rome comme en Irlande, nous agissions sous la menace d'un terrible danger. Non pas un danger ordinaire, de même nature que ces accidents qui tissent l'existence quotidienne, mais un danger générateur de souffrances éternelles.

Sans même m'en rendre compte, j'avais réduit en miettes mon *cornetto* au lieu de le manger. Justin écarta sa soucoupe et sa tasse. Il déposa des lires sur la table. Nous nous levâmes. Il fallut jouer des coudes pour sortir du café et regagner la rue. Je pris le bras de Justin.

Je m'arrêtais devant la porte de l'immeuble quand quelqu'un me frôla en demandant pardon. *Scusi.* Je ne relevai pas les yeux. Étais-je le jouet de mon imagination ? Je ressentais déjà la présence physique d'une menace.

Je me blottis contre Justin. Il me serra tendrement dans ses bras. Je ne pus m'empêcher de pleurer ; il essuya mes larmes. Comme j'avais changé ! Pleurer aussi facilement, voilà qui ne me ressemblait guère, autrefois. Je ne me reconnaissais pas moi-même. Depuis que j'acceptais mes émotions, il m'était plus difficile de les contenir. Elles m'envahissaient de leurs vagues vertigineuses. Étais-je encore capable de me dominer ?

— Je t'aime, murmurai-je.

Je sanglotai de plus belle.

— Pourquoi n'étais-je pas capable de te dire une chose aussi simple ?

— Parce que ce n'est peut-être pas une chose aussi simple.

Il m'étreignit plus fort. Il embrassa mes cheveux. Les passants devaient faire un écart pour poursuivre leur route. *Justin est si fort, si bon. Pourquoi ne lui avais-je jamais cédé ? Qu'allait-il advenir de nous à présent ?*

— Je reviendrai, dit-il. Promis.

Deux berlines sombres munies de plaques officielles du Vatican se garèrent devant la *pensione* Ducci. Kathleen et Rosetti apparurent au seuil de l'immeuble. Kathleen était pâle. Elle semblait malade. Elle ne tarderait pas à entrer dans la phase de travail. Et ensuite ?

Rosetti nous adressa un signe : il était temps d'y aller. L'heure était venue de nous séparer, Justin et moi. J'accompagnais Kathleen. Lui veillerait sur Colleen.

Un dernier baiser. Une pensée atroce me visita : et si je ne le revoyais jamais plus ?

87

Quand je me fus détachée de Justin, le père Rosetti, voyant combien j'étais nouée par l'anxiété, prit mes mains dans les siennes. Je trouvai ce geste étonnamment doux et apaisant. C'était enfin un geste humain.

— Anne, murmura-t-il, ce que je vais vous demander va vous horrifier, mais j'ai besoin de votre promesse.

J'avais la bouche sèche. Je craignais ce qu'il allait me dire. Je savais déjà que cela me déplairait.

— J'espère découvrir bientôt la vérité sur les deux vierges, poursuivit-il. Le message de Fatima a indiqué le chemin à suivre. Et la Bible a semé des indices dans les écrits apocalyptiques...

Pourquoi s'éloignait-il du sujet? Était-ce si difficile à dire?

— Et pourtant, je ne suis sûr de rien, Anne. En définitive, tout cela peut très bien aboutir à une question de foi. Ce ne sera pas simple. Rien ne l'est jamais... Ce qu'il faut chercher, c'est un signe clair. Un signe qui interviendra au moment où la naissance sera imminente. Alors, nous saurons quel enfant est la Bête et quel est le Sauveur. *Vous* saurez.

Était-ce un cauchemar? Où voulait-il en venir?

— Que suis-je sensée faire, mon père?

La réponse tomba comme un couperet :

— Vous êtes sensée tuer la Bête, Anne. L'enfant du démon. Il faudra l'éliminer. Quant à l'enfant de Dieu, il devra être protégé. À n'importe quel prix.

J'étais choquée. Rosetti esquissa un signe de croix.

— Le moment venu, vous saurez comment agir, dit-il en cherchant vainement un ton plus rassurant. C'est pour cela que vous êtes ici.

Se fier à Dieu était une chose. Tuer un nouveau-né en était une autre.

— Alors ? dit le père. Puis-je compter sur vous ?

— Je ne sais pas, bégayai-je.

Tout tournait autour de moi. Je regardai Kathleen, qui attendait déjà dans une des voitures.

— Je crois en vous, Anne, dit brusquement Rosetti. Vous êtes quelqu'un de bon. Vous êtes la plus forte de nous tous. Vous pouvez vaincre. Il le faut !

88

À présent, nous étions séparés. Justin et Rosetti devaient embarquer pour l'Irlande, où ils s'efforceraient de veiller sur Colleen. Je restais à Rome auprès de Kathleen. L'Église, par la voix du cardinal Rooney d'abord, par celle de Rosetti ensuite, avait décidé de me considérer comme douée d'une mission. Voilà pourquoi je me retrouvais soudainement dans ce rôle.

À l'intérieur de la voiture, il faisait froid. Kathleen se rapprocha de moi. Je la serrai dans mes bras. J'avais mal au cœur à la pensée qu'il me faudrait bientôt la trahir, peut-être, elle et son enfant. Serais-je amenée à commettre un acte odieux? Ne suffisait-il pas que j'eusse tué Ida Walsh?

Outre le chauffeur, nous avions avec nous un garde suisse pour nous protéger. Comme nous nous éloignions du trottoir, je vis apparaître un essaim de policiers à moto. Ils nous escortèrent. Quelques minutes plus tard, je comprenais pourquoi ces renforts étaient nécessaires: Kathleen n'était plus ici incognito.

Les trottoirs de Rome étaient envahis par une foule compacte. On se bousculait pour tenter d'apercevoir la jeune vierge américaine. Les fidèles étaient déjà présents par milliers, mais il y avait aussi beaucoup de curieux, de touristes, voire de simples badauds. Dans les rues étroites, pour assister au passage du cortège, certains avaient grimpé sur les balcons, les statues et même les fontaines.

Kathleen se cramponnait si fort à mon bras que mon sang avait presque cessé de circuler. Elle avait peur : cette foule l'effrayait et elle appréhendait les heures à venir. Heureusement, nous franchissions le pont San'Angelo. Nous nous rapprochions du Vatican. La foule était de plus en plus dense, animée et bruyante.

— Mon Dieu, Kathleen… Tout ça, c'est pour toi.

— Non. Ce n'est pas pour moi. C'est pour lui. Pour l'enfant que je porte.

La basilique et les palais de marbre surmontés se dressaient contre l'immensité du ciel. Via Merulana, on ne distinguait plus les boutiques ni les *trattorias* : les adorateurs de la vierge moderne se pressaient sur plusieurs mètres. Le chauffeur, précédé des policiers à moto, était obligé de rouler au pas car, à chaque instant, quelqu'un pouvait se jeter sur nous.

— Il paraît qu'il y a déjà deux cent mille personnes, dit-il dans un anglais approximatif. Et ça ne fait que commencer…

La voiture était bombardée de fleurs. Des cris de joie pleuvaient sur nous à mesure que la vague d'émotion se déplaçait le long de la foule.

Je comprenais cette manifestation de ferveur et de liesse. Ces gens voulaient désespérément croire en quelque chose. En ce sens, ils étaient dignes, respectables, émouvants. Leur dévotion aux mystères de ce monde et l'amour sincère qui perçait dans les regards avait de quoi vous pousser à l'humilité : c'était la même foule innombrable qui depuis des siècles criait son espérance. J'en avais des frissons. Quel effet un miracle produirait-il sur eux en ces temps que l'on disait rationnels ?

C'était la première fois de ma vie que je pénétrais au Vatican. Et c'était en compagnie d'une jeune fille supposée donner naissance au Messie.

Tous mes doutes s'étaient dissipés. De nouveau, je croyais. Et je n'aurais pu éprouver meilleure sensation.

89

L'entrée de l'hôpital Salvatore Mundi apparut au-dessus d'une mer de visages. Kathleen était affreusement pâle. Je crus qu'elle allait s'évanouir.

— Mon Dieu, dit-elle. Tout ce monde…

Nous avions en commun d'ignorer pourquoi nous avions été choisies. Du moins Kathleen connaissait-elle son propre but : elle voulait que vive son enfant.

Deux cordons de Suisses en livrée devaient protéger notre arrivée. Quand nous serions prêtes à descendre de voiture, ils s'efforceraient de tenir à distance les curieux qui se pressaient derrière eux.

Des prêtres en soutane et surplis blanc priaient à genoux sur le perron de l'hôpital : ils se signèrent. Ils semblaient transportés d'extase. Leur amour était aussi perceptible qu'une force physique.

Je descendis la première. Je donnai la main à Kathleen. Au moment où son pied touchait le sol, un grondement de tonnerre envahit la place.

Les larmes ruisselèrent sur les joues de Kathleen. Moi aussi, j'étais sur le point de pleurer. Les paroles de Rosetti me tournaient dans la tête : « *Tu es la plus forte d'entre nous.* » Pourquoi fallait-il que je sois aussi forte ?

Mon regard dériva vers le cordon mouvant des uniformes bariolés. Une brèche s'était ouverte dans le mur formé par les gardes suisses et la police. Je perçus un mouvement rapide.

C'était lui : l'homme en imperméable kaki. Je criai de toutes mes forces par-dessus le vacarme :

— Là ! Arrêtez-le !

Je pointais le doigt en direction de l'intrus. C'était le même individu que nous avions surpris dans le jardin, Justin et moi, cet homme qui avait disparu sous nos yeux. Était-ce le démon ? L'un des anges déchus ? Un assassin ?

Il fonçait droit sur Kathleen. Il tenait en main quelque chose de noir.

— Une arme ! criai-je. Il est armé !

Je n'étais pas la seule à l'avoir vu.

Mon cœur cognait. Je venais de m'apercevoir que *moi*, je n'étais pas armée – le Smith & Wesson était resté dans les bagages. Comment avais-je pu commettre une pareille erreur ? L'homme avançait toujours, tête baissée. Il se rapprochait. Il se jeta sur nous en levant son revolver.

— Arrêtez-le ! hurlai-je.

Je fis de mon corps un barrage entre Kathleen et lui. J'avais agi sans réfléchir. Par instinct. Par pur réflexe pour la protéger.

Le temps se dilata. Mon cou fit un violent tour à droite. Ma poitrine encaissa une poussée brutale.

Soldats et policiers s'abattirent sur nous. J'eus l'impression d'être précipitée dans un puits noir. Une explosion retentit dans l'épais magma humain. Il y eut un éclair blanc. Kathleen poussa un long cri aigu. Je criai, moi aussi.

Les policiers épouvantés frappaient sauvagement. Je voyais leurs matraques s'élever et retomber en un rythme cadencé.

J'entendais Kathleen, mais je ne la voyais plus. Elle gémissait. Elle m'appelait au secours.

— Anne, Anne.

Je gisais sur le sol. À quelques mètres de moi, l'homme à l'imperméable kaki saignait à la tête et au cou. Il fut traîné jusqu'à un car de police. On le protégeait maintenant contre la foule qui voulait le lyncher. L'espace d'un bref instant, nos regards se croisèrent. Ses lèvres murmuraient des paroles de haine. Je n'entendais rien. Et pourtant je compris très nettement ce qu'il me disait :

— Kathleen Beavier n'est pas sainte ! Tu seras obligée de l'éliminer ! Tu seras obligée d'éliminer l'enfant ! Toi, Anne Fitzgerald !

Ma vision se brouillait. Tout tournait. Cela arrivait si vite. Trop vite. Je me forçai à me remettre debout.

— Kathleen !

On l'emmenait. Je me précipitai. Finalement, nous franchîmes ensemble les lourdes portes, cramponnées l'une à l'autre comme des survivantes.

— J'ai cru que tu étais morte, dit-elle entre deux sanglots. J'ai cru qu'on t'avait tuée. Oh, Anne, si tu savais comme j'ai eu peur pour toi.

Elle haletait.

— Ça va ? dis-je. Ça ira ?

Kathleen était une fille saine et généreuse. Le démon ne pouvait avoir élu domicile dans son corps. Donc, c'est dans le corps de Colleen Galaher qu'il s'était installé. Mais Colleen était elle aussi une fille saine et généreuse.

Troisième partie

NATIVITÉ

90

Colleen se sentait étonnamment en forme, compte tenu de la proximité du terme. *Je vais être mère pour de bon ! Bientôt, un tout petit bébé va naître de moi !* Elle en était la première surprise, après de si longs mois de grossesse ! Son espérance et son bonheur étaient immenses ; cela l'aidait à supporter les jours et les nuits d'attente à la maison.

Elle prépara du thé pour tout le monde : sa mère, sœur Katherine et elle-même. Elle coupa des tranches de pain noir après avoir tracé sur la miche une croix. Ces gestes simples l'aidaient à tenir à une distance raisonnable la multitude de soucis qui lui venaient maintenant, ces angoisses qu'elle était encore incapable de comprendre, dont le sens lui demeurerait peut-être à jamais un mystère.

Comment vais-je pouvoir m'occuper en même temps de ma mère et du bébé ? Est-ce que je pourrai retourner à l'école ?

Ses petites mains piquées de taches de rousseur tremblaient si fort que le couvercle cliquetait sur la théière.

Que quelqu'un me vienne en aide. Par pitié.

Colleen quitta la minuscule cuisine en emportant sur un plateau le pain et le thé fumant. Mais où était passée sœur Katherine ? Il y a une minute, elle était encore assise là, dans le petit salon…

Colleen appela. Pas de réponse. Et sa mère ? S'était-elle endormie sans même avoir bu son thé ? Colleen alla ouvrir la porte d'entrée.

Sœur Katherine n'était pas dehors non plus.

Mais une ombre ténébreuse progressait sur le sentier. Colleen distinguait la silhouette d'un prêtre. Mon Dieu ! C'était le père Flannery. Comment osait-il ?

Colleen courut s'accroupir dans le jardin derrière un bosquet d'ajoncs dont les branches noueuses formèrent devant elle une barrière épaisse. *A-t-il eu le temps de me voir ? Je ne crois pas…*

Quand le prêtre fut passé, Colleen se releva et franchit aussi vite que possible la vingtaine de pas qui la séparait de l'écurie. Derrière l'écurie, se trouvait la grange. Elle pesa de tout son poids pour en faire glisser la porte sur son rail.

Haletante, elle se glissa à l'intérieur. C'est alors qu'une immense fatigue s'abattit sur elle. Elle n'arrivait plus à respirer. Elle avait peur.

La voix caverneuse du prêtre lui parvint depuis le jardin :

— Colleen ! Je suis venu te bénir, mon enfant…

Il était entré dans la maison et, n'y trouvant personne, il était ressorti. *L'autre jour, il s'est jeté sur moi pour m'embrasser !*

— Dieu me vienne en aide, murmura-t-elle. Tu ne me béniras pas. Tu ne m'approcheras pas aujourd'hui…

Colleen scruta l'intérieur de la grange. Tout n'était que pénombre. Elle avait l'impression de sentir le sol jonché de paille se dérober sous ses pieds. Un souffle d'air chaud lui frôla la joue. Était-ce la Sainte Vierge qui lui rendait visite ? Colleen était sûre de vivre ces instants sous la protection d'un être invisible, de quelque chose ou de quelqu'un qui l'aimait.

Tout au fond de la grange se trouvait une stalle. L'endroit était sombre. Il y régnait une odeur de lanoline, piquante et caustique. On y gardait une vieille brebis, pour la laine. Colleen la poussa de côté.

— Allez…

Elle s'accroupit dans le coin le plus éloigné de la stalle et se couvrit le corps avec du foin. L'odeur était si forte qu'elle lui montait à la tête.

Dehors, la voix du père Flannery se faisait enjôleuse.

— Colleen… Viens, maintenant. Je suis venu pour toi.

Soudain, elle se fit plus cassante ; il perdait patience.

— Montre-toi, Colleen ! Je suis ici en tant que représentant de Dieu.

Je ne te crois pas. Le représentant de Dieu ne caresse pas les filles. Il n'essaie pas de les embrasser. Le représentant de Dieu n'est pas un porc !

Colleen ferma les yeux de toutes ses forces. Elle se couvrit la tête avec de la paille. Bientôt, elle n'entendit plus rien, à part la brebis qui mâchait du foin et frappait le sol de ses sabots. L'endroit était paisible. Le flot de soleil qui tombait du grenier formait un puits d'étincelante lumière.

C'est alors qu'elle comprit. Tout concordait parfaitement. C'est ici qu'elle mettrait son enfant au monde.

Comme à Bethléem. Dieu avait guidé ses pas jusqu'à une crèche.

91

Nicholas Rosetti arriva le premier dans la petite auberge où il avait décidé d'établir son quartier général. C'était une maison perdue dans la campagne, à un kilomètre à peine de Maam Cross. Justin O'Carroll serait là dans quelques minutes. Après avoir déposé le père, il était retourné au village faire quelques achats.

Rosetti continuait de souffrir. Il était constamment en sueur. Plusieurs fois par jour, son cœur se mettait à taper dans sa poitrine comme s'il allait exploser. Pourtant, son esprit demeurait vif. Il suivait un but. Il servait son Dieu.

Il poussait la porte de la chambre, quand la Voix retentit.

« Tu es en train de te damner toi-même. Tout une éternité en Enfer, Nicholas. Tu ne trouves pas ça long ? »

Le père laissa tomber sur la moquette son sac trempé de pluie. La chambre était sombre, mais il ne songea même pas à allumer le plafonnier.

« Oui, tu as raison de t'habituer à l'obscurité. En Enfer, tu verras, il y a des feux de ténèbres. Tu n'as pas encore connu ça, hein ? Ça va venir ! »

Rosetti traversa la pièce pour aller tirer les rideaux. La fenêtre ruisselait. Derrière la vitre, la campagne était froide, silencieuse, trempée.

— Je suis toujours en vie, murmura-t-il. Je n'ai pas encore été damné…

« Les portes du destin ne vont plus tarder à s'ouvrir devant toi. Tu n'en es plus très loin. Fais bien attention où tu mets les pieds. Fais bien attention, Nick. Car la chute est longue. Très longue. »

Rosetti considéra sa serviette : il irait tout à l'heure la mettre dans le coffre de l'hôtel. Mais la Voix le harcelait toujours :

« Il n'y a pas d'endroit sûr. Tu ne le sais pas encore ? »

On frappa à la porte.

— Dieu soit loué, voilà Justin !

Mais ce n'était pas Justin O'Carroll. C'était un individu très maigre, vêtu d'un costume en tweed. Un homme sans âge, qui dégageait quelque chose de mort.

— Je suis Dennis Murphy, dit-il. C'est Deirdre, en bas, qui m'a prévenu de votre arrivée.

Rosetti se taisait. Le mystérieux inconnu ajouta :

— Le docteur Dennis Murphy. Il y a quatorze ans, j'ai mis au monde Colleen Galaher. Je me suis dit que vous devriez peut-être jeter un coup d'œil à ceci.

Le docteur Murphy tendait à Rosetti une vieille enveloppe brune avec un nom inscrit au crayon, en script, dans le coin droit : *Colleen Galaher.*

Rosetti décacheta l'enveloppe. Il en tira un document qu'il parcourut. Sa poitrine se serra. Il suffoquait. Son cœur, une fois de plus, menaçait d'éclater.

Quand il releva les yeux, le docteur Murphy avait disparu. Rosetti courut dans le couloir, puis sur le palier. Là non plus, il ne trouva personne. Il téléphona en bas. Il y avait bien une Deirdre à l'accueil.

— Dennis Murphy, mon père ? Je ne comprends pas. Le docteur Murphy est mort voilà au moins dix ans. D'ailleurs, je n'ai vu monter personne après vous…

Rosetti raccrocha. Un rire démoniaque grondait dans ses oreilles.

92

Le Vatican avait mis des sentinelles en armes à la porte de Kathleen.

Je me tenais à son chevet. Nous regardions les nouvelles à la télévision. La tentative d'assassinat occupa tout le journal. Un reporter expliqua que Kathleen Beavier avait été admise à l'hôpital Salvatore Mundi, un établissement privé où l'on soignait les cardinaux, et le pape le cas échéant. Une équipe de médecins italiens et américains se préparaient à veiller sur cette naissance exceptionnelle, qui pouvait survenir à tout moment.

Le premier communiqué officiel fut délivré par le chirurgien en chef lui-même, le *dottore* Leonardo Annunziata, un homme élégant aux cheveux très noirs, qui n'avait pas plus de quarante ans. Nous écoutâmes son intervention sur CNN. Il parla dans une salle d'un blanc virginal. Il s'exprimait dans un anglais plein de charme, teinté d'un accent chaleureux :

— Miss Kathleen Beavier est dans un parfait état de santé. Il se peut que la naissance se produise avant terme dans les douze ou les vingt-quatre prochaines heures. Nous ne nous attendons pas à des complications.

Avec Kathleen, nous échangeâmes un regard – et nous nous mîmes à rire, pour la première fois depuis des jours.

— Le docteur Annunziata pourrait bien avoir des surprises, dit-elle.

Après la conférence de presse du *dottore*, CNN montra comme chaque soir les désastres qui accablaient la planète ; les choses semblaient aller s'aggravant. Aucun élément objectif ne permettait d'établir un rapport entre ces fléaux, l'arrivée de Kathleen au Salvatore Mundi, la naissance attendue d'un enfant à Maam Cross. Pourtant, mon instinct me criait qu'il existait un lien, un lien que nous allions découvrir bientôt.

— C'est peut-être la fin du monde, médita Kathleen. Ou bien mon bébé va empêcher la fin du monde.

Ton bébé ou celui de Colleen, ne pus-je m'empêcher de penser.

93

Je sentais au fil des heures grimper ma paranoïa. Le temps passait trop lentement. L'insoutenable attente touchait à sa fin et rien ne me préparait à ce grand saut dans l'inconnu.

Kathleen s'était enfin endormie. J'avais besoin d'une pause. Je voulais m'éclaircir les idées. D'accord pour être le soutien de Kathleen, mais à condition d'être un peu plus sûre de moi, un peu moins fragile et vacillante.

« Va faire un tour. Tu l'as bien mérité. »

Qui m'avait soufflé cela ?

Après avoir prévenu la sentinelle de mes intentions, je longeai un couloir désert, aux murs de marbre, qui empestait le désinfectant. Je tombai sur un jeune policier italien en faction devant une rangée de statues représentant des dignitaires de la Rome antique.

— *Signorina,* dit-il en soulevant légèrement sa casquette.

Il savait que j'étais là pour veiller sur la vierge.

— Comment se sent-elle ? dit-il. La jeune fille. Kathleena.

— Tout va bien. Elle dort.

Mes chaussures couinaient sur le sol impeccable ; le bruit résonnait dans le silence de la nuit. Que faisaient

Justin et le père Rosetti ? Ils devaient sans doute être arrivés à Maam Cross.

Souvent, je songeais à Colleen. Et toujours avec affection. Elle était plus jeune que Kathleen, plus innocente, aussi. Je revoyais sa jupe blanche presque transparente, cette aura vaguement rose qui avait l'air d'émaner d'elle.

Chacune des deux semblait à même de jouer parfaitement le rôle auquel elles étaient destinées. Qui donc jouait la comédie ? Laquelle était une menteuse ?

Je tournai à l'angle du couloir. Je m'aperçus que j'étais au bout du bâtiment. J'avais marché trop loin.

L'angoisse me saisit. Je fis demi-tour. C'est presque en courant que je revins sur mes pas. *Kathleen*... Comment avais-je pu m'éloigner ainsi ? Quelle idée m'était passée par la tête ?

Je me précipitai dans la petite chambre. Kathleen dormait paisiblement. Je repris mon souffle. Et pendant un long moment, je la regardai dormir. Dans son ventre, un bébé était suspendu. Il se cramponnait de sa petite main au cordon ombilical. Il avait la tête calée contre le col de l'utérus. Membres, doigts, orteils, ongles, cils et sourcils : tous ces éléments étaient pleinement développés. Le rythme cardiaque était régulier et bon. Les sens de la vue, de l'ouïe et du toucher n'étaient pas formés, mais prêts à s'épanouir rapidement dès qu'ils seraient exposés à des stimuli.

Le bébé faisait probablement dans les trente centimètres de long. Il devait peser un peu plus de trois kilos – il était dans la bonne moyenne. Chaque cellule de son cerveau minuscule contenait amour et bonté, ainsi que l'aptitude à être heureux et à souffrir, à devenir un génie, à montrer de l'esprit, à aimer le beau, à vouloir survivre en tant que membre de l'espèce humaine.

De tous ces points de vue, le bébé de Kathleen était un enfant comme les autres.

Pourvu qu'elle ait tiré le bon numéro !

Je priai pour cela. Car si l'enfant venait au monde avec des cornes et une queue fourchue, je doutais d'être assez forte pour étouffer son premier souffle.

Comment pourrais-je tuer un nouveau-né ? Comment pouvait-on accomplir un tel acte ? Comment une femme, surtout, pourrait-elle faire une chose pareille ?

Je repris place dans mon fauteuil, dont j'inclinai le dossier au maximum. Par la fenêtre, je vis se lever au-dessus du Vatican un soleil de feu orange et rouge.

C'était un magnifique lever du soleil. Sûrement un signe.

94

Je fus réveillée en sursaut : Kathleen avait poussé un cri de douleur.

— Il arrive, Anne.

Nous étions seules, toutes les deux, dans la suite 401 de l'Hôpital international Salvatore Mundi. Nous étions aussi terrifiées l'une que l'autre, et chacune essayait de faire croire à l'autre qu'elle ne se faisait pas le moindre souci.

L'hôpital était un bâtiment de quatre étages dont les vastes baies vitrées semblaient des fenêtres d'église. Il était entouré d'un grand mur de brique, ombragé par des pins immenses.

On m'avait dit la veille que quatre-vingt mille personnes étaient déjà rassemblées derrière ces murs et des centaines de milliers sur la place Saint-Pierre. Rome attendait la naissance miraculeuse. Et en Irlande, à Maam Cross, qu'arrivait-il à cet instant précis ?

Tout près de moi, dans la paisible suite aux coloris bleu pâle, Kathleen tenait son ventre à deux mains. Elle laissa encore échapper un cri. Elle se détendit à nouveau.

— Ne pousse pas, Kathy. Ne pousse pas encore.

En un sens, j'avais l'impression d'être moi-même en train d'accoucher.

— C'est ça, respire bien…

— Mon Dieu, ça fait tellement mal.

Ses longs cheveux blonds étaient humides. Son visage rougissait sous la pression de l'effort. Nous savions elle et moi que ce n'était pas encore le moment ; nous savions aussi que ce moment approchait.

Comme je lui appliquais une serviette humide sur le front, je vis qu'elle regardait derrière moi. Je suivis son regard. Nous n'étions plus seules. J'oubliai aussitôt toute peur.

Un homme se tenait sous l'arche de pierre qui marquait l'entrée de la chambre. Un homme âgé, grave, que je reconnus immédiatement.

C'était le Saint Père. Le pape Benoît XVI. Il s'était déplacé en personne pour venir voir Kathleen.

Les flèches de lumière matinale franchirent la fenêtre. Benoît fut transformé en une icône d'or pur. Il ne ressemblait plus du tout à un homme. Il prit la parole :

— As-tu quelque chose à dire, Kathleen ? Quelque chose à confesser ?

Il s'exprimait d'une voix sûre, pleine de force.

— Je suis ici pour t'aider.

Kathleen pâlit violemment, puis elle parut frappée d'une attaque. Ses yeux roulèrent dans leurs orbites. Ses narines s'évasèrent. Elle ouvrit grand la bouche. Et elle se mit à crier, à crier, à crier. De ma vie, je n'avais rien vu de tel. Ni éprouvé une telle frayeur. Une idée me traversa l'esprit comme un éclair : *Je ne connais pas Kathleen !*

Quand je regardai à nouveau vers l'entrée de la chambre, je vis que le pape Benoît s'éloignait. Il partait sans se retourner.

95

Un jeune prêtre italien venait d'apparaître sur la terrasse du Palais Apostolique. À ses pieds, s'étendait une foule de quatre cent mille âmes. Une foule qui recouvrait entièrement la place Saint-Pierre, si loin que le regard se perdait.

Il parla dans un micro qu'il tenait en main. Sa voix généreuse tonna au-dessus de cette mer d'âmes attentives. C'était exactement pour cela qu'il avait embrassé la prêtrise – pour ce glorieux pouvoir, pour cette majesté.

Un grondement s'éleva : la foule romaine répondait à sa prière. Et l'écho de cette voix collective parut se répandre jusqu'au Mexique, où les fidèles réunis pour la messe étaient si nombreux que la multitude se répandait dans la Basilique de Guadalupe et dans les quartiers alentour, là où la Sainte Vierge était apparue à un Indien au XVIe siècle. Il en allait de même dans toute l'Espagne et la Hollande, en France, en Belgique, en Pologne, en Allemagne, en Irlande, en Angleterre : partout, les vieilles cathédrales étaient pleines. Le peuple d'Europe voulait croire en quelque chose, et cela était arrivé.

Aux États-Unis, un satellite de télévision était prêt à transmettre des reportages depuis New York jusqu'aux confins du Midwest et de la Californie ; chacun pourrait assister à la naissance en direct. À Hollywood, l'amphithéâtre Franck Lloyd accueillit une réunion empreinte de gravité. Soixante-dix mille fidèles étaient présents. Les collines environnantes fournissaient une acoustique naturelle, de sorte que les célébrités et les personnalités religieuses purent délivrer leur message sans micro.

Dans le monde entier, les messes de ce jour furent dédiées aux familles et aux amis de ceux que frappait l'épidémie de polio. On récita des rosaires, on pria pour un grand miracle, on implora la Sainte Vierge de veiller sur les êtres aimés.

À la basilique Saint-Pierre, la voix du jeune prêtre résonnait toujours sous les colonnades :

— Priez pour nous, pauvres pécheurs, maintenant et à l'heure de notre mort, *amen.*

— Que la volonté du Seigneur soit faite ! répondirent les fidèles en un chœur assourdissant.

Depuis combien d'années la spiritualité battait-elle en retraite ? Tout à coup, un nombre considérable de personnes recommençaient à croire : elles reprenaient le chemin de l'église.

96

Le ciel était obscurci par des nuées d'oiseaux. Justin avait l'impression qu'il pesait, telle une menaçante chape de métal. L'heure de l'épreuve était venue. Une voix puissante grondait dans sa tête.

«Tu sais que tu ne devrais pas être ici. Ta foi n'est pas assez forte. Tu ne devrais même plus prétendre demeurer un prêtre.

Ce que tu veux, c'est être auprès d'elle. C'est la seule chose qui compte, pour toi. Tu aimes Anne Fitzgerald plus que tu n'aimes Dieu. Quitte cet endroit tout de suite.

Va rejoindre Anne. Ou meurs!»

Il ne pouvait endiguer ce flot de pensées. Le père Rosetti se rendait-il compte de son tourment? Justin tourna le volant et ralentit. Ils arrivaient chez les Galaher.

Justin jugea le spectacle étrange. La maison ne lui était pas familière. Ni l'écurie. Ni la grange, tout au fond.

Ce n'était pas comme ça l'autre fois. Quelque chose a changé.

— Il y a un problème, marmonna-t-il.

Il coupa le contact.

Rosetti se taisait. Il n'avait pas prononcé un mot durant le voyage depuis l'auberge. Il transpirait. Il était à bout de forces.

Justin continua d'examiner les lieux. Il ne se souvenait pas d'avoir vu une antenne de télévision sur ce toit. D'ailleurs, on n'aurait pas dit une antenne mais une branche accrochée par erreur au toit de chaume : elle pendait dans le vide, comme brisée par un orage. Dans le jardin, l'herbe avait perdu son beau vert profond. La maison elle-même avait l'air de pencher.

Il y a un problème. Justin était sûr de n'être pas le jouet de son imagination. Tout avait changé – ou bien c'était son imagination qui lui jouait des tours.

Des tours ! Le Diable fait ce genre de choses. Le Diable est-il ici, à Maam Cross ?

Quand ils furent au seuil de la maison, le père Rosetti fut pris de tremblements. Justin entra sans frapper. Rosetti resta dehors. Justin revint après quelques secondes à peine. La peur lui agrandissait les yeux.

— La mère est morte, dit-il. Elle est pendue à une poutre. La sœur aussi ! La sœur de l'école religieuse ! Il faut retrouver Colleen. Vite !

Ils couraient vers la grange quand un jeune prêtre à la forte carrure se dressa sur leur route. Il serrait les poings.

— Colleen est là, dit-il avec un geste vers l'intérieur du bâtiment.

— Qui êtes-vous ? lui lança Rosetti.

— Je suis le père Flannery. Le prêtre de la paroisse. C'est moi qui veille sur elle maintenant. Nous nous débrouillons très bien sans vous. Allez-vous en…

— Arrière, Satan ! rugit Rosetti. Tu n'as aucun pouvoir sur moi ! Tu n'as aucun pouvoir sur le père O'Carroll. Tu n'as aucun pouvoir sur la terre !

D'une bourrade, il écarta le prêtre. Flannery perdit l'équilibre, puis se redressa. De nouveau, il fit de son corps une barrière à l'entrée de la grange.

— Tu n'entreras pas ! Ce ne sont pas tes affaires ! Cette fille est des nôtres !

— Non ! hurla Rosetti de toute la force de sa voix. Tu n'as aucun pouvoir sur cette malheureuse !

Il s'empara d'une fourche appuyée au mur de la grange.

— Va-t'en, cria-t-il. Va-t'en ou je te transperce le cœur…

— C'est mon enfant, siffla le jeune prêtre.

La rage lui tordait la figure.

— Je suis le père de cet enfant. Je suis l'un des pères de l'enfant !

Sur ces mots, il éclata de rire.

— Tu n'es pas le père ! cria Rosetti.

Il brandit la fourche et la pointa sur la poitrine de Flannery.

— Tu es une créature de l'Enfer – et tu vas y retourner !

D'une violente poussée, Nicholas Rosetti plongea la fourche dans le buste du prêtre qui recula, puis s'effondra.

L'instant d'après, Flannery gisait dans la poussière de la cour.

Ses yeux sans expression contemplaient le ciel.

— Va droit en Enfer ! dit Rosetti.

97

Nicholas Rosetti transporta hors de la grange Colleen Galaher, blottie dans ses bras. Elle était si jeune et si près de donner naissance à son enfant!

— Il a menti, dit-elle. Je ne sais pas pourquoi, mais il a menti. Il n'est pas le père. Je le jure. Il faut me croire...

— Je sais cela, Colleen. Ne te tourmente pas. Tu dois rester forte, pour la sauvegarde du bébé.

Rosetti avait fait signe à Justin de lui emboîter le pas.

— Nous devons tous nous montrer forts!

— Vous l'emmenez dans la maison? demanda Justin, inquiet.

Il pensait aux deux femmes mortes à l'intérieur.

— Je vous ai dit que j'avais confiance en vous, Justin. Alors, ayez confiance en moi.

Justin songea qu'il venait d'assister au meurtre d'un prêtre et qu'il n'était pas intervenu pour empêcher ce crime. Pourquoi?

Parce qu'il était devenu le serviteur du Diable? Parce que les puissances démoniaques avaient pris possession de lui? Parce qu'ils étaient déjà arrivés au pays des morts?

— L'enfant de Kathleen Beavier aurait dû naître dans le calme et la paix, déplora Rosetti en haletant. Loin des yeux du public, comme va naître celui-ci.

Ils entrèrent dans la maison. Ils se dirigèrent vers une petite chambre que l'on atteignait en traversant la cuisine. Rosetti et Justin se penchèrent pour ne pas se cogner au linteau de la porte.

— Cette foule immense à Rome, reprit Rosetti. Quelle terrible erreur!

Dans la chambre, Justin retourna la courtepointe élimée, puis aida le père à installer Colleen sur le lit.

— Ohhhh, gémit Colleen. J'ai mal…

Elle referma la main sur le crucifix accroché à son cou.

Rosetti se tourna vers Justin.

— Voulez-vous me trouver mon étole, je vous prie? Et le manuel aussi.

Colleen était prise de sérieuses contractions. Elle entrait dans les douleurs du travail. Son petit visage chiffonné était comme anémié. La sueur ruisselait sur son front. Justin distinguait des mouvements dans son ventre à travers la couverture.

— Où est le docteur? demanda-t-il soudainement. Pourquoi le docteur n'est-il pas encore là?

Rosetti plissa les yeux.

— Nous allons délivrer l'enfant nous-mêmes, répondit-il dans un murmure.

98

Jamais Rome n'avait connu des cieux aussi sombres et menaçants. Il pleuvait à torrent, alors que des flèches de lumière transperçaient comme des lames de couteau l'atmosphère de la Ville éternelle.

À l'hôpital Salvatore Mundi, le calme régnait dans la salle de travail, une pièce de grande dimension aux murs d'un blanc étincelant.

Kathleen, de nouveau, avait l'air bien. Elle était redevenue elle-même après le départ du pape. Elle ne gardait aucun souvenir de cette visite, ni même de sa propre réaction, si violente pourtant.

Un groupe de sœurs affairées assistaient les médecins autour de la table. Elles portaient l'uniforme blanc et le voile amidonné. Le père et la mère de Kathleen, présents dans l'hôpital, apparurent un instant au chevet de leur fille. Ils paraissaient mal à l'aise, tout comme Kathleen elle-même. Ils ne restèrent pas longtemps. Dès qu'ils furent partis, Kathleen se tourna vers moi :

— Tu vas rester, Anne ?

— Bien sûr.

Elle ferma les yeux. Les sœurs lui soulevèrent les jambes et lui introduisirent doucement les pieds dans les étriers obstétricaux. Elles firent basculer un miroir, de sorte que l'accouchée pût se voir. Kathleen plongea les yeux dans son propre regard. Était-ce bien elle qu'elle voyait dans la glace ? Elle semblait en douter.

— Non ! S'il vous plaît !

Ses plaintes résonnaient entre les murs froids.

— Jusqu'ici, Kathleen, tout va bien.

Je me retournai en entendant cette voix rassurante. L'homme était sympathique, dans sa tenue blanche une taille trop grande. Ses yeux brun foncé pétillaient. Il était comme adossé à un flot de lumière crue.

— Je suis le docteur Annunziata. Tu te souviens de moi ? Je suis venu te voir hier soir dans ta chambre. Je vais t'administrer quelque chose pour aider l'accouchement, Kathleen. Nous appelons cela une péridurale. D'accord ?

Kathleen répondit d'un gémissement. Elle avait l'impression que ses intestins se tordaient.

— Je ne me sens pas bien. Je crois que quelque chose ne va pas. Je sens des trucs bizarres dans mon ventre. Des trucs vraiment mauvais. Comme s'il y avait plusieurs bébés…

Le *dottore* hocha la tête avec sympathie.

— Il n'y a qu'un seul bébé, Kathleen. Je te le promets. Crois-moi, tout est parfaitement normal. Tu es une jeune femme d'une santé éblouissante. Nous avons les conditions idéales pour mettre au monde un magnifique enfant.

— Espérons-le, souffla Kathleen.

Un autre médecin lui enfonça une longue aiguille dans le dos. Cela me fit mal, de voir l'instrument lui pénétrer les chairs.

Kathleen se tourna vers moi.

— Tu ne vas pas t'en aller ? Quoi qu'il arrive ?

— Quoi qu'il arrive. Promis.

Je lui tapotai doucement l'épaule. Je n'avais pas le droit de partir, quand bien même je l'eusse voulu. J'avais ici un travail à accomplir.

On me tendait un masque de gaze : je m'en couvris le bas du visage.

— Tu vas avoir un beau bébé, reprit le docteur Annunziata. C'est mon quatre mille trois cent soixante-quatrième accouchement. Tu te rends compte ?

Il ajouta avec un sourire plein de séduction :

— Ce ne sera rien. Ça ne peut pas se passer mal.

99

Personne ne pouvait imaginer ce qu'elle ressentait. Et Kathleen elle-même ne parvenait toujours pas à se convaincre que tout cela était bel et bien en train de lui arriver à elle. De ce point de vue, rien n'avait changé depuis qu'elle s'était présentée à cette consultation obstétricale de Boston Sud. Elle ferma les yeux de toutes ses forces.

Elle y voyait plus clair et plus net derrière ses paupières qu'en gardant les yeux grands ouverts dans la salle de travail. On s'occupait d'elle. Que lui faisait-on? Elle avait l'impression qu'on la soulevait. Elle se sentait comme transportée dans un autre univers, loin du Salvatore Mundi. Que signifiait la naissance de son enfant dans l'éternel mouvement des planètes, dans l'infinité du temps?

J'ai complètement perdu la tête. C'est si affreux. C'est sûrement un cauchemar.

Qu'est-ce qui m'arrive? Oh, mon Dieu. Suis-je en train de mourir? S'il vous plaît! Qu'on me laisse me réveiller!

— Pousse.

C'était la voix d'Anne. Le conseil eut pour effet de la faire revenir au présent. Le père Rosetti lui avait recommandé de faire confiance à Anne, quoi qu'il pût arriver. Elle suivrait ce conseil, jusqu'au bout. Anne était la seule personne à qui elle pût se fier. Anne était la meilleure de toutes les personnes présentes ici. La plus solide. Anne était peut-être une sainte.

Entre les fentes de ses paupières, Kathleen distinguait maintenant la scène avec netteté. Quelque chose venait de lui apparaître dans un éclair. Une vision fugace mais qui se présentait à nouveau. Qui se stabilisait. C'était neuf mois plus tôt. Cette soirée. Ce bal du 23 janvier.

Brusquement, elle se souvint de tout. C'était comme si tout recommençait.

Cette robe en satin vert pâle qu'elle avait supplié sa mère de lui acheter à Boston – elle était toute froissée. Et remontée jusqu'au-dessus de ses seins. Un poids terrible pesait sur elle. Elle ne pouvait plus respirer.

La Mercedes jaune lancée à grande vitesse. Elle se rappelait. Jamie au volant. Il était magnifique. Beau à mourir. Kathleen distinguait à nouveau chaque détail de son visage, de ses cheveux. Elle voyait la façon qu'il avait de la regarder – cette façon qui lui faisait peur et en même temps le rendait si séduisant.

L'intérieur de la voiture était noir. Le tableau de bord étincelait. La radio mise à fond diffusait du rock. Les groupes se succédaient.

Soudain, tout avait basculé. Ils se garaient à Sachuest Point. L'endroit était tranquille. Mais Jamie voulait aller jusqu'au bout. Sa surprise de voir qu'elle lui résistait ! Il avait cru qu'elle le voudrait aussi. Est-ce qu'elle n'en avait pas envie ? Bon sang ! Il commençait à lui hurler dessus, sur fond de musique rock. Il employait des mots tellement orduriers, tellement crus ! Ses jurons étaient autant d'allusions obscènes. Kathleen se couvrait les oreilles.

Sachuest Point était triste et sombre. Un désert.

— Je t'ai dit non!

Elle aussi hurlait, maintenant.

— Non, ça veut dire non! S'il te plaît, Jamie. S'il te plaît, écoute ce que je te dis. Ne t'avise pas de me toucher! Ramène-moi à la maison. C'est clair?

Jamie, soudain, devint vraiment sauvage. Déchaîné. Elle sentit une main brutale lui broyer les seins. Une autre se glissa entre ses cuisses. La voix de Jamie avait pris une tonalité plus profonde. Plus dure. Une tonalité effrayante. Il était beaucoup plus lourd qu'elle. Beaucoup plus fort. Et complètement ivre.

Il lui faisait horriblement peur. Surtout dans cette partie noire et désolée du littoral. Est-ce qu'il n'était pas possible de rentrer à la maison?

Elle ne savait plus que faire. Ni comment arrêter Jamie. Elle lui mordit la main de toutes ses forces. Jamie hurla.

Il ouvrit la portière côté passager. Il poussa Kathleen dehors. Il lui cria d'autres obscénités. Les pires mots qu'elle avait jamais entendus. Jamie avait la figure écarlate.

— Tu n'as qu'à rentrer à pied, connasse!

Une autre voiture s'arrêta dans le sentier. Deux garçons en descendaient. Ils titubaient. Ils étaient ivres. Ou défoncés. Elle les connaissait. C'étaient Peter Thompson et Chris Raleigh. Avaient-ils suivi la Mercedes jusqu'ici?

Kathleen trébucha. Elle s'écorcha les pieds sur les pierres du chemin. L'odeur vive et froide de l'océan lui emplissait les narines. La morsure de l'air était glacée.

Jamie et les deux autres l'attaquèrent par-derrière. Jamie la frappa. Elle n'avait jamais vu quiconque perdre ainsi le contrôle de lui-même, ni se mettre dans un tel état de fureur. Ses deux copains ne valaient guère mieux.

Kathleen ne voulait pas creuser plus loin son souvenir de la scène.

Elle ne voulait plus se rappeler Jamie Jordan. Ni ce qui était vraiment arrivé ce soir-là à Sachuest Point.

100

La sueur dégoulinait sur le front de Justin. Elle lui ruisselait le long des joues. Il faisait chaud et humide dans la chambre minuscule attenante à la cuisine. On manquait d'air. C'était l'expérience la plus bouleversante que Justin eût vécue – assister à la naissance d'un être humain, voir cette jeune femme se délivrer de son enfant.

Encore et encore, les mêmes paroles continuaient de lui traverser l'esprit : *Si tu refuses de croire qu'un miracle va se produire maintenant, une naissance divine, comment oses-tu prétendre avoir cru jusqu'à aujourd'hui ?*

Colleen Galaher avait le col pleinement dilaté. Elle poussait dur pour mettre son enfant au monde. Le bébé serait là d'un instant à l'autre.

Cette fille de quatorze ans n'avait pas été préparée à subir une telle souffrance. Justin commençait à comprendre ce que voulait dire, pour une femme, de mettre un bébé au monde. Il se sentait humble. Et la patiente lui inspirait aussi de la tendresse, de l'amour.

Tu refuses de croire qu'un miracle va se produire maintenant ?

Seigneur ! Non, il ne refusait pas. Il y croyait !

À plusieurs reprises, ses pensées s'échappèrent de la chambre, de la maison, de Maam Cross. À Rome, où en étaient-ils? Justin se tourmentait pour Kathleen et pour Anne. S'il leur arrivait quelque chose, il ne pourrait jamais se le pardonner.

Car une rupture venait de se produire en lui, en ces toutes dernières minutes. Colleen était la vraie vierge. Il en était sûr, comme frappé de vérité. Elle allait donner naissance au saint enfant.

À quoi fallait-il s'attendre là-bas, à Rome? Qu'était-il déjà en train de se produire? Le père Rosetti avait-il fait courir un danger à Anne?

Dans son petit lit, sous ses couvertures déchirées, la jeune Irlandaise pleurait doucement. Elle essayait de se montrer brave. Justin n'aurait jamais imaginé qu'elle garderait dans l'épreuve un si beau visage. L'accouchement était difficile, douloureux, en un sens monstrueux. Et c'était l'événement le plus beau auquel Justin eût assisté.

Le père Rosetti se tenait de l'autre côté du lit. Il avait mis son étole. Il gardait son livre entre les mains.

— Tenez-vous prêt, Justin. Prêt à tout! Je vois que vous vous absentez en esprit. Restez avec nous.

— Je suis là, mon père. Je suis prêt.

— Êtes-vous prêt à ceci?

Une tête minuscule commençait à se frayer un chemin entre les jambes maigres de Colleen. C'était la vie, telle que Justin ne l'avait jamais vue. La vie en train d'éclore. Il comprit quelque chose au sujet du mariage, de l'amour, du sexe – quelque chose qui jusqu'alors lui avait échappé.

Il se pencha. Doucement, il plaça la main sous la petite tête. Le bébé avait d'épais cheveux noirs, comme Jésus fait homme. Justin était saisi de respect.

— Il est là ! annonça Colleen d'une voix tendre. Il est venu.

C'était son bébé. Elle l'admirait déjà.

101

— Pousse.

Le mot parvenait aux oreilles de Kathleen. Dieu sait qu'elle poussait. Elle poussait et repoussait en même temps Jamie Jordan. Elle essayait de courir aussi vite que possible, de regagner la route, de fuir Sachuest Point.

Elle avait retroussé sa jolie robe en satin. Elle l'avait nouée autour de sa taille. C'était pour mieux courir. Mais Jamie était rendu fou de ne pas avoir eu ce qu'il voulait. Et encore plus de voir Kathleen lui échapper en courant sur ce sentier, en lui montrant ses jambes nues. Elle se demandait ce qu'il avait en tête. Et les deux autres ? Que faisaient-ils dans les parages ?

Elle courait toujours. Elle entendit les deux voitures démarrer. Kathleen jeta un coup d'œil par-dessus son épaule. Les voitures projetèrent des gerbes de gravier et de la fumée blanche.

Qu'est-ce qu'ils font ? Ils rentrent à Newport sans moi ?

Oh, mon Dieu ! Comme il fait froid.

Kathleen commença à paniquer.

Il ne va tout de même pas me planter là, comme ça. Il est malade à ce point ? Je ne lui appartiens pas, que je sache. Il n'a pas le droit. Ce n'est pas moi qui ai provoqué tout ça. Je ne lui avais rien promis.

Les larmes l'aveuglaient. Un vent fort soufflant de l'océan menaçait d'arracher ses vêtements légers. Son bandeau d'argent s'échappa de sa tête et fut emporté. Ses souliers à fine semelle s'abîmaient.

Il sera bien obligé de revenir me chercher. Je pourrais mourir de froid. Je vais mourir!

La route était sombre, mauvaise, poussiéreuse. Mais Kathleen n'avait pas d'autre choix que de la suivre. C'était la seule façon de retourner en ville. Et la ville était loin.

Elle avait mis le cap sur une source de lumière: les maisons de Newport. Quand ses yeux se posaient ailleurs, ils ne rencontraient qu'une clarté faible et lugubre. L'océan grondait. Kathleen cria, mais personne ne pouvait entendre ses appels au secours.

Son pied heurta l'angle d'une pierre saillante. Elle tomba. Le sol était dur. Elle gémit et fut prise de sanglots. Elle s'était tordu la cheville. Kathleen se recroquevilla par terre, se lovant sur elle-même. Elle attendit. C'était mieux qu'affronter ce froid glacial.

Elle se demanda si elle arriverait à dormir comme ça. Demain, tout pouvait s'arranger – il suffisait qu'elle s'endorme.

Non. Elle risquait de mourir. Le froid allait la tuer.

Comment ont-ils pu m'abandonner?

Un bruit lui parvint: des moteurs. Les voitures. Elles revenaient. Elles roulaient vite. Des phares balayèrent le sommet des dunes. Les branches nues des arbres s'illuminèrent. Les voitures s'étaient arrêtées. Kathleen n'avait pas bougé.

Elle se redressa un peu. Elle les vit qui couraient sur la route noire. Des visions passèrent dans ses yeux:

spirale de rayons rouges et violets, danse de filets argentés, bal étrange, pareil à un rêve.

Kathleen, au prix d'un effort, se mit à genoux. Des cailloux pointus s'enfoncèrent dans ses paumes. Elle épousseta sa jolie robe, désormais tachée et déchirée.

Elle reçut un coup violent derrière le crâne. Elle retomba.

C'était sûrement Jamie. Il l'avait frappée. Avec une violence incroyable.

Elle tombait. Elle tombait. Elle s'abîmait dans les ténèbres. Où était-elle?

— Elle revient à elle.

C'était la voix de Chris Raleigh. Il était couché sur elle. Ils étaient tous couchés sur elle.

Peter Thompson, durement, lui tripotait les seins. Il les fit jaillir du soutien-gorge. Il arracha la robe. Il avait les mains sèches et glacées.

— Non, dit-elle dans un souffle. S'il te plaît. Ne me touche pas. S'il te plaît.

Elle distingua à travers la brume le visage menaçant de Jamie. Il tenait quelque chose en main. Il avait la figure toute rouge, congestionnée par l'effort.

Quelque chose gicla de la main de Jamie!

Kathleen savait ce que c'était. Elle voyait le pénis gonflé. Jamie Jordan éjaculait sur elle. C'était affreux. C'était indicible. Incroyable. Elle sentait le sperme chaud lui ruisseler dessus.

— Pousse.

On lui ordonnait de pousser.

— Il faut pousser, Kathy!

Kathleen hurla. Elle n'était pas à Newport! Elle était à Rome, dans la salle de travail du Salvatore Mundi. Des masques blancs se penchaient sur elle. Médecins et infirmières.

— C'est très bien, Kathleen. Mais il faut pousser encore.

Que se passait-il ? Elle voyageait d'une réalité à l'autre – c'était l'hôpital à Rome, et l'instant d'après la plage de Sachuest. Elle n'avait aucune prise sur l'enchaînement des scènes.

— Laissez-moi tranquille ! Laissez-moi ! Arrêtez avec ça !

Elle hurlait.

Elle avait sa culotte baissée sur les genoux. Jamie lui barbouillait l'intérieur des cuisses avec son sperme. Elle était déjà toute collante. Trempée.

Jamie ! C'est Jamie qui le lui avait fait. Elle comprenait, maintenant. Elle se souvenait enfin. Elle se rappelait tout. Comme si la chose venait juste d'arriver. Jamie l'avait mise enceinte ce soir-là, sur la plage.

Elle était vierge, oui. Mais son bébé ne serait pas un enfant divin. Jamie Jordan l'avait mise enceinte. Elle en était sûre. Absolument sûre.

Il y eut un cri…

Quel cri ? Qui criait ? Où était-elle ?

Kathleen, soudainement, ouvrit grand les yeux. Bien sûr. L'hôpital. Son corps était choqué. Affaibli, tremblant, fourbu. Comme si on l'avait battue. Son pelvis se serrait, endolori. Elle était à bout de forces. Fatiguée comme elle ne l'avait jamais été.

Elle vit des lumières tournoyer au-dessus d'elle. L'essaim de médecins et d'infirmières. Anne, tout près de la table de soins, avec son masque de gaze sur le bas du visage.

Dans le miroir, Kathleen vit apparaître la tête du bébé. Elle vit un visage. Elle s'évanouit.

102

Colleen Galaher sanglotait. Des ciseaux de couturière planaient au-dessus de son ventre qui frissonnait.

Qu'est-ce que ces deux prêtres allaient lui faire, encore ? Elle vit le père O'Carroll nouer avec soin le cordon ombilical. Il semblait exténué. Il transpirait. Il coupa le cordon. Le père Rosetti tenait le bébé entre ses bras.

La jeune femme éprouva un sentiment de victoire. Elle était vierge, et l'enfant était là. Et maintenant ? Qu'allait-il advenir de leur sort ?

Le père, de ses mains puissantes, leva très haut l'enfant, le petit agneau de Dieu, le calice pour célébrer la sainte Eucharistie.

Elle voulait voir le visage de l'enfant. Cette pensée la fit sourire.

Elle tendit les bras en tremblant. Elle se sentait incroyablement faible ; jamais elle n'avait été si lasse.

— S'il vous plaît, mon père, permettez-vous que je regarde mon bébé ?

Les rayons de lumière qui tombaient de la fenêtre minuscule jetaient un habit d'or sur les épaules de l'enfant.

Colleen avait les larmes aux yeux. *Je suis mère.*

— Je voudrais le voir. Je peux?

— Dans une minute, Colleen.

Le père Rosetti commença à frotter avec son pouce, vers le haut, la gorge du bébé. Il essuya le mucus avec un mouchoir. Il frappa gentiment l'enfant sur la plante des pieds. L'enfant cria.

— Il vit, dit-il. Il est en bonne santé. Il est très bien.

— Laissez-moi le voir! supplia-t-elle encore. Je veux tenir mon bébé dans mes bras…

Mais le père Rosetti emporta le bébé hors de la chambre.

Il ne laissa pas la mère toucher l'enfant. Il refusait d'autoriser Colleen Galaher à voir le visage de son fils.

Colleen sanglotait. Colleen ne comprenait pas. Elle était morte de fatigue et de déception. C'est à peine si elle avait encore la force de gémir faiblement.

— S'il vous plaît. Mon bébé… Pourquoi ne voulez-vous pas me laisser voir mon bébé?

103

Les deux prêtres quittèrent la maison en hâte. Ils gagnèrent la voiture. Rosetti allait le premier, serrant l'enfant dans une couverture rose. *Nous devons avoir l'air d'une paire de kidnappeurs!* songea Justin. C'était peut-être le cas. Il cria :

— Mon père, attendez! Et la fille?

Le père Rosetti se jeta sur le siège arrière.

— Prenez le volant, dit-il. Direction, le séminaire Woodbine. C'est tout droit…

— Mais Colleen?

— On lui enverra de l'aide depuis le séminaire. *Allez, démarrez!* Faites ce que je vous dis.

La voiture s'engagea sur la route en pente, cahoteuse, et de virage en virage s'éloigna de la maison désolée.

Justin bouillait de questions. Il avait le sentiment de mal agir. Qu'allaient-ils faire de l'enfant? Quel était le plan du père Rosetti?

Et quelle était la vérité sur le bébé de Colleen Galaher? Sur celui de Kathleen à Rome? Justin accueillait de terribles pressentiments.

Il conduisait en silence. Avait-il perdu toute volonté? Tout libre arbitre? Il traversait un cauchemar sans fin.

Il se rendait complice d'un enlèvement. Ils avaient kidnappé un bébé, celui d'une femme seule, innocente, à peine accouchée, qu'ils venaient d'abandonner à son sort.

— Père Rosetti ! Je ne peux pas faire ça.

— Roulez, bon sang ! Vous agissez sur ordre de Rome ! Sur ordre du Saint-Père. Obéissez-moi. Roulez !

La route était lugubre. Ils rencontrèrent des fermes en ruine. Les champs étaient couverts de chaume. Une bande de types aux cheveux roux, entassés dans une charrette tirée par un âne, les regarda passer en plissant les yeux. Ils croisèrent une jeune femme serrée dans un mackintosh, coiffée d'un bonnet en plastique.

Justin se tourna vers le siège arrière.

— Mon père ? Cette pauvre fille…

Rosetti refusait de répondre. Il s'égarait dans son propre univers. Il ne pouvait détacher les yeux du visage de l'enfant.

Ils grimpèrent une route en lacets, puis traversèrent une lande déserte. Du sol commençaient à s'élever des lambeaux de brume, qui se déchiraient au passage de la voiture. Le ciel était noir, menaçant.

Justin sentit une peur terrible s'abattre sur lui. Il en eut le souffle coupé. Il se retourna encore. Il essaya de voir ce qui se passait sous la couverture, mais tout ce qu'il put distinguer, ce furent les boucles noires du bébé.

— Ce séminaire de Woodbine, dit-il, où est-ce exactement ?

— Continuez tout droit. Ce n'est plus très loin. Faites ce que je vous dis. Conduisez et taisez-vous, s'il vous plaît.

La route prenait la direction de la mer. Un petit panneau en bois indiqua : « Woodbine 7 km. »

Ils longeaient maintenant des falaises dominant l'océan. Rosetti s'était mis à prier en latin.

— *Requiem æternam dona eis.*

Justin se cramponnait au volant. Il frissonna. Il sentit ses cheveux se dresser sur sa nuque. C'était la prière de l'Extrême-Onction.

La prière pour les personnes gravement malades ou mortes depuis peu. La prière de ceux qui couraient un danger mortel.

Justin écrasa la pédale de frein. La petite voiture grise dérapa, fit un écart sur la gauche et heurta une rangée de broussailles et d'arbustes. Les freins gémirent. Ils s'arrêtèrent finalement contre un sapin.

Le front de Justin frappa le pare-brise. Du sang lui coula dans les yeux. Il perçut derrière lui un mouvement rapide.

Rosetti s'élança hors de la voiture. Il emportait le petit paquet serré dans la couverture. Le bébé pleurait.

104

Justin s'élança sur les pas de Rosetti. L'air de la mer le giflait comme une lanière de cuir. Le ciel était de plus en plus noir. Le vent poussait des gémissements stridents. Justin cria :

— Mon père ! Mon père ! Arrêtez, je vous prie !

Il ne reçut aucune réponse. Il hurla, changeant de registre :

— Arrêtez, espèce de criminel !

Il accéléra la foulée, bandant ses muscles. Il serra les poings.

Il fut bientôt en vue de la mer. Il parvint au sommet d'un promontoire nu, pareil à un doigt sombre et rocheux suspendu au-dessus des eaux. Le vide était à couper le souffle. Cent mètre plus bas, d'immenses rouleaux se fracassaient sur les pics dentelés, dressés entre les vagues comme des pierres tombales.

Des milliers d'oiseaux emplissaient le ciel. Ils criaient. Des milliers d'yeux regardaient la côte et la menaçaient.

— Dieu de bonté !

Justin recula et franchit en titubant un passage étroit, glissant, qui menait à un plateau rocheux taché de lichen. Mais le vent essayait de le repousser vers le bord et le vide, et il dut s'abriter sous un rocher aigu.

Une sueur froide lui collait au front. Ses poumons étaient en feu. *Seigneur, viens-moi en aide. Donne-moi la force dont j'ai besoin.*

Il releva les yeux.

Dix mètres au-dessus de lui, la silhouette vêtue de noir de Rosetti se balançait sur un autre pic dressé au bord du vide. Encore plus haut, le ciel se criblait d'oiseaux. Tout devenait obscur, comme à la tombée de la nuit. Et le bébé gémissait toujours.

— Mon père, arrêtez ! Vous ne pouvez pas être sûr. Êtes-vous sûr ?

— Tu as cessé de *croire.*

La voix puissante de Rosetti dégringolait le long de la pente.

— Aucun de vous ne croit ! Vous ne croyez plus en notre Seigneur ! Vous ne croyez pas au diable non plus ! Vous ne croyez plus en rien !

Rosetti ne retenait presque plus l'enfant. Ils étaient comme en équilibre au bord des rochers.

Justin fut frappé par une pensée atroce. *Et si Rosetti n'était autre que Satan ? Oui, Satan était là en ce moment précis. Et il tenait entre ses mains le Sauveur de l'humanité.*

Justin comprit qu'il devait contempler de ses yeux le visage du nouveau-né. C'est pour cela qu'il était ici. Pour protéger le Sauveur.

Mais Rosetti soulevait maintenant le bébé dans les airs, comme on présente une offrande aux forces du ciel. Justin cria. Rosetti baissa les yeux un court instant. C'étaient des yeux vides : deux trous de ténèbres.

Au-dessus de Rosetti, les oiseaux commencèrent leur descente en piqué. Des milliers d'oiseaux volaient sauvagement dans toutes les directions ; leur affreux vacarme se mêlait aux plaintes du vent.

Justin avait peur. Il ne pouvait presque plus respirer. Ses oreilles lui faisaient mal.

Rosetti parla. D'une voix âpre, méconnaissable.

— Voici la Bête ! N'en doute pas, Justin. Tous les signes contenus dans la prédiction de Fatima sont là. Sous mes yeux. La Sainte Vierge m'a guidé au bon endroit. Voici la Bête ! Satan est si avisé, si intelligent. La fille ne savait pas – pauvre petite. Elle ne pouvait pas savoir. Trouves-tu toujours qu'il est si difficile de croire ? Est-ce que tu ne peux vraiment pas faire acte de foi ? Crois-tu encore en ton Dieu, frère Justin ? Seule ta foi pourra te sauver, désormais. Car tu cours un danger mortel. Tous ces oiseaux, ce sont des démons. Les anges déchus ! Ils arrivent. Et c'est à lui, à cet enfant, qu'ils obéissent. C'est lui qui les a appelés…

Justin voulait maintenant à tout prix voir l'enfant de ses yeux.

— Qui êtes-vous ? cria-t-il à Rosetti.

— Si je te disais que je suis l'archange Michel ? Alors écoute : je suis Michel ! Crois-moi, si tu dois me croire.

– Laissez-moi voir le bébé. Vous m'avez dit que vous me faisiez confiance. Laissez-moi voir l'enfant, mon père.

Les oiseaux noirs étaient toujours plus nombreux. Leurs cris toujours plus forts. Ils hurlaient en direction de Rosetti. Étaient-ce les légions, vraiment ? Obéissaient-ils au bébé ?

Justin appela de nouveau Rosetti :

— Comment pouvez-vous en être sûr ? Ce n'est peut-être qu'un enfant innocent !

— Tu es comme Thomas, l'apôtre incrédule, tu doutes. Es-tu donc toujours obligé de voir pour croire ? Comment sais-tu que Jésus s'est fait homme ?

La voix de Rosetti se chargeait de colère.

— Comment sais-tu que Jésus a épargné à nos âmes le feu éternel de l'Enfer?

— L'a-t-il fait? répliqua Justin. Nous a-t-il vraiment épargné l'Enfer? On dirait que les portes de l'Enfer sont grandes ouvertes. Regardez…

— C'est que l'heure est venue. Les démons se préparent à agir. Et comme ils n'ont encore aucun pouvoir sur la terre, ils ne peuvent agir qu'à travers les êtres humains. Cet enfant est un être humain…

Justin hurla, mais Rosetti continuait:

— Nous devons les arrêter!

L'idée, si monstrueuse fût-elle, confirmait ce que Justin avait lu depuis toujours à propos des anges déchus.

Il fut saisi de vertige. Des nausées s'emparèrent de lui. Était-il en train de dialoguer avec le diable? Était-il aux côtés de Satan? Était-il le complice de Satan? Allait-il détruire toute sainteté en ce monde?

Que savait Rosetti, au juste? Qu'avait-il vu? Qui tenait-il en ce moment dans ses bras? Justin cria:

— Allons au séminaire Woodbine! Nous pratiquerons un exorcisme! Mon père! Parlez! Vous savez que c'est la meilleure solution!

Rosetti s'inclina vers l'avant, puis recula prudemment d'un pas pour s'éloigner du bord. Une bile jaune perlait au coin de ses lèvres. Ses narines laissaient échapper du sang. Était-il en train de mourir?

— Monte, Justin.

Comme sa voix était calme, tout à coup!

— Monte, si tu le peux. Viens voir l'enfant. Tu jugeras toi-même.

Justin hasarda un pas sur les pierres glissantes, luttant contre le vent. Son instinct lui conseillait de ne pas monter.

Ne t'approche pas de Rosetti et de l'enfant. Ne monte pas sur ces rochers.

Mais, pas après pas, il escalada la pente. Une fois rejoint le père Rosetti, aurait-il la force de lui prendre l'enfant ? Il avait peur de ne pas y arriver. Il avait peur aussi de mourir d'un instant à l'autre. S'il mourait, nul ne saurait jamais la vérité.

Il grimpait et ses pas étaient lourds. Il luttait contre sa propre volonté.

Enfin, il releva la tête. Ses yeux plongèrent dans le regard brûlant du père Rosetti.

— Tu veux voir ? Eh bien, vois, Justin O'Carroll ! Regarde !

105

Kathleen parlait si faiblement qu'elle arrivait à peine à se faire entendre.

— Mon bébé va bien ? Docteur ?

Sa voix était saisie d'effroi et d'émotion. Était-ce la voix d'une adolescente ou celle d'une mère ?

Le *dottore* lui présenta un petit être tout fripé ; elle se souleva avec effort pour voir son visage.

— Quelque chose ne va pas ? demandai-je à l'oreille du docteur Annunziata.

— Non, non. Tout va bien.

Il m'avait répondu très bas, lui aussi. Je ne savais si je devais le croire. Il avait un comportement bizarre. Et les autres, médecins et infirmières, considéraient la mère et l'enfant dans un silence chargé de crainte et de respect.

L'obstétricien frappa doucement le derrière du bébé, qui répondit en poussant un cri, un cri d'angoisse, un cri déchirant, un cri indubitablement humain.

Le *dottore* finit par ôter son masque. Il affichait un grand sourire. Kathleen n'avait pas accouché de la Bête.

Le bébé n'était pas un monstre. C'était l'un des nôtres. Un être humain. Et c'était un beau bébé, en tout point normal. Une vie nouvelle était née : le miracle opérait.

Mais cette naissance pouvait-elle être considérée comme un signe ? Et en quel sens ? Était-ce cette naissance-là qui avait été annoncée à Fatima ?

Je m'approchai d'Annunziata.

— Vous êtes bien sûr qu'il n'y a pas de problème, docteur ?

106

Nicholas Rosetti éprouva soudain comme un apaisement. Il repensa à son entretien avec Pie XIII et se dit qu'il avait accompli sa mission. Bientôt, il serait soulagé de son fardeau. Il savait la vérité.

— Père Rosetti…

C'était la voix de Justin O'Carroll.

— Laissez-moi voir.

Mais Rosetti tenait toujours le bébé caché sous la couverture. Il se détournait même de Justin.

— Tu n'as pas la foi, dit-il. Crois en la médecine, si tu veux. Crois en la science. Mais écoute-moi bien…

— Je vous écoute, balbutia Justin.

— Colleen Galaher a reçu le baptême sous le nom de Colin Galaher. Pourquoi ? Parce qu'elle est née avec deux paires d'organes sexuels : une paire mâle et une femelle. Le docteur qui l'a mise au monde s'est débrouillé comme il a pu…

Justin voulut tendre les bras vers l'enfant, mais Rosetti s'écarta et ajouta d'une voix rauque :

— Colleen Galaher ne possède pas d'ovaires. On les lui a enlevés à la naissance…

Il souleva le bébé.

— Ce bébé appartient au diable.

De la couverture rose, s'échappa un cri étouffé que le vent se hâta d'emporter au loin. Les oiseaux planaient au-dessus d'eux. Ils se préparaient à descendre en piqué. Allaient-ils leur enlever l'enfant?

— Père Rosetti!

— Prie pour moi, Justin!

Rosetti se tourna vers Justin et ouvrit légèrement la couverture. Mais Justin ne pouvait toujours rien voir. Rosetti marmottait une prière. Avec son pouce, il dessina une croix sur le front du bébé, qui gémissait et se débattait férocement.

— Regarde...

Il ouvrit la couverture plus grand.

Justin regarda les yeux de l'enfant. Il crut que son cœur allait cesser de battre – des milliers de regards le fixaient en retour.

D'innombrables yeux brillaient dans les yeux du bébé. Les légions de l'Apocalypse. Elles étaient là, dans ce petit être.

Justin fit un pas en arrière, trébucha et faillit tomber. Son cœur s'emballait. Il avait vu le visage du bébé, et aussitôt ce visage s'était métamorphosé. Ce que Justin voyait maintenant était grotesque. Il n'y avait plus de bébé. Plus d'enfant. C'est un animal féroce qui gigotait dans cette couverture! Et de cet animal naissaient d'autres animaux. Des milliers d'animaux qui rugissaient vers lui, Justin O'Carroll. Les cris qu'ils poussaient n'appartenaient pas à ce monde.

Soudain, Rosetti fut mordu à la joue. Il saigna. Mais il refusait de lâcher la Bête, qui rugissait de plus en plus fort.

Justin comprit que Nicholas Rosetti ne céderait pas. Au contraire, il tenait la Bête immonde tout près de son propre visage, comme pour la défier.

— Tu les vois, Justin. Les yeux ! Les milliers d'yeux. Les légions.

Il parlait sans relever la tête.

— Tu sais, maintenant. Alors, rentre à Rome. C'est à Rome qu'est la vraie vierge.

Rosetti ajouta :

— Et prie pour moi.

Il bondit dans le vide. Prêtre et enfant tombèrent d'une même chute. L'espace de quelques secondes, ils parurent suspendus à d'invisibles fils. La Bête se débattait toujours. Elle se cramponnait de ses dents au visage du père Rosetti.

Les oiseaux accompagnèrent le prêtre dans sa chute. Ils tournoyèrent autour de lui en criaillant. On eût dit qu'ils voulaient empêcher le père de tomber.

Ils veulent le retenir dans ce monde !

Mais Rosetti et l'enfant touchèrent l'eau glacée. Ils disparurent dans le bouillonnement des vagues. Une colonne de fumée s'éleva de la mer.

Les oiseaux hurlèrent plus fort et changèrent de forme : Justin les vit devenir des loups volants. Ils plongèrent dans les vagues, sans reparaître à la surface.

Justin se laissa tomber sur les rochers. Il ne pouvait plus maîtriser ses sanglots.

— *Requiem æternam dona eis…*

Il priait pour l'âme éternelle de Nicholas Rosetti. Il priait aussi pour son âme à lui. Il avait vu le visage de Satan.

107

Un calme surnaturel était tombé sur l'hôpital.

Ni les médecins ni les infirmières ne bougeaient plus. Ensemble, ils regardaient les tout premiers gestes de l'enfant.

Personne n'était plus touché que moi. Je m'étais mise à trembler, comme s'il avait régné dans la pièce un froid glacial.

« Vous êtes ici pour une raison bien précise. Vous êtes la plus courageuse de nous tous. »

Je ne cessais d'entendre les mots prononcés par le père Rosetti.

« Anne, il faut que je découvre la vérité sur les deux vierges, maintenant. Et souviens-toi : la Bête doit mourir. »

J'avais des vertiges. J'étais au bord de la panique. Quelqu'un prononça mon nom.

Je relevai les yeux. Le docteur était tout près. Mais ce n'était pas lui qui avait parlé.

La voix se fit entendre à nouveau. Plus forte, plus sûre, plus proche.

« Anne. La Bête doit mourir – ou c'est nous qui mourrons. Une éternité de souffrances pour l'humanité ! Tue la Bête, Anne ! Tue cet enfant ! Tout de suite ! »

Je me rapprochai du *dottore*. Mon cœur s'emballait.

«Au nom du Père, tue l'enfant maudit!»

Le père Rosetti avait promis que la divine naissance s'accompagnerait d'un signe clair. Il avait mentionné un signe de foi. Avais-je la foi? Avais-je perçu un signe quelconque? Et pourquoi moi? Pourquoi avais-je été choisie pour être envoyée ici, à Rome?

Je décidai de réciter les prières toutes simples de mon enfance. *Je vous salue Marie. Notre Père*. Comme je me sentais seule dans cette chambre d'hôpital!

Cette voix profonde ne me quittait plus.

«Au nom du Père, du Fils et du Saint-Esprit – TUE CET ENFANT!»

Mes mains tremblaient. Mes jambes faiblissaient. C'est à peine si je pouvais tenir debout. Je vins tout près du nouveau-né. Sur une table, parmi les instruments médicaux, je repérai un scalpel.

J'allais m'évanouir. Tuer? L'acte me répugnait.

«Tu dois le faire, Anne. C'est pour cela que tu es ici.»

— Donnez-le moi, finis-je par dire.

Ma propre voix me parvenait comme celle de quelqu'un d'autre.

— Laissez-moi le prendre dans mes bras. Je vais l'apporter à Kathleen.

Je tendis les bras pour prendre le bébé, mais le docteur Annunziata le confia à une infirmière. Il s'adressa à moi d'un ton confidentiel :

— Ce n'est pas un saint enfant. Mais il reste un enfant de Dieu.

Dans ma tête, la voix se tut brusquement. L'enfant de Kathleen n'était ni le Sauveur, ni la Bête. C'était un innocent bébé. Un nouveau-né comme tous les autres. Un petit être humain.

L'infirmière l'enveloppa avec adresse dans une couverture blanche et alla le présenter à Kathleen, dont les yeux s'emplissaient de larmes.

— Mon fils, dit-elle. Mon tout petit garçon.

L'amour maternel se répandait sur lui. Il avait les yeux bleus de sa mère, exactement les mêmes.

Je croyais en cela. Je croyais en la mère et l'enfant. Mon enquête était terminée.

108

Ce même soir, les nouvelles tombèrent : il pleuvait sur des régions de l'Inde, les hôpitaux de Boston et de Los Angeles avaient cessé d'admettre des enfants atteints de polio, et les épidémies refluaient en Asie et au Mexique.

Une chambre avait été réservée pour moi dans un hôtel non loin du Salvatore Mundi. J'étais à bout de forces, mais je ne pensais pas que j'arriverais à trouver le sommeil. Je ne savais toujours pas ce qui s'était passé en Irlande et je n'avais aucun moyen de contacter Justin. Je décidai tout de même de gagner l'hôtel. Au moins pourrais-je être seule, dans ma chambre : j'en avais terriblement besoin.

Par crainte des journalistes, j'évitai les rues fréquentées. J'empruntai un passage étroit et mal éclairé. J'avais presque rejoint mon hôtel quand je reçus dans le dos un coup qui me mit à genoux. La douleur était affreuse. Je regardai autour de moi : personne.

Je me mis à trembler. De nouveau la voix s'adressa à moi. Je sentis sur ma nuque son souffle chaud.

« *Tu as failli à ton Église, Anne. Tu as encore failli.* »

— Je n'ai pas failli ! criai-je.

On me frappa encore, plus fort. Mon visage fut pressé contre le pavé sale. Un goût de poussière m'imprégna les lèvres. Puis vint un goût de sang, celui de mon propre sang. J'étais pétrifiée.

« Tu es têtue. Tu es désobéissante. Maintenant c'est toi qui va mourir. Tu vas rejoindre le père Rosetti et le père O'Carroll. Ils sont morts. Ils ont rencontré une fin horrible en Irlande. »

— Non !

Je me débattais. Je criais autant qu'il est possible de crier quand on vous écrase le nez et la bouche sur le sol.

— Ils ne sont pas morts ! Laissez-moi tranquille...

Je reçus d'autres coups. Je tâtonnai l'endroit où ma tête avait touché le sol, mais ma main ne rencontra pas de sang.

— Tu ne peux rien me faire !

Je hurlais. Puis, brusquement, je cessai d'avoir peur. Je me remis debout. Je défiai du regard le point d'où semblait venir la voix.

— Où es-tu ? Pourquoi tu ne te montres pas ? Lâche !

Il y eut un éclair. Nicholas Rosetti se tenait devant moi.

Il était debout. Pourtant, il avait l'air mort. Sa peau livide et cireuse se parsemait de taches bleutées. Ses yeux demeuraient immobiles. Une voix s'échappait de sa bouche, comme celle d'un ventriloque.

« Je t'ai dit que Rosetti était mort. Tu me crois, maintenant ? Tu crois en mon pouvoir ? Tu penses toujours que je ne peux pas te faire de mal ? »

Pauvre père Rosetti. J'étais choquée, envahie de chagrin. Bientôt, son image disparut. Elle fut remplacée par celle de Justin. Était-il mort lui aussi ?

« Tu penses toujours que je ne peux pas te faire de mal, Anne ? »

— Oui, oui ! criai-je. Au nom du Seigneur ! Je le crois ! Tu ne peux rien contre moi !

J'avais des larmes pleins les yeux. Je courus vers Justin. Quand je fus tout près de lui, je tendis la main. Mais Justin s'en alla sans me laisser le temps de l'effleurer.

— Tu n'as aucun pouvoir sur moi!

Je hurlais dans la rue déserte.

— Va-t'en! Tu ne peux rien me faire. Disparais!

Je tenais bon. J'étais forte. Le père Rosetti ne s'était pas trompé sur ce point.

Je m'effondrai comme un sac de sable. J'avais peur de mourir.

109

D'abord, j'eus le sentiment que mon corps m'échappait, puis je pénétrai dans une vision complexe, riche de détails. Je fis un immense effort pour essayer de m'en détacher, mais ce fut impossible. C'était une vision si puissante ! Elle envahissait tout mon être. Je n'avais pas le choix : j'étais forcée de l'accepter.

Je voyais une ville du nom de Nazareth. Dans cette ville, une maison surplombait un marché. On respirait un air chaud et sec. Une jeune fille descendit l'escalier de la maison. Elle habitait là.

Bientôt nous marchions côte à côte, cette jeune fille et moi. Tandis que nous parlions, elle me regardait de ses grands yeux bleu vert, éblouissants. Elle était bien jeune pour attendre déjà un enfant. Elle était presque à terme. Je savais que cette jeune fille n'était autre que la Vierge Marie, la mère du Christ.

Je crus lire dans ses yeux une vérité concernant toutes les femmes.

— Tu as raison, me dit-elle. Il ne peut rien te faire de mal. Pas ici, pas sur cette terre. Il ne pourrait te faire souffrir qu'en Enfer. Mais l'Enfer n'est pas pour toi car tu es quelqu'un de spécial. Dieu te bénisse. Prends soi de toi.

Les scènes se succédaient rapidement. Dans l'espace d'une seconde, tout changeait. Et j'étais à même d'embrasser facilement tous les détails de la vision nouvelle qui se présentait. C'était comme si je savais déjà tout ; je me ressouvenais.

Je vis Jésus. On l'avait cloué à une croix fabriquée grossièrement. Ses membres se tordaient de façon grotesque.

L'instant d'après, j'étais auprès de lui. Je levais les yeux vers son visage. Je pleurais de le voir souffrir d'aussi horrible façon.

Il avait les yeux fermés. Son corps était meurtri. Il portait sur la tête la cruelle couronne d'épine. J'avais lu dans l'Évangile le récit de la Crucifixion et, pour la première fois, je comprenais ce que j'avais lu.

Quand la scène s'effaça, je sus que j'avais touché à la connaissance. Je comprenais désormais qui j'étais, où j'étais.

Je revis le cloître où j'avais prononcé mes vœux, le père Rosetti et ses questions insistantes ; je ne doutais pas qu'il fût mort pour de bon. Et Justin ?

La tonalité des images changea une fois encore. Je fus parcourue de frissons : c'était comme un tremblement de terre. Un spectacle horrifiant. Une marée infinie se répandait dans les rues d'une grande ville. Les immeubles s'écroulaient. Des milliers de gens périssaient noyés dans un dernier instant d'épouvante.

C'était la Bête. Elle était là. Elle parlait de toute sa puissance. La Voix recommençait à m'appeler par mon nom. Tout cela était si réel ! Je me mis à prier. *De toute mes forces, je repousse le mal. Je chasse le mal. Je chasse le mal.*

Je rouvris les yeux.

Une agitation douloureuse se produisit en moi, puis un calme profond s'installa. Un miracle venait de se produire.

Je savais enfin pourquoi j'avais été appelée à participer à ces événements. Je savais pourquoi j'étais là.

J'étais enceinte. Et j'étais vierge.

110

Deux jours plus tard, je fus réveillée de bonne heure par la sonnerie du téléphone.

— Anne, puis-je monter?

Les larmes me vinrent aux yeux. Mon corps tremblait.

Justin était vivant. Il était à Rome. Il pénétrait dans l'ascenseur. Dans une minute, il serait là.

Je profitai de ce laps de temps pour me rafraîchir le visage et me brosser les cheveux. Je ne devais pas oublier que j'étais enceinte. J'en étais certaine maintenant. La veille au soir, j'avais acheté un test qui s'était révélé positif.

On frappa à la porte. Je me précipitai. J'étais pieds nus, vêtue d'une vieille robe de chambre – quelle importance?

Je tombai dans les bras de Justin. Je fondis en larmes. Il me couvrit de baisers. Je n'avais jamais nourri le moindre doute quant à mes sentiments pour lui : je l'aimais.

Je reculai pour mieux le voir. Je me sentais si bien quand il était là ! Comment avais-je pu vivre si longtemps sans connaître ce que je ressentais maintenant? Toutes ces années sans amour ! Il y avait une raison à cela ; une raison que je connaissais.

— Tu m'as manqué, murmura Justin. Et j'ai eu si peur de ne jamais te revoir ! L'idée de mourir m'indifférait. Mais ne plus te revoir, c'était inconcevable.

— Raconte-moi. L'enfant de Kathleen n'est pas le Sauveur. Kathleen n'est pas la vierge faite mère…

— Et le bébé de Colleen n'était pas un enfant : c'était la Bête…

Je fis à Justin le récit de ce qui m'était arrivé dans cette rue déserte, alors que je gagnais mon hôtel : les coups que j'avais reçus, les visions du père Rosetti et de lui, Justin.

Je lui dis aussi mon état. Justin me regarda droit dans les yeux.

— Rosetti m'a dit que la vraie vierge était ici, à Rome. Je comprends, maintenant : il savait que c'était toi.

Je me blottis dans ses bras ; il me caressa les cheveux.

— D'après Rosetti, le message de Fatima évoquait plusieurs vierges faites mères. L'une d'elles porterait le Sauveur.

— Et Colleen ?

— J'ai emmené Colleen au séminaire de Woodbine. Elle est en sécurité là-bas.

Justin ajouta après un temps :

— J'ai vu Satan, Anne. Et les yeux des légions d'anges déchus. Des milliers d'yeux. Ils brillaient dans ceux du bébé ! Des milliers d'yeux pareils à de minuscules têtes d'épingles et qui étincelaient de haine. Je n'aurais jamais pu rien imaginer de tel. Et je n'oublierai jamais…

Je me serrai plus fort contre lui. J'étais en sécurité. J'étais totalement acceptée, totalement aimée.

— Je t'aime tant, Anne.

Je ressentais la même chose, avec la même force.

— Je t'aime, Justin. Qu'allons-nous faire ?

Il s'agenouilla devant moi et inclina doucement la tête.

— Je t'aime de tout mon cœur et de toute mon âme. Je sais que je t'aime pour l'éternité. Je vais être obligé de quitter la prêtrise. Ensuite, je voudrais qu'on se marie. Es-tu prête ?

Je m'agenouillai à mon tour. Nos regards se mêlèrent. Je voulais vivre auprès de lui.

— Oui, dis-je. Je veux bien.

111

Neuf mois plus tard, Women Hospital, Boston, Massachusetts

Qui dira jamais quelles sont les voies du Seigneur? Qui peut comprendre? En tout cas, pas moi!

Le plus adorable, le plus précieux des bébés reposait entre mes bras. Il n'avait encore que quelques instants de vie. Ses yeux grands ouverts plongeaient droit dans les miens; ils captaient mon regard.

Je ne voyais pas des milliers d'yeux, simplement une paire de magnifiques yeux bleus. C'était un enfant parfait. Et je n'avais pas besoin des docteurs pour le savoir.

Le docteur Maria Ruocco se pencha vers moi. C'était une femme charmante, nullement mandatée par l'Église pour veiller sur mon sort. Doucement, elle écarta les cheveux qui me retombaient sur le visage. Je lus quelque chose dans ses yeux. Cette femme avait mis au monde des centaines d'enfant en toute confiance; aujourd'hui, elle était troublée.

Elle se décida à parler, non sans montrer un tranquille respect.

— Anne, vous étiez… intacte.

— Je sais.

Le bébé poussa un gémissement. Il pleura. Il m'attira à lui d'un geste magnifique. Des larmes de bonheur ruisselèrent sur mes joues. J'ouvris ma robe et je lui donnai le sein. Je remerciai le Seigneur. Je n'avais pas vraiment compris, mais je savais que ce qui arrivait était bon, que ce qui arrivait était juste. Comment avais-je reçu ce cadeau incroyable ? J'avais conçu en dehors de tout rapport sexuel. À présent mon enfant était là. Il était en bonne santé.

Justin était auprès de moi, un masque de gaze pendu autour du cou. Il rayonnait. Il était plein d'amour pour moi, plein d'amour aussi pour l'enfant. Il m'en avait donné toutes les preuves possibles durant la grossesse. Et je l'aimais encore plus aujourd'hui qu'à Rome.

Nous croyions en ce miracle présent sous nos yeux.

Je ne savais pas ce qui nous attendrait quand j'aurais quitté cette chambre d'hôpital. J'ignorais ce qu'il adviendrait de nous : quelle serait la vie de l'enfant, la mienne, la nôtre. Mais dans l'instant, j'étais heureuse. J'aurais voulu que cette journée ne finisse jamais.

Je baissai les yeux vers le bébé – le saint enfant.

Elle s'appelait Noëlle. Notre Sauveur était une fille.

Épilogue

NOËLLE

112

Noëlle grandit avec ses frères et sœurs, son père, sa mère et tout le clan O'Carroll dans une petite ville du Maine. Elle atteignait ses dix-huit ans quand elle fut le témoin d'un terrible accident de voiture sur Vandemeer Avenue.

Elle étudiait à l'université. Elle voulait devenir médecin. Elle était résolue à faire tout le bien possible, un désir qui lui venait de ses parents.

Justin et Anne O'Carroll enseignaient à l'université du Maine ; ils s'occupaient aussi d'un foyer d'accueil pour jeunes femmes en fuite.

Les O'Carroll étaient non seulement des parents aimants et protecteurs, mais ils travaillaient inlassablement, en gardant un souci constant de leur prochain.

Noëlle n'avait encore jamais rien vu d'aussi affreux que cet accident. Le carrefour de Vandemeer Avenue était d'ordinaire un endroit paisible. Elle se retrouva en état de choc. Elle respirait avec peine. Des sanglots lui nouaient la gorge.

Elle devint soudain vulnérable. Dès cet instant, un doute monstrueux s'installa en elle. Elle se sentit animée d'une violente révolte. Pourquoi Dieu voulait-Il de telles choses ? Comment osait-Il ? Mais l'accident était là, sous ses yeux. Un amas obscène de tôle tordue. Un break Volvo jaune avait heurté de plein fouet un châtaignier. Le choc avait ouvert le véhicule en deux jusqu'aux sièges arrière.

Le chauffeur et la passagère étaient morts sur le coup. Trois enfants étaient morts aussi, semblait-il. C'était gratuit, tragique, inhumain.

Il y avait un quatrième enfant dans le véhicule, une exquise petite fille en pyjama. Elle avait été projetée hors de la voiture. Elle gisait maintenant sur une pelouse. Elle pleurait doucement sous les yeux des gens accourus de tout le voisinage.

Noëlle ne put supporter plus longtemps cette souffrance. La mort de ces gens la scandalisait. Elle se boucha les oreilles pour ne plus endurer l'indicible tristesse des sirènes, ces gémissements qui lui déchiraient l'âme.

Jamais elle n'avait été touchée ainsi. Elle avait un mal de tête atroce. Il fallait qu'elle agisse. Elle voulait venir en aide à cette famille.

Elle pria de tout son cœur pour que la famille soit à nouveau réunie. Elle ne savait pas si elle pouvait faire cela. En pensée, elle les vit : ils étaient vivants.

Elle regarda la petite fille allongée sur la pelouse.

Permets à cette famille de vivre, Seigneur. Ils méritent une seconde chance. Donne-la leur. Reviens à la vie. Reviens à la vie, petit enfant. Revenez à la vie, père et mère…

Des cris retentirent près de la voiture.

— Ils vivent ! Tous ! Ils sont vivants !

Noëlle avait rendu la vie à cette famille, comme Jésus avait ressuscité Lazare par amour et par compassion. Ce fut le premier de ses miracles. Elle considéra les enfants, la mère, le père. Elle sentit son cœur bondir de joie.

Et elle disparut sans se faire remarquer de personne.

Quelqu'un toutefois l'observait depuis le début de la scène. Des yeux la surveillaient. Des yeux affamés.

Ces yeux poursuivirent Noëlle le long de l'allée de chênes. Jusque chez elle. Et ces yeux étaient insondables. Ils appartenaient au visage d'un enfant que la mer avait rejeté sur une plage, dix-neuf ans plus tôt. Un enfant recraché par les eaux froides de la mer d'Irlande, et qui avait survécu.

Cet enfant portait au front une marque rouge, à peine visible, une croix tracée à sa naissance de la main d'un homme de Dieu.

La marque le brûlait sans cesse ; elle entretenait sa haine.

Il avait attendu toutes ces années. Il s'était montré patient. Maintenant, il surveillait Noëlle. Elle était de nouveau chez elle, dans sa famille.

Mais il était résolu à prendre ce qui lui revenait de plein droit.

Dans son regard se tenaient tapis des milliers d'yeux vengeurs, pareils à des bêtes immondes.

DU MÊME AUTEUR

CHEZ LE MÊME ÉDITEUR

Black Friday

Vendredi 4 décembre au matin. Le FBI est sur les dents. Ils sont à peine une poignée, tous vétérans de la guerre du Viêtnam, et pourtant ils font trembler les États-Unis.

Leur leader, le colonel David Hudson, réclame pour ses pairs une indemnité importante et, surtout, la reconnaissance de leurs sacrifices consentis durant le conflit par le gouvernement.

Si ces revendications ne sont pas entendues, Wall Street, symbole de la toute-puissance financière américaine, sera rayé de la carte en fin d'après-midi.

« On lit *Black Friday*
comme on monte dans un train à grande vitesse !
Impossible d'en descendre avant le terminus. »
Goodreads.com

ISBN 978-2-35287-964-0 / H 79-5108-3 / 480 pages / 7,80 €

La diabolique

Les États-Unis sont en émoi : Maggie Bradford, la célèbre auteur-compositeur-interprète, va être jugée. Pour la presse, rien moins que le procès de la décennie !

Maggie est accusée d'avoir voulu tuer son second mari, un ex-footballeur vedette devenu acteur.

Or Maggie n'en est pas à son premier fait de gloire... Des années plus tôt, elle a tiré sur son premier époux. Puis, son nouvel amant, le richissime Patrick O'Malley, a trouvé la mort dans un accident...

Alors, simple coïncidence ? Manipulatrice, Maggie, ou victime du destin ?

« Un scénario fort en émotions !
Un roman impossible à lâcher... »
Library Journal

ISBN 978-2-37735-056-8 / H 75-6869-2 / 432 pages / 7,80 €

Celui qui dansait sur les tombes

Alexandre Saint-Germain pourrait-il être, sous les dehors d'un homme d'affaires respectable, ce tueur sanguinaire qu'on surnomme le Maître à danser?

John Stefanovitch, lieutenant de la police de New York, et Isiah Parker, inspecteur de la brigade des stups, en sont persuadés. Et tous deux ont des motivations toutes personnelles pour stopper cet homme, l'empêcher de continuer à danser sur les tombes de ses victimes...

« Patterson explore avec brio le cerveau d'un psychopathe dans ce thriller qui va à la vitesse d'un wagon lancé sur les rails de montagnes russes... »
Ann Rule

« Du sang, du sexe, des rebondissements...
Les pages se tournent toutes seules
jusqu'à l'ultime surprise! »
Publishers Weekly

ISBN 978-2-35287-856-8 / H 72-1365-3 / 432 pages / 7,80 €

L'amour ne meurt jamais

Depuis la disparition accidentelle de son mari, Jennifer, journaliste au *Chicago Tribune*, noie son chagrin dans le travail et refuse toute nouvelle aventure sentimentale.

Quand elle apprend que Samantha – sa grand-mère et confidente de toujours – est tombée dans le coma, Jennifer se précipite à son chevet.

Dans la maison de son enfance, la jeune femme découvre les lettres que Samantha lui a écrites pour lui dévoiler le secret qu'elle garde depuis si longtemps…

Avec L'amour ne meurt jamais, ***James Patterson*** *livre un roman qui mêle passion et suspense. Une histoire tendre et poignante qui fait tour à tour sourire et pleurer, mais surtout croire en l'amour.*

ISBN 978-2-35287-034-0 / H 51-4803-8 / 189 pages / 5,10 €

Cet ouvrage a été composé
par Atlant'Communication
au Bernard (Vendée)

Impression réalisée par

CPI

en juillet 2018
pour le compte des Éditions Archipoche

Imprimé en France
N° d'impression : 3029545
N° d'édition : 524
Dépôt légal : août 2018